Largo domingo de noviazgo

books4pocket

Sébastien Japrisot

Largo domingo de noviazgo

Traducción de Manuel de Lope

EDICIONES URANO

Argentina - Chile - Colombia - España
Estados Unidos - México - Uruguay - Venezuela

Título original: *Un long dimanche de fiançailles*

Aribau, 142, pral. – 08036 Barcelona
www.edicionesurano.com
www.books4pocket.com

1ª edición en books4pocket abril 2009

Diseño de la colección: Opalworks
Diseño de portada: Opalworks

Impreso por Novoprint, S.A.
Energía 53
Sant Andreu de la Barca (Barcelona)

Fotocomposición: books4pocket

ISBN: 978-84-92516-54-4
Depósito legal: B-8.931-2009

Impreso en España – *Printed in Spain*

«No veo a nadie» —dijo Alicia.

«¡Ojalá tuviera *yo* tan buena vista! —exclamó en tono quejumbroso el Rey—. ¡Mira que ser capaz de ver a Nadie! ¡Y a tanta distancia! ¡*Yo,* con esta luz, lo más que acierto a ver es alguna que otra figura real!»

LEWIS CARROLL

De *Alicia a través del espejo*

Índice

Sábado al anochecer

Érase una vez cinco soldados franceses que hacían la guerra, porque así son las cosas.

El primero, antaño alegre y aventurero, llevaba colgado del cuello el número de matrícula 2124 de un banderín de reclutamiento del departamento del Sena. Las botas que calzaba se las había quitado a un soldado alemán, y esas botas se hundían en el barro, de trinchera en trinchera, a través del laberinto dejado de la mano de Dios que llevaba a las primeras líneas.

Los cinco iban hacia las primeras líneas, siguiéndose el uno al otro, penosamente, paso a paso, maniatados a la espalda. Les custodiaban hombres armados con fusiles, de trinchera en trinchera —floc-floc, hacían en el barro las botas arrebatadas a un alemán—, hacia el gran reflejo frío del anochecer más allá de las primeras líneas, más allá del caballo muerto y de las cajas de munición perdidas y todos esos objetos perdidos en la nieve.

Había nevado mucho, y era a principios del primer mes de 1917.

El 2124 avanzaba por las zanjas arrancando sus piernas del barro, paso a paso, y a veces uno de aquellos hombres, cambiando su fusil de hombro, le ayudaba tirándole por la manga de su viejo capote, tirando de la tela de su capote rígido, sin pronunciar palabra, ayudándole a sacar una pierna tras otra del barro.

Por lo demás, había los rostros.

Decenas y decenas de rostros, todos alineados del mismo lado de las angostas trincheras, con ribetes de barro en los ojos, observando el paso de los cinco soldados agotados que inclinaban el peso del cuerpo hacia delante para poder andar, para llegar más lejos, hasta las primeras líneas. Bajo los cascos, con el resplandor del anochecer detrás de los árboles tronchados, contra los muros de tierra perversa, las miradas mudas en ojeras de barro seguían un instante, una tras otra, el paso de los cinco soldados maniatados con cuerdas.

El 2124, alias Eskimo, también llamado Bastoche, era carpintero en sus buenos viejos tiempos. Aserraba maderos, los pasaba al cepillo, se ocultaba para beber un blanco seco entre armario y armario de cocina —un vino blanco en el bar de Petit Louis, rue Amelot, París—, y cada mañana se enrollaba alrededor de la cintura una larga faja de franela. Vueltas y vueltas y vueltas. Su ventana daba sobre tejados de pizarra y vuelos de palomas. Tenía una chica de pelo negro en su habitación, en su cama, que decía... ¿qué era lo que decía?

Cuidado con el hilo.

Los cinco soldados franceses que hacían la guerra avanzaban con la cabeza desnuda hacia las trincheras de primera línea, con los brazos maniatados con cuerda empapada y tiesa como la tela de sus capotes, y a veces, a su paso, se alzaba una voz tranquila, nunca la misma, una voz neutra que decía cuidado con el hilo.

Era carpintero y había sido sometido a consejo de guerra por mutilación voluntaria. Habían encontrado quemaduras de pólvora en la herida de su mano izquierda y le habían condenado a muerte. No era verdad. Había querido quitarse una cana del pelo. Un fusil, que ni siquiera era el suyo, se disparó solo, porque del mar del Norte a las montañas del Este, el diablo se albergaba en los laberintos que el hombre había excavado. No había podido quitarse la cana.

En el año 1915 le habían citado en el parte y le habían dado dinero por unos prisioneros. Tres. El primero en Champaña. Con las manos en alto, abiertas, una mecha amarilla sobre el ojo y hablaba francés. Decía... ¿qué decía?

Cuidado con el hilo.

Los otros dos se habían quedado cerca de uno de los suyos que se moría con algo en el vientre, esquirlas de fuego, esquirlas de sol, esquirlas. Bajo un carricoche medio incendiado, con sus gorras grises ribeteadas de rojo, arrastrándose sobre los codos, no se les había caído la gorra, hacía sol aquel día, camarada. ¿Dónde fue? En lo profundo del verano del año 1915, en cualquier parte. Una vez había bajado de un tren en un pueblo y en el andén de la estación había un perro que ladraba. Ladraba a los soldados.

El 2124 era vivaz y robusto, con los hombros fuertes del hombre trabajador que había sido, en su juventud, cuando se fue a América, aventurero y alegre. Hombros de leñador, de carretero, de buscador de oro, que le hacían parecer más pequeño. Ahora tenía treinta y siete años, casi ese mismo día, y se creía todas las cosas que le habían dicho para justificar la desgracia y que se encuentran enterradas en la nieve. Había cogido las botas de un enemigo que ya no las necesitaba, para cambiar, bien repletas de paja o de papel de periódico, sus viejos chanclos durante las noches de guardia; le habían condenado en una escuela por mutilación voluntaria, y en otra ocasión también, desgraciadamente, porque estaba borracho y había hecho una tontería con sus camaradas, pero la mutilación no era verdad. Le habían citado. Hacía lo mejor que podía, como los demás, y no comprendía lo que le estaba pasando. Iba el primero delante de los cinco por ser el de más edad, por las trincheras inundadas, con sus anchos hombros tensos hacia delante, bajo las miradas con ojeras de barro.

El segundo soldado con los brazos maniatados era el 4077 de otro banderín de reclutamiento del departamento del Sena. Todavía conservaba una chapa con su número debajo de la camisa, pero todo lo demás se lo habían arrancado como a sus compañeros, signos e insignias, incluso los bolsillos de la guerrera y del capote. Había resbalado a la entrada de las trincheras y su ropa empapada le helaba hasta el corazón, pero quizá no hay mal que por bien no venga, porque el frío había mitigado el dolor de su brazo izquierdo, que no le dejaba descansar desde hacía varios días, y también su espíritu, adormecido a causa del miedo, que apenas distinguía hacia dónde andaba, como hacia el final de un mal sueño.

Era cabo, antes de ese sueño, porque se necesitaba uno y porque en su sección habían querido que lo fuera, pero detestaba los grados. Tenía la convicción de que algún día los hombres serían libres e iguales entre sí, los soldadores con todos los demás. Él era soldador, en Bagneux, cerca de París, tenía una mujer, dos hijas, y maravillosas frases en la cabeza, frases aprendidas de memoria que hablaban del obrero en todo el mundo, y que decían —sí, bien sabía lo que decían desde hacía más de treinta años; y su padre, que tantas veces le había contado el tiempo de las cerezas, lo sabía también.

Desde siempre sabía —su padre, que lo había aprendido de su padre, se lo metió en la sangre— que los pobres fabrican con sus manos los cañones para hacerse matar pero son los ricos quienes los venden. Había intentado explicarlo en los acantonamientos, en las granjas, en los bares de los pueblos, cuando la patrona enciende las lámparas de petróleo y los gendarmes te suplican que te vayas a casa, sois todos buena gente, a dormir. Y había tanta miseria entre la buena gente, y el vino, que es el compañero de la miseria, embrutecía tanto su mirada que cada vez sabía menos cómo llegar a ellos.

Algunos días antes de Navidad, cuando subía al frente, había corrido el rumor de lo que habían hecho algunos. Cargó su fusil y se disparó en la mano izquierda, muy deprisa, sin mirar, sin darse tiempo de reflexionar, sólo para ser como ellos. En aquel aula donde le habían condenado eran veintiocho, y todos habían hecho lo mismo. Estaba contento, sí, contento y casi orgulloso, aunque fueran veintiocho. Aunque no llegara a verlo, ya que el sol se ocultaba por última vez, sabía que llegaría el día en que franceses, alemanes y rusos —«y la gorra con nosotros», decía—, el día en que nadie querría combatir, nunca, por nada. En fin, así lo creía. Tenía los ojos azules, de ese azul muy pálido salpicado de pequeños puntos rojos que a menudo tienen los soldadores.

El tercero venía del departamento de Dordoña y llevaba en la chapa del pecho el número 1818. Cuando se la dieron meneó la cabeza con un sentimiento extraño, porque en el hospicio y en los centros por los que pasó durante su infancia, en su taquilla del refectorio o en el dormitorio siempre era la 18. Desde que había aprendido a hacerlo andaba con paso pesado, más pesado aún por el barro de la guerra. Todo en él era pesado, paciente y obstinado. También, él había cargado su fusil y se había disparado en la mano —la derecha, pues era zurdo—, pero sin cerrar los ojos. Al contrario, había contemplado toda la operación con una mirada atenta, ajena a este mundo, esa mirada que nadie conoce en los demás porque es la de la soledad. Hacía mucho tiempo que el número 1818 hacía su propia guerra, en solitario.

Cuidado con el hilo.

De los cinco soldados, el 1818 era seguramente el mejor y el más temible. Durante treinta meses de ejército nunca había dado de qué hablar y nunca habían hablado de él. Lo recogieron en su granja una mañana de agosto, lo subieron a un tren y le dijeron que, si quería volver, procurara salvar su vida; no había comprendido nada más. Una vez estranguló a un oficial de su compañía. Fue en Woëvre, durante una ofensiva. Nadie lo supo. Le estranguló con sus propias manos, poniéndole una rodilla sobre el pecho, luego recogió su fusil, echó a correr bajo las ráfagas de fuego, nada más.

Tenía mujer, hospiciana también, y desde que estaba lejos recordaba la suavidad de su piel. Era como un desgarrón en su sueño. Y a menudo recordaba el sudor que perlaba su piel, tras haber trabajado juntos todo el día, y sus pobres manos. Las manos de su mujer eran duras y ajadas como las de un hombre. En la granja habían tenido hasta tres jornaleros al mismo tiempo, que no ahorraban esfuerzos, pero todos los hombres se habían ido a la guerra, y su mujer, que tenía veintiún años, nueve menos que él, era la única que ahora se ocupaba de la granja.

Durante su primer permiso le hizo un niño que andaba ya de una silla a otra, que era fuerte como él, y a ese niño le debía un segundo permiso. Tenía la piel suave como su madre y le llamaron Baptistin. Había tenido esos dos permisos en treinta meses, más uno clandestino, que no le llevó más allá de la estación del Este en París. Pero su mujer, que apenas sabía leer ni escribir, comprendió a mil kilómetros de distancia lo que había que hacer y él había llorado por primera vez en su vida. Nunca hasta entonces había llorado, no recordaba una lágrima desde su primer recuerdo —un árbol de los que llaman plátanos, la corteza, su olor—, y sin duda, con un poco de suerte, no volvería a llorar jamás.

El tercero era el único de los cinco soldados condenados que creía todavía en la posibilidad de que no les fusilaran. Se decía que, para fusilarles, no se hubieran molestado en llevarles a otro frente y hasta las primeras líneas. El pueblo donde había tenido lugar el proceso estaba en el Somme. De salida eran quince, sin circunstancias atenuantes, y después fueron diez, y después cinco. En cada parada se perdía alguno. Ignoraba su suerte. Habían viajado toda una noche en tren, y un día tras otro les habían hecho subir a distintos camiones. Fueron hacia el sur, después hacia poniente, después hacia el norte. Después, cuando ya sólo eran cinco, echaron a andar por una carretera, con una escolta de dragones enfurruñados por aquella misión. Les dieron agua y galletas y les cambiaron los vendajes en un pueblo en ruinas que no sabía dónde quedaba.

El cielo estaba blanco y vacío, la artillería había enmudecido. Hacía mucho frío y, más allá, aquella carretera embarrada, medio hundida por la guerra y que cruzaba ese pueblo sin nombre, todo estaba cubierto por la nieve, como en los Vosgos. Ni barrancos ni colinas para que murieran los hombres, como en Argonne. Y el puñado de tierra que había cogido con sus manos de campesino no era de Champaña ni de Meuse. Era una cosa que el sentido común rehusaba reconocer, y, para creérselo, había necesitado encontrar un viejo botón de uniforme al que el soldado que le precedía por la trinchera había pateado delante de él: habían vuelto a la zona de la que habían salido, donde moría la gente de Terranova, en los confines de Artois y de Picardía. Lo único que había sucedido era que durante las setenta y dos horas que habían estado lejos había caído nieve, pesada y silenciosa, paciente como él, y lo había recubierto todo, las llagas de los campos, la granja incendiada, el tronco de los manzanos muertos y las cajas de munición perdidas.

Cuidado con el hilo.

El que le seguía por la trinchera, el cuarto de los cinco soldados, sin casco ni insignias, ni número de regimiento, ni bolsillos en la guerrera o en el capote, ni fotos de familia, ni cruz de cristiano ni estrella de David o media luna del Islam, ni nada que pudiera dar algún calor más que el corazón latiendo, ése, con la matrícula 7328 de un banderín de reclutamiento de las Bouches-du-Rhone, nacido en Marsella de emigrantes italianos, ése se llamaba Ange. En opinión de todos los que le habían conocido, nunca un nombre había sido tan mal llevado durante los veintiséis años que había pasado sobre la tierra.

Sin embargo era casi tan bello como los ángeles, y gustaba a las mujeres, incluso a las mujeres virtuosas. Era esbelto de talle, largo de músculos, ojos más negros y misteriosos que la noche, con dos hoyuelos a ambos lados de su sonrisa, otro en el mentón, y la nariz lo bastante napolitana como para jactarse delante de sus camaradas de compañía con un refrán de guarnición —«Porra grande, picha grande»—, y tenía el pelo tieso, el bigote principesco, el acento más suave que una canción y sobre todo el aspecto de alguien a quien se debe amar. Pero quienes se habían hundido alguna vez en su mirada de miel, quienes habían probado su egoísmo de mármol, podían decirlo: era astuto, tramposo, pendenciero, ladrón, amuermante, cobarde, falso incluso cuando juraba por su madre muerta, traicionero, traficante de tabaco y de prostitutas de guerra, avaro de un gramo de sal, llorón cuando el obús caía cerca, matamoros cuando era otro regimiento el que subía al frente, de profesión inútil y, por propia confesión, el más miserable y despreciable de todos los «pobres gilipollas del frente». Salvo que, como no había tenido tiempo de ver muchos, no estaba muy seguro de ello.

Todo lo referido al frente el 7328 lo había conocido durante tres meses, los tres últimos meses del año que terminaba. Antes había estado en un campo de entrenamiento, en Joigny. Había aprendido a conocer algunos buenos vinos de Borgoña, al menos por la etiqueta, y a desviar hacia el vecino el mal humor de los oficiales. Antes aun había estado en la cárcel de Saint-Pierre, en Marsella, donde cumplía una pena desde el 31 de julio de 1914, una condena de cinco años por algo que él llamaba «un asunto de corazón» —o «de honor», según hablara con una mujer o con un hombre—, pero de hecho se trataba de una lamentable disputa ventilada entre proxenetas de barrio.

Aquel verano, el tercero que pasaba detrás de los barrotes, recogieron hasta los antepasados y los presos de derecho común para resucitar los regimientos reducidos a nada. Le habían dado a escoger. Había decidido, de acuerdo con otros apostantes sin seso, que la guerra era un asunto de semanas, y que los ingleses o los franceses forzosamente iban a hundirse en algún sitio y que se vería libre antes de Navidad. En virtud de lo cual, después de pasar dos semanas en Aisne enterrándose en los agujeros para protegerse de los obuses, había vivido cincuenta días que equivalían a cincuenta veces cien años de penal —en Fleury, en Bois Chauffour, en la colina de Poivre—, cincuenta eternidades de horror, segundo a segundo, espanto tras espanto, para volver a esa trampa para ratas, maloliente de orina, de mierda y de muerte de todos los que, en ambos bandos, se habían sacudido la badana sin tener el empuje suficiente para ir hasta el descabello, Douaumont antes que Verdun.

Que la Madrecita que también protege a los golfos sea siempre alabada: nunca había tenido que ir con los primeros, a riesgo de hacerse destripar por el precedente inquilino, y tenía al menos el consuelo de que nunca nada podría ser peor, ni en este mundo ni en ningún otro. Pero se equivocaba al imaginar que la maldad humana tiene un límite: lo peor es que se dedica a inventar con gusto otras maldades.

En diciembre, después de seis breves días llamados de descanso, durante los que no podía oír caer un tenedor sin pegar un brinco hasta el techo, ocupados enteramente, para rehacer la moral, en tareas de cuartel, le habían llevado a él y Ange, con toda su impedimenta y un regimiento obligado a buscar reclutas en las maternidades, hasta las orillas del Somme, a un sector agotado de tanta matanza y que se decía tranquilo, pero donde entre dos diluvios, de artillería, sólo era cuestión de vencer o morir en una ofensiva inminente, un asalto total y definitivo que no pararía en gastos. El cocinero de campaña —un hombre al corriente— había advertido a los muchachos que lo sabía por el enlace, sincero como un capullo, de un ayudante de campo austero en palabras vanas, que a su vez lo había sabido por boca de su coronel, que había sido invitado al baile ofrecido por el general y la generala para celebrar sus bodas de sangre.

Él mismo, Ange, el pobre chavalín de Marsella, el niño perdido de la rue Loubon, incluso siendo el más tarado de la clase, bien veía que las ofensivas sólo rimaban con contraofensivas, y finalmente, como cualquiera antes que él, se había rendido a la evidencia de que aquella guerra no acabaría nunca simplemente porque nadie era capaz de derrotar a nadie, a menos que se decidieran a tirar armas y cañones al basural más cercano y arreglar el asunto con palillos de dientes. O mejor aún, a cara o cruz. Uno de los desgraciados que iban delante de él, el segundo de la triste fila, un cabo al que apodaban Six-Sous porque se llamaba Francis, durante el proceso con sentencia conocida de antemano había hablado de la utilidad de las ofensivas y las contraofensivas y de la inconsiderada proliferación de cementerios, incluso había echado en cara a los jueces con galones una cosa terrible: desde hacía más de dos años los ejércitos de ambos bandos se habían enterrado a lo largo del frente, pero si cada uno se hubiera vuelto tranquilamente a casa dejando la trinchera vacía no hubiera cambiado nada —«me oyen: nada»—, se estaría exactamente en la misma situación en los planos de Estado Mayor que después de las hecatombes. Quizás el cabo Six-Sous no era tan inteligente como para salvarse de morir fusilado, quién sabe. Desde luego, Ange no lo sabía.

Después de haber enviado en vano una súplica a su jefe de batallón para que le devolvieran a su querida celda de la cárcel de Saint-Pierre, y otra idéntica —hasta en las faltas de ortografía— a su diputado del departamento de Bouches-du-Rhone, ambas escritas con lapicero de tinta mojado en un cuartillo de agua salada porque detestaba ponerse en los labios el color violeta y porque ya hacía tiempo que no le quedaban lágrimas, había maquinado todo tipo de estratagemas ingeniosas y crueles, con la única esperanza de palidecer aún más de lo que estaba al cabo de aquellos meses: cadavérico, macilento, gris agonía.

Diez días antes de aquella Navidad que se imaginaba iba a ser la de su libertad, en la hora turbia del crepúsculo, después de unas cuantas jarras de vino y de furiosas dilaciones, había llegado a convencer a uno más tonto que él —un farsante de notaría de Anjou que sólo quería volver a casa para sorprender a su mujer en medio de una orgía— de dispararse mutuamente una bala en la mano derecha, para que el episodio resultara más creíble. Así pues, los dos juntos, en una cuadra donde los caballos enloquecían con sólo oler la carnicería que se avecinaba, a varios kilómetros de un frente donde nada sucedía, lo habían hecho con poca maña, con voluntad incierta, jurándose lealtad, como los niños que buscan tranquilizarse en la oscuridad pero se asustan de sus propios gritos. Ange, el 7328, había apartado rápidamente la mano de la boca del fusil y había cerrado los ojos en el último segundo, porque todo su ser se rebelaba contra la palabra dada. Ahora le faltaban dos falanges del dedo anular y un trozo del dedo corazón, pero el otro individuo había recibido el tiro en pleno rostro, el pobre tonto, y los caballos, desbocados y rompiéndolo todo para escapar de allí, le habían hecho papilla.

Sí, el cuarto de los cinco condenados arrastrados hasta allí iba andando en el barro porque aquél era su lugar para contemplar de frente la mala suerte, aquel laberinto en la nieve, pero ya había andado demasiado, estaba demasiado fatigado para defenderse y lo único que quería era dormir, estaba seguro de que se dormiría en cuanto le ataran al miserable poste y le vendaran los ojos, y nunca sabría lo que había pasado al fin de su vida: Anjou, fuego, fuego en la chimenea, nariz de pato, pato de charca, estoy harto, malabar, barro de trinchera, de donde se iba extrayendo con la cabeza gacha, los hombros oscilantes, para avanzar aún más lejos hacia el reflejo del anochecer, estaba harto.

Cuidado con el hilo.

El quinto, el último soldado con los brazos atados a la espalda era un Pipiolo, mote de la quinta de 1917, y le faltaban cinco meses para cumplir veinte años. Sin embargo, había estado más días en el frente que el polichinela tambaleante y miserable que iba delante de él, y si la imaginación podía añadir algo, había pasado todavía más miedo.

Tenía miedo de la guerra y la muerte, como casi todo el mundo, pero también tenía miedo del viento que propagaba los gases, miedo irracional de sí mismo, miedo del cañón de los suyos, miedo de su propio fusil, miedo del fragor de los obuses, miedo de la mina que estalla y se traga una escuadra, miedo del reducto inundado que te ahoga, de la tierra que te entierra, del mirlo despistado que pasa su sombra súbita delante de tus ojos, miedo de los sueños en que uno acaba siempre destripado en el fondo de un cráter, miedo del sargento que arde de ganas de saltarte la tapa de los sesos porque ya no se aguanta andar gritando, miedo de las ratas que esperan y vienen para olisquearte como aperitivo antes de que te duermas, miedo de los piojos, de las garrapatas y de los recuerdos que te chupan la sangre, miedo de todo.

Antes de la matanza no era el de ahora, sino todo lo contrario: se subía a los árboles, trepaba al campanario de la iglesia, se atrevía contra el océano en el barco de su padre, siempre voluntario en los incendios forestales, llevaba a puerto las chalanas dispersadas por la tempestad, era intrépido y generoso con su propia juventud, y daba a los suyos la imagen de quien siempre esquiva a la muerte. Incluso en el frente, en los primeros tiempos, había sido un bravo. Pero después hubo un obús, uno más, demasiado, aquella mañana delante de Buscourt, apenas a unos kilómetros de la trinchera donde en aquellos momentos chapoteaba en el fuego. No le había alcanzado la explosión, aunque la onda expansiva lo había lanzado por los aires. Pero cuando se levantó se halló cubierto de sangre de un camarada, completamente cubierto de sangre y de carne irreconocible, la sintió hasta en la boca. Escupió horrorizado, aulló. Sí, aulló en el campo de batalla, a las puertas de Buscourt, en Picardía, se desgarró el uniforme y lloró. Le trajeron desnudo. Al día siguiente recuperó la calma. A veces experimentaba un temblor sin motivo, eso era todo.

Se llamaba Jean, aunque su madre y los demás, allá en el pueblo, le llamaban Manech. En la guerra era simplemente el Pipiolo. En el brazalete de su muñeca sana llevaba la matrícula 9692 de un banderín de reclutamiento del departamento de las Landas. Había nacido en Cap-Breton, desde donde se divisa Biarritz, pero la geografía no era el punto fuerte de los ejércitos de la república, y los de su sección pensaban que venía de Bretaña. Desde el primer día había renunciado a sacarles de su error. No le gustaba llevar la contraria, prefería pasar inadvertido para evitar las discusiones estériles y no le iba mal: cuando perdía el macuto o alguna pieza de su fusil, siempre encontraba un veterano que le ayudaba a arreglárselas, y en la trinchera, salvo ese sargento que le tenía manía, sólo le pedían que se pusiera a resguardo y que tuviera cuidado con el hilo.

Pero allí estaba el miedo que había invadido todo su ser: el presentimiento de que nunca volvería a ver su casa, ni obtener el permiso que le habían prometido y que ya no esperaba. Y también estaba Matilde.

En septiembre, para volver a ver a Matilde, atendió los consejos de un Maria-Luisa, el apodo de la quinta de 1916. Se tragó una albóndiga empapada de ácido pícrico. Se puso malo hasta vomitar por los pies, pero cualquier matasanos sabía distinguir una ictericia falsa antes de haber aprendido a leer, y le sometieron a consejo de guerra en su batallón. Le trataron con la indulgencia que merecía su edad: dos meses de prisión condicional, pero adiós a los permisos, a menos que redimiera la pena haciendo prisionero al káiser Guillermo él solito.

Después llegó noviembre, delante de Peronne, tras diez días sin relevo bajo los insultos del maldito sargento y bajo la lluvia, la lluvia, la lluvia. Ya no podía más y atendió los consejos de otro Maria-Luisa, todavía más inteligente que el primero.

Estando de guardia en la trinchera una noche de lejano cañoneo, con el cielo empapado, él, que no fumaba, había encendido un cigarrillo inglés, porque se apagan menos tontamente que los de tabaco negro y lo había levantado por encima del parapeto, protegiendo con los dedos la pequeña brasa roja, y así se había quedado un buen rato, con el brazo levantado, el rostro contra la tierra empapada, rogando a Dios, si todavía existía, que le concediera una bonita herida. La lluvia acabó con la brasa roja y él lo intentó con otro cigarrillo, y luego con otro, hasta que un tipo de enfrente comprendió al fin, con los prismáticos, lo que le estaban pidiendo. Se las había tenido que ver con un buen tirador, o bien los alemanes, tan comprensivos como los franceses en casos parecidos, habían llamado uno, porque bastó con una bala. Le arrancó la mitad de la mano y el cirujano cortó el resto.

Para coronar su desgracia, cuando sonó el estampido, que no inquietó a los que andaban en sus ocupaciones ni despertó a los demás, el sargento no dormía. El sargento no dormía nunca. En el amanecer mojado, todos los hombres, incluso los cabos, incluso los camilleros que acudieron para nada porque el herido bien podía andar, habían suplicado al sargento que olvidara la historia, pero éste no quiso saber nada, y dijo con el acento testarudo del Aveyron y lágrimas de rabia en los ojos: «¡Callarse, mierda, callarse! ¡Quién soy yo si dejo pasar una cosa parecida! Y si todo el mundo hiciera lo que ese cabroncete, ¿quién iba a defender la posición, quién la iba a defender?»

Al Pipiolo, en su segundo consejo de guerra, el del cuerpo de ejército esta vez, le defendieron lo mejor posible. Incluso tuvo la suerte, le repetían, de que habían suprimido la corte marcial, si no, le habrían fusilado sobre la marcha. El comisario había designado de oficio a un abogado de Levallois para que les asistiera, a él y a otros tres de su edad, un capitán de artillería, un hombre bueno que ya había perdido a un hijo en Eparges y repetía que con eso ya bastaba. Para los tres primeros, los jueces habían escuchado al abogado, pero no para el cuarto. No para un símbolo de la cobardía, ejemplo tan pernicioso que podía contaminar a todos los reclutas de una división. Ninguno de les jueces accedió a firmar el recurso de gracia.

Los males del hombre, a fuerza de hincharse, acaban a veces en la nada antes que ellos. Después de recibir el mazazo de la sentencia, cuando se hallaba acostado en un vagón de transporte de ganado con otros catorce que tampoco sabían adónde los llevaban, algo en el Pipiolo reventó dulcemente, como un abceso monstruoso, y después ya no tuvo conciencia, salvo en breves sobresaltos de desconcierto acerca de lo que acababa de vivir, la guerra, su brazo manco, el silencio de los hombres de barro formados a su paso y todas esas miradas que se apartaban de la suya, porque la suya era dócil, confiada, insostenible, y su sonrisa era la mueca de un niño demente.

El último de los cinco soldados que iban a ajusticiar sonreía de manera extraña, tenía los ojos azules y el cabello negro, las mejillas sucias pero casi imberbes. Su juventud le ayudaba, porque se fatigaba menos que sus compañeros en las trincheras inundadas. Sentía un bienestar animal hundiéndose en el barro, con el frío en la cara y en los oídos los gritos y risas de las noches de otro tiempo: salía de la escuela y regresaba a su casa por el camino de las dunas, entre el lago y el océano, durante aquel invierno en que nevó en todas partes, y sabía que *Kikí*, el perro, saldría a su encuentro en los reflejos de poniente; tenía hambre, ganas de una rebanada de pan con miel y de un gran tazón de chocolate.

Alguien dijo que tuvieran cuidado con el hilo.

Matilde no sabe si Manech le oía en el alboroto de su infancia, en el estrépito de las grandes olas en que se sumergía a los doce años, a los quince años, colgada de él. Tenía dieciséis cuando hicieron el amor por primera vez, una tarde de abril, y habían jurado mutuamente que se casarían cuando él volviera de la guerra. Tenía diecisiete cuando le dijeron que le daban por desaparecido. Lloró mucho, porque la desesperación es hembra, pero no más de lo necesario, porque la obstinación es hembra también.

Quedaba ese hilo, remendado donde se iba desgarrando, serpenteando a lo largo de todas las trincheras, de todos los inviernos, arriba y abajo de la trinchera, a través de todas las líneas, hasta el oscuro reducto de un oscuro capitán que le transmitía órdenes criminales. Matilde lo ha atrapado. Lo tiene en la mano todavía. Le sirve de guía en el laberinto del que

Manech no volvió. Cuando se rompe, ella lo anuda. Nunca se desanima. Cuanto más tiempo pasa, más se afianza su confianza y su atención

Y además, Matilde es dichosa por naturaleza. Se dice a sí misma que si ese hilo no la lleva a su amante, no importa, no es grave, siempre podrá ahorcarse con él.

Bingo Crepúsculo

Agosto 1919

Un día, Matilde recibió una carta de una monja: un hombre que agonizaba en un hospital cerca de Dax quería verla. Se llamaba Daniel Esperanza. Era sargento en la brigada territorial. Se había encontrado con Manech en enero de 1917 en el frente del Somme.

Como antes de la guerra, Matilde vive la mayor parte del año en Cap-Breton, en el chalet de vacaciones de sus padres. Una pareja de cuarenta y cinco años, Sylvain y Bénédicte, se ocupa de ella. La conocen desde niña. La trataban de usted solamente cuando les daba faena.

Después de almorzar, Sylvain lleva a Matilde en el coche al hospital. Ella se instala delante y la mujer a la que llama «su patinete» se instala detrás. A Sylvain no le gustan los hospitales, y a Matilde todavía menos, pero aquél es casi tranquilizador, es una hermosa casa rosa y blanca bajo los pinos.

Daniel Esperanza está sentado en un banco al fondo del jardín. Tiene cuarenta y tres años y aparenta sesenta. Se ha quitado la bata. Suda en un pijama de rayas gris y beige. Todavía no ha perdido la cabeza pero ya no atiende a nada. Su bragueta está abierta sobre una pelambrera cana. Varias veces Matilde esboza un gesto para incitarle a cerrarla, pero, otras tantas veces él responde con una angustia perentoria: «Déjelo, no tiene importancia».

En la vida civil era exportador de vino de Burdeos. Muelles del Garona, velas hinchadas, enormes fudres de roble, ha conocido esas cosas y las echa de menos, y también a dos o tres chicas del puerto de la Luna, que no sabía a fin de cuentas si habrían sido los únicos amores de su vida. En agosto de 1914, la movilización no le había privado de nadie, ni de padre ni de madre, muertos tiempo hacía, ni de hermano ni de hermana que no tuvo, y confiaba con encontrar mujeres en todas partes en las zonas militares.

Dice eso con una voz sin timbre, deshilachada a causa de su dolor. No con las mismas palabras, por supuesto, Matilde es una señorita, pero no es muy difícil de traducir: siempre fue un pobre tipo.

Lanza a Matilde una mirada orgullosa y añade que se equivoca: él es grande, fuerte, incluso era envidiado antes de su enfermedad. Le enseñará una foto. Tenía buena planta.

Y entonces dos lágrimas resbalan por sus mejillas.

Sin enjugárselas dice: «Le pido perdón. Hasta estos últimos días ignoraba su estado. Pipiolo no me dijo nada. Y sin embargo Dios sabe si me habló de usted».

Matilde piensa que conviene interrumpir las compasiones inútiles con un pequeño suspiro. Lanza un pequeño suspiro.

Él dice aún: «Usted, mejor que nadie, comprenderá lo que es la miseria».

Ella no tiene los brazos suficientemente largos para sacudirle un poco, está a más de un metro de él, y también contiene las ganas de gritar, de miedo a que la sorpresa retrase el momento de llegar a lo esencial. Se inclina hacia delante y con voz suave le urge: «¿Usted le ha visto? Se lo ruego. Cuénteme. ¿Qué le ha pasado?»

Él permanece en silencio, sollozando, con la piel desgastada hasta el esqueleto, en medio del sol espolvoreado entre las ramas. Matilde cree que no olvidará jamás esa imagen. Finalmente se pasa por la cara una mano que no termina de envejecer, y se decide.

El sábado 6 de enero de 1917, cuando su regimiento estaba empedrando carreteras cerca de Belloy-en-Santerre, fue requerido por la policía militar para conducir a cinco soldados de infantería, condenados en consejo de guerra, hasta una trinchera en primera línea en el sector de Bouchavesnes.

Recibió las órdenes de su comandante, un hombre normalmente seco y frío, y que le pareció singularmente turbado, hasta el punto de que antes de dejarle marchar le confió: «Haga lo que le digan pero no más, Esperanza. Si quiere mi opinión, habría que enviar a la mitad del Alto Mando al calabozo».

Matilde no quiso hablar, quizá ya no tenía voz.

Como le habían ordenado, Daniel Esperanza seleccionó a los diez hombres de su compañía que le parecieron más robustos tanto de cabeza como de lo demás, todos veteranos de la brigada territorial. Cogen sus fusiles, cartuchos y raciones de comida. Todos ellos y él también, se pasan por la manga de su capote un brazalete de color azul celeste sobre el que está estampada en negro la letra P. Esperanza les había dicho que aquello significaba Prefectura o Policía. A lo que un cabo que respetaba a su sargento, pero que de vez en cuando se bebía un trago con él, se permitió replicar: «Vamos, vamos, eso quiere decir patata». Para entonces ya sabían todos que habían sido escogidos para acompañar a condenados a muerte.

«¿Y fusilarles?», quiso saber Matilde, y quiso saber también si su Manech era uno de los cinco, y ahora grita, y oye su grito pero no tiene voz.

Daniel Esperanza sacude la cabeza, sacude su vieja cabeza con el cabello de color niebla y suplica: «¡Cállese, cállese, no les fusilaron! ¡Quiero decirle que yo vi a su novio vivo, y que la última carta que recibió de él, yo la escribí al dictado, y yo fui el que se la envió!»

Es cierto que la última carta de Manech, fechada el sábado 6 de enero de 1917 no era de su puño y letra. Comenzaba con estas palabras: «Hoy no puedo escribir y un camarada de las Landas lo hace en mi lugar».

Matilde no quiere llorar.

«¿Usted es de las Landas?», pregunta.

«De Soustons.»

Ella pregunta con apenas un hálito de voz que le viene de las entrañas: «Manech era uno de los cinco, ¿no es así?»

Él bajó la cabeza.

«Pero, ¿por qué? ¿Qué había hecho?»

«Lo que los demás —dice él—. Todos habían sido condenados por mutilación voluntaria.»

Levanta una mano curtida, morena, estriada de venas duras.

Matilde emite un hipido. Mira esa mano, la mira sin poder articular palabra.

No quiere llorar:

«Un camión vino a buscarnos —prosigue Daniel Esperanza en el polvo luminoso entre las ramas de los árboles—. Nos dejó a unos veinte kilómetros, en las ruinas de un pueblo que se llamaba Dancourt o Nancourt, no me acuerdo bien. Han pasado treinta meses desde entonces, pero han sucedido tantas cosas que me parecen treinta años, ya no me acuerdo bien. Allí es donde debíamos hacernos cargo de los cinco soldados.

»Eran las cuatro de la tarde. Todo el campo estaba nevado. Hacía frío. El cielo estaba pálido. Apenas se distinguía el horizonte pero no se veía ni una explosión de obús, ni un globo en el aire, ni una señal de la guerra, salvo la desolación que nos rodeaba en aquel pueblo donde no quedaba una pared en pie y cuyo nombre he olvidado.

»Esperamos. Un batallón de negros que bajaba de relevo, abrigados en sus pieles de cabra y sus bufandas, desfiló delante de nosotros en pequeños grupos ateridos, en un agotado desorden. Después llegó un coche ambulancia con un teniente médico y un enfermero. Esperaron con nosotros.

»El primero que vio llegar gente por la carretera por la que se habían alejado los senegaleses, el cabo Boffi, del que ya he hablado, al que llamaban Gordo, se perdió otra buena ocasión de callarse: "¡Diantre, esa gente no tiene prisa en morir!" El enfermero le hizo observar que decir esas cosas no le traería suerte, y tenía razón. Boffi, que me caía bien y que jugaba a las cartas conmigo, murió cinco meses más tarde, no en el Aisne, donde se masacraban sin verse, sino en unas obras de la retaguardia, por medio del brazo vengador de una grúa bajo la que estaba hojeando un viejo almanaque Vermot. "De lo que se deduce que siempre hay que tener cuidado con lo que se dice y más aún con las lecturas que uno escoge", fue la oración fúnebre de nuestro capitán cuando supo la historia.»

Sin duda la señorita se ha ofuscado.

Hacía tiempo que Matilde no se ofuscaba con todo lo relacionado con la guerra.

«pero hemos visto tantas cosas, hemos visto sufrir tanto que hemos perdido la compasión

»y en los campos de batalla devastados ya no crece más que la mala hierba de la hipocresía o la pobre flor de la irrisión,

»si no hubiéramos tenido agallas para reírnos de nuestra miseria no hubiéramos podido sobrevivir

»porque en todas las cosas la irrisión es el último desafío de la desgracia,

»le pido disculpas, compréndame.»

Ella comprende.

Pero, por favor, prosiga.

«Los cinco condenados venían a pie, con los brazos atados a la espalda —prosigue el viejo sargento tras un acceso de tos, y esa tos es como un prolongamiento a unos silbidos acerados como cuchillas de afeitar—. Les custodiaban dragones a caballo, en uniforme azul horizonte como todos nosotros. El que mandaba el pelotón, un ayudante de baja estatura, no tenía ganas de andar retrasado. Se había cruzado con los senegaleses que se apartaron de mal humor hacia las cunetas para dejar libre el camino. Se había sentido a disgusto, y sus hombres también, al pasar entre dos filas de miradas poco amenas. Me dijo: "Esos mustafás deben de creerse que somos gendarmes, y suerte que no nos han hecho ninguna mala pasada".

»Comparamos nuestras listas de prisioneros. Insistía en que yo verificara la identidad de cada uno de ellos y que todo estuviera en regla. Después me pidió que pusiera la fecha y la hora exacta, y que firmara al pie de su propia lista, a modo de recibo. La guerra me ha enseñado a desconfiar de todo, y en particular de firmar papeles que no se sabe en qué despacho van a aterrizar, pero era mi superior, y el teniente médico me dijo de sopetón que él estaba allí para curar heridas y nada más, y obedecí. El ayudante volvió a montar a caballo, satisfecho, me deseó que tuviera valor, y los dragones se alejaron en una gran nube de aliento pálido.

»Hice que desataran a los prisioneros. Se sentaron aquí y allí, sobre una viga vieja o sobre un lienzo de pared derrumbado. Les dieron unas galletas y algo de beber. Estaban ensimismados, no se lavaban desde hacía varios días y tenían frío.

»Todavía conservo la lista mecanografiada que me dio mi comandante, la tengo en un bolsillo de la bata, con otras cosas que le entregaré después. Encontrará sus nombres y apellidos, pero tengo la costumbre de la trinchera y me resulta más fácil llamarles como les llamaban en la guerra.

»El mayor de los cinco, de treinta y siete años, era un carpintero de París, del barrio de la Bastilla. Le llamaban Bastoche, y más a menudo Eskimo, porque había recorrido el Gran Norte en su juventud. En aquel momento, en aquel pueblo en ruinas, no hablé mucho con él pero vi que calzaba botas alemanas y me extrañó que se las hubieran dejado. Me dijo: "Así me cogieron. Reclamé mis escarpines pero me lo negaron". También me extrañó que no le hubieran movilizado en la brigada territorial. Me dijo que había vuelto de América con tres años de retraso para su servicio militar. De todos modos, ahora los batallones se rellenaban con gente mayor que él. Le dije: "Vaya, no es muy astuto lo que has hecho". Me replicó que no había hecho nada en absoluto, que había sido un accidente y una buena cabronada haberle condenado. Me miraba a los ojos.

»El segundo, de treinta y dos años, era un cabo degradado al que llamaban Six-Sous, no sé por qué. Afirmaba orgulloso que se había disparado a propósito, y que si tuviera que volver a hacerlo lo haría. Con todos sus respetos, me trató de lacayo de asesinos. Era soldador en las afueras de París y sindicalista escarlata. Tenía fiebre. Hacía varios días que el dolor le impedía dormir. Yo iba siguiendo al teniente médico mientras iba del uno al otro para limpiarles las heridas y cambiarles los vendajes. De todos ellos, Six-Sous era el que tenía la herida más fea. Después de haberle curado el teniente me dijo: "Tiene suerte con toda esta nieve. Si fuera verano, la gangrena hubiera acabado con él antes de lo que le espera".

»El otro era un marsellés de veintiséis años, sacado de la cárcel. Le llamaban Derecho Común. Estaba pálido y extenuado. Le pregunté su oficio en la vida civil, porque no venía indicado en mi lista. Me dijo: "No tengo profesión. Soy hijo de pobres emigrantes, así lo dice claramente mi cartilla militar. Pero, si no soy francés, ¿por qué me quieren matar?" Aceptó el cigarrillo que le ofrecí diciendo: "Se ve que usted es buena persona. Espere usted lo más posible antes de fusilarnos. Seguramente el presidente Poincaré firmará nuestro recurso de gracia". En sus ojos húmedos, muy negros, vi que no se lo creía ni él. Le dije que yo no estaba allí para fusilar a nadie y que nada tenía que temer mientras yo permaneciera allí con mis homnbres. Me pareció que aquello le dio confianza.

»Instintivamente, Derecho Común se quedaba junto a un muchachote del departamento de la Dordoña, un campesino de treinta años, taciturno pero atento a todo. No tenía un apodo de verdad. Eskimo y Six-Sous me dijeron después que tenía reputación de solitario, porque se habían cruzado con él en los acantonamientos y los relevos, y que compartía con los demás sus paquetes pero se guardaba sus esperanzas y sus problemas. En varias ocasiones se había mostrado hábil en la batalla, pero únicamente para sobrevivir. Para mencionarlo decían "Ese hombre", nadie había oído que le llamaran de otro modo.

»Intenté hablar con Ese Hombre. Me escuchó sin mirarme. Le dije que la Dordoña no estaba lejos de mi tierra y le ofrecí un cigarrillo. Yo no le interesaba y el cigarrillo tampoco. Al alejarme observé que Derecho Común esperaba ese momento para empujar hacia su compañero algo que había en el suelo. Ese Hombre lo recogió con su mano útil, lo miró, y volvió a dejarlo caer. Unos minutos después, antes de abandonar el pueblo, volví al lugar donde estaba sentado para buscar el objeto que parecía tan interesante. Era un botón de uniforme británico con una cabeza de caribú, y con letras grabadas alrededor: *Newfoundland, Terre-Neuve.* Aunque a usted le parezca una tontería, me alegré de haber adivinado sin que me lo dijera, sólo con ver la seguridad con que manejaba su mano, que Ese Hombre era zurdo, pero todavía me extraña su mirada pensativa, un poco sorprendida, cuando recogió aquel viejo y sucio botón. Quizás él mismo adivinó, sin que yo se lo dijera, algo que era demasiado orgulloso o demasiado desconfiado como para preguntar.

»Su novio Pipiolo estaba aparte y prefería quedarse de pie. Iba y venía hablando en voz baja. Una vez recogió algo de nieve con la mano que le quedaba, hizo una bola y me la tiró torpemente. El ex cabo Six-Sous me dijo: "No le haga caso, sargento. Hay ratos en los que desvaría".

»Hicimos que Pipiolo se sentara. Mientras le curaban volvió la cabeza para no ver su herida, pero no dejaba de sonreír: Me dijo: "Me alegro de volver a casa".»

Y Matilde pregunta lo que Manech no quería ver y contiene las ganas de llorar: quiere que le digan cuál era la herida de Manech.

Entonces Daniel Esperanza le dice que a Manech le habían amputado la mano derecha pero que le habían operado hacía varias semanas y ya no sufría.

Matilde cierra los ojos y aprieta fuertemente sus párpados, agarrándose a los brazos de la butaca, y sacude la cabeza para apartar una imagen o negar el destino. Después permanece largo rato en silencio con la frente inclinada mirando al suelo: gravilla con pequeñas flores amarillas de las que crecen incluso en el cemento, las mismas que hay entre el enlosado de la terraza, en el chalet de Cap-Breton.

«En cuanto acabaron su tarea —prosigue Esperanza cuando Matilde le hace una seña de que ya está mejor y que le escucha—, el doctor y el enfermero se marcharon. En el momento en que se subía a la ambulancia pregunté al doctor si pensaba que Pipiolo era un simulador. Me respondió: "No, lo sé". Y agregó: "¿Qué ganaría con ello? ¿Qué podríamos hacer nosotros?" Observé que tenía ojeras, que estaba desanimado por tener que practicar su oficio en la guerra y más todavía por tener que curar a hombres que iban a ser ejecutados. No tenía treinta años. Era un corso y se llamaba Santini. Supe que él también murió, dos días después, durante un bombardeo, en Combles.

»Hice que ataran de nuevo a los prisioneros con los brazos a la espalda, como me lo habían ordenado. No veía la necesidad de hacerlo, estaban demasiado fatigados y nosotros éramos bastante numerosos como para que ninguno intentara escapar, pero finalmente mejor era así, aquello nos evitaba tener que disparar si se producía aquella tontería.

»Fuimos hacia Bouchavesnes, con los prisioneros en fila, cada uno escoltado por dos soldados. La trinchera de primera línea a la que debíamos conducirles tenía un número, pero en la guerra pasa con las trincheras como con los hombres, es más fácil recordar los apodos. Aquélla se llamaba Bingo Crepúsculo, no me pregunte por qué. Después de dos kilómetros por una carretera reventada por los obuses, en un paisaje donde ya no existían ni árboles ni casas, sólo la nieve, nos esperaba un soldado para guiarnos a la entrada de las zanjas, bromeando con los artilleros.

»Después el laberinto nos pareció interminable, íbamos pateando el barro y a los prisioneros les costaba un gran esfuerzo andar. Había que sostenerlos a cada rato. El cabo Six-Sous se cayó en un charco. Le ayudamos a levantarse, no se quejó. Como al jefe de dragones que me había hablado en el pueblo, me daba vergüenza llevar así a cinco de los nuestros, como a miserables, bajo la mirada de los hombres que esperaban para subir al frente o que venían de allí, apartándose contra los parapetos para cedernos el paso. El sol era una gran bola roja en el cielo invernal, iluminaba con reflejos sin calor la sangría negra y sinuosa de las posiciones alemanas, más allá de nuestras líneas y de la llanura nevada. Todo estaba en silencio, el más extraño silencio que he conocido en la guerra. Únicamente se oía un cuchicheo de vez en cuando, como siempre en el frente, para decirnos que tuviéramos cuidado con el hilo del teléfono, porque, adonde nosotros íbamos, ese hilo era lo único que unía a los hombres con el mundo de los vivos.

»Todavía a medio kilómetro de Bingo Crepúsculo llegamos a un cruce de zanjas y trincheras de segunda línea bautizado Plaza de la Ópera. Allí nos esperaba un capitán envuelto de la cabeza a las botas en una pelleja de automovilista, en medio de soldados que trabajaban con pasamontañas debajo del quepi. Sólo dejaba ver su nariz puntiaguda, su boca amarga, sus ojos hostiles. Había recibido sus órdenes de la prefectura, lo mismo que yo, a través de un jefe de batallón que no tenía ninguna prisa en venir a mojarse en un asunto turbio. Estaba muy tenso.

»En el reducto al que llegaba el teléfono me llevó aparte y dijo al cabo que estaba allí que saliera un rato a tomar el fresco. De repente me lanzó: "Cojones de mierda, Esperanza, ¿no se las podía haber arreglado para deshacerse de esos pobres diablos en el camino?" No quise entender. Me dijo: "¡Volver la espalda para que se fueran, darles una patada en el culo para que echaran a correr, cualquier cosa!" Le respondí: "Y ahora estaría yo en un buen lío. Usted no quiere complicaciones pero mi comandante todavía menos. Mis órdenes son traerle cinco condenados por un consejo de guerra. No tengo por qué saber lo que usted va a hacer con ellos, si no me lo hubieran dicho".

»Se puso todavía más furioso: "¿Ah? Así pues, ¿no se lo han dicho? ¡Pues bien, yo no me ando con tapujos y quiero que lo sepa! ¡Esta noche les vamos a dejar en medio del campo con los brazos atados para que revienten o para que los de enfrente les agujereen! ¡Ésas son mis órdenes, sargento! ¿O tengo que decir gendarme? ¡Ésas son mis cochinas órdenes! ¿Ha oído usted antes chorrada parecida?"

»Dio un puñetazo sobre el banco donde estaba todo el aparejo del teléfono, y un cuartillo de vino dejado por el telefonista se volcó; el vino corría por la madera y después goteaba al suelo. No supe qué contestarle. Ya había oído hablar del castigo reservado a los soldados perdidos, pero eso había sido mucho antes, a comienzos de 1915, en Artois, y en la guerra se cuentan tantas cosas que no me lo había creído del todo.

»Después de eso el capitán se calmó de repente. Se sentó en el borde de un catre. Me explicó que su regimiento había perdido mucha gente en el penoso avance del verano pero que desde hacía varias semanas el sector estaba como atontado después de los combates, y que había un acuerdo tácito con los boches para que todo el mundo estuviera tranquilo. "No fraternizamos, nos ignoramos, economizamos. Hay días en que no se cruza un disparo. La artillería no está demasiado charlatana, las trincheras están demasiado cerca unas de otras. En octubre se cargaban a los suyos y a los nuestros." Me miró con ojos tristes. Suspiró: "Los hombres esperan el relevo para pasado mañana. No teníamos ninguna necesidad de que nos metieran este asunto de mierda".

»Cuando salimos interrogó brevemente a los cinco prisioneros. La verdad es que no quería conocerlos, y tampoco quería que sus soldados les conocieran. Después me dijo: "Es todavía peor de lo que pensaba. Uno es un bastardo provocador, otro ha perdido la cabeza, y otro sólo sabe llorar y suplicar. Si lo que querían es dar ejemplo con el culo bien puesto en un sillón del Estado Mayor, lo han conseguido. Mis hombres no van a parar de vomitar y los boches no van a parar de reírse a carcajadas".

»A fin de cuentas, aquel capitán no era un mal tipo, se llamaba Favourier pero le apodaban Mal Hablado por lo florido de su lenguaje. Me aconsejó que llevara a los prisioneros a su propio agujero, donde no los vieran. Me pidió que los desatara y que acompañara a las letrinas a los que tuvieran necesidad.

»Un poco más tarde, llamó al teniente que estaba al mando de Bingo Crepúsculo. Le habló, lejos de nuestros oídos, de las medidas a tomar. El teniente se llamaba Estrangin, tenía veintiséis o veintisiete años, y parecía tan encantado con el asunto como su capitán. La suerte de Pipiolo, sobre todo, le parecía aberrante. Quiso hablarle a su vez. Después sólo sabía repetir: "Dios, no es posible". Ya se lo digo, señorita, aquel día no encontré a nadie que creyera que en ese momento Dios todavía arrastrara las zapatillas por el sector.

»Estuvimos esperando toda la noche en aquel reducto donde habían encendido una pequeña estufa, señal de que no se tenía miedo de ser localizado por el enemigo. Pude ver que también enfrente se elevaban apaciblemente columnas de humo gris. Boffi y yo nos quedamos con los condenados, los otros territoriales se quedaron fuera guardando la puerta. Six-Sous se acercó al fuego para secarse la ropa. Derecho Común se durmió. Pipiolo me habló de usted al menos media hora. Todo su discurso era repeticiones, exaltación, pensamientos desordenados, pero el torrente de palabras arrastraba en su confusión los guijarritos brillantes de las cosas verdaderas. De usted imaginé el frescor, los ojos claros y todo lo que usted debía amarle. Él era feliz, estaba seguro de volver a encontrarla y de preparar la boda. Así se lo escribió, aunque la carta no fuera de su puño y letra. Allí lo escribió, a la luz de las velas y de las lámparas de carburo.

»He de admitir que la idea de que los condenados pudieran enviar un último mensaje a sus parientes no fue mía, sino del teniente Estrangin. En un momento dado regresó al agujero seguido de un soldado que traía la sopa. A Pipiolo, que rechazó su plato, le preguntó si no tenía hambre. Sonriendo, Pipiolo respondió tranquilamente: "Me apetece una rebanada de pan con miel y un tazón de chocolate". Y como el teniente se quedó mudo, el soldado que le acompañaba, un Maria-Luisa de la misma edad que su novio, señorita, le dijo: "No se amargue, teniente. Aunque tenga que matar a mi padre y a mi madre, voy a encontrárselo. A lo mejor ni siquiera tengo que quedarme huérfano". Ya había salido el mozo cuando el teniente explicó como cosa evidente: "Es Celestin Poux, el terror del ejército". Después preguntó si los prisioneros deseaban escribir a sus familias.

»Trajo papel y lápiz. Celestin Poux regresó casi al momento con un cuartillo de chocolate y con miel. De los cinco condenados, tres estaban heridos en la mano derecha, pero, como le dije, Ese Hombre era zurdo, y los únicos que no podían escribir eran Derecho Común y Pipiolo. Derecho Común se sentó en un rincón con el terror del ejército para dictarle su carta. Yo escribí sobre mis rodillas la de Pipiolo. Los otros tres se instalaron como pudieron.

»Antes de volver a su trinchera el teniente les avisó a todos que sus mensajes serían destruidos si contenían la menor alusión a la terrible situación en que se habían metido. Salvo Ese Hombre, varias veces me interrogaron para saber si podían o no decir tal o tal cosa. Fue un momento extraño, a la vez muy apacible y muy triste. No sé explicárselo bien, pero les veía como escolares aplicados chupando su lapicero, apenas se oía el murmullo de Derecho Común, y Pipiolo os contaba su amor entre dos bocados de pan con miel. Tuve la impresión de estar atrapado en algo que no era ni mi vida ni la guerra, algo aparte donde nada existía de verdad, de donde nunca saldría.

»Finalmente, excusando la ortografía, no tuve que hacerles ninguna observación sobre lo que habían escrito. Ninguno quería agravar la pena de los suyos. Doblé las hojas en cuatro y las coloqué en un bolsillo de mi guerrera. Prometí meterlas en sobres y enviarlas a sus destinatarios, en cuanto me reuniera con mi regimiento. Six-Sous me dijo: "Me gustaría creerte, sargento Esperanza, pero no puedes hablar en nombre de tus jefes. Si durante tres días nos han paseado así, es para matarnos en la oscuridad".

»Eso es todo. Sólo me queda por contarle, señorita, lo más penoso. Desde hace largos minutos tiene usted la mirada baja y me escucha sin interrupciones. ¿Quizá prefiere usted que no le diga la continuación, o que le diga en una sola frase lo que sucedió, o al menos lo que vi, para hacerle un daño breve?»

Matilde, obstinada, contempla las florecitas amarillas entre la grava. Responde a Esperanza, sin levantar la voz, que cierre su cochina bragueta. Después le dice que no es sorda, que ya ha comprendido lo que pasó después: por la noche arrojaron a los cinco soldados con los brazos atados a esa extensión entre dos trincheras enemigas que los ingleses llaman *no man's land* y que quiere decir «tierra de nadie». Precisamente lo que quiere saber es cómo ocurrió. El dolor que ella siente es asunto suyo. No llora. Que continúe, entonces. Y como el otro guarda silencio ella le anima con un movimiento seco de la mano, sin levantar los ojos.

«La noche había caído desde hacía tiempo —prosigue Esperanza con su voz desgastada—. Se oía el rumor del cañoneo, pero muy lejos, hacia el norte. Hablé con Eskimo. Era un hombre que no merecía su mala suerte. Me preguntó qué iban a hacer con ellos. Ahora ya barruntaba que no iba a ser una simple ejecución. Reflexionó y me dijo: "Si es lo que pienso, es una cochinada. Sobre todo para el muchacho y para el marsellés. Más valdría para ellos acabar enseguida".

»En aquel momento el capitán Mal Hablado volvió. Había fijado para las nueve la conducción de los prisioneros a

Bingo Crepúsculo. Mientras tanto, los hombres de la trinchera debían cizallar un agujero en su propia alambrada. Uno a uno hicieron salir a los desgraciados del reducto, donde estaban demasiado apretados para volverles a atar. Eso se hizo afuera, con el mínimo de palabras, proyectando al suelo la luz de algunas lámparas.

»El cielo estaba cubierto, la noche negra pero no más fría que el día. En cierta medida me alegraba por ellos. Entonces, en esos haces luminosos que daban mayor irrealidad a lo que estábamos viviendo, mayor brutalidad porque los rostros eran presa de sombras turbulentas, entonces el capitán dijo lo que había decidido la superioridad en sustitución del fusilamiento. Sólo dos reaccionaron: Six-Sous para escupir sobre los generales, Derecho Común para pedir socorro, y tan fuerte que hubo que hacerle callar. Pipiolo no comprendió lo que significaba, estoy seguro. La serenidad de sonámbulo que mostraba desde la media tarde no se había alterado para nada. A lo más le sorprendieron los gritos de su camarada y la pelea que siguió. En cuanto a Eskimo y a Ese Hombre, estoy seguro de que se tomaron la cosa como yo me la hubiera tomado: por muy amenazadora que fuera, se les concedía una posibilidad que el pelotón no les hubiera concedido.

»El capitán sermoneó rudamente al marsellés: "¿Me vas a obligar a que te amordace? ¿Eres tan tonto que no entiendes que la única posibilidad de estar mañana con vida es cerrar la boca?" Y le atrajo por el cuello del capote hasta hablarle bajo la nariz: "Intenta otra vez tus mojigangas y te juro por mis cojones que te hago saltar lo que te sirve de cerebro".

»Luego me llevó al abrigo para decirme que mi misión había terminado, que podía largarme con mis muchachos. Me fastidiaba tener que hacer el gallo, pero le respondí que mi misión era conducir a los prisioneros hasta Bingo Crepúsculo, y no a otra parte.

»El capitán me hizo ver que los boches podrían alarmarse y empeorar las cosas cuando aquella gente empezara a saltar al campo. El lugar de mis hombres no estaba allá, en una trinchera abarrotada. Si había follón y agarraban un mal tiro lamentaría toda mi vida haberles expuesto. ¿Quién le hubiera dicho lo contrario?

»Le dije: "Voy a enviarles a retaguardia, pero permita al menos que acompañe hasta el final a esa pobre gente". Así lo hicimos. Boffi se marchó con mis hombres. Debía esperarme a la entrada de las zanjas. Evidentemente, ya habían tragado bastante tarea sucia como para volver sin lamentarlo.

»De Bingo Crepúsculo llegaron dos cabos y seis soldados para llevar a los condenados. Los cabos tenían unos treinta años. Uno de ellos, al que llamaban Gordes, tenía ojeras de barro que le daban aspecto de búho. El otro, Chardolot, era uno de Turena que me pareció que ya le había encontrado en la guerra. Con Celestin Poux, el capitán y yo, éramos de nuevo una escolta de once hombres.

»Echamos a andar en la noche de invierno precedidos por una única lámpara. En las zanjas, el capitán me contó que había arrinconado dos veces por teléfono a su comandante, que le había dicho que era una barbaridad tratar de esa manera a cinco de los nuestros, y entre ellos un Pipiolo que ni siquiera estaba en sus cabales, pero que no había obtenido nada. Resbalábamos sobre los guijarros cubiertos de lodo. Delante oía el ruido de succión que hacían las botas alemanas de Eskimo.

»Le dije al capitán: "A ése, en cuanto los alemanes vean que lleva las botas de uno de los suyos, se lo cargan". Me respondió: "¿Por qué cree que esos cerdos le han dejado ir así después del proceso? —Y después agregó—: Encontraremos a alguien con el pie a su medida para cambiárselas. Así al menos tendré algo que escribir en el parte de esta noche. Nada en el sector, salvo que nos han robado un par de botas".

»Bingo Crepúsculo, lo mismo que la Plaza de la Ópera, era una trinchera invertida, es decir, que se la habíamos tomado a los alemanes en el otoño y habíamos levantado a toda prisa los parapetos. Todos los veteranos le dirán que los boches construyen trincheras mucho mejores que las nuestras. Aquélla era toda de defensas trazadas a cordel y provista de sólidos refugios, desgraciadamente con la abertura por el lado malo. No sé cuántos hombres vivían allí, quizá cien, quizá doscientos. Adiviné la presencia de dos nidos de ametralladoras bajo los toldos. Más allá de una ondulación de nieve reventada por las bombas se veían los pálidos resplandores de las líneas enemigas. Estaban tan cerca que hasta nosotros llegaban rumores tranquilos y sonidos de armónica. Pregunté la distancia exacta. Creo que fue el teniente Estrangin el que me respondió: "Como poco ciento veinte metros, como mucho ciento cincuenta".

»Nunca vi a la luz del día Bingo Crepúsculo pero puedo figurármelo. He conocido trincheras todavía más cercanas, infiernos a menos de cuarenta metros unos de otros. Ciento veinte es demasiado para las bombas de mano, y demasiado poco para la artillería. Nadie evita los gases, eso es según sople el viento. A no ser que fueran desbordados por un ataque, los boches no tenían ningún interés en revelar el emplazamiento de sus ametralladoras, lo mismo que nosotros con las nuestras. Me pareció comprender por qué habían llevado a los condenados a aquel sector: para animarlo un poco, porque no se veía con buen ojo la tregua que pese a todo se había instaurado. Se lo dije al capitán. Me replicó: "Usted piensa demasiado para ser un sargento. Si nos han arrojado esta mierda en los brazos es porque nadie la quería en otra parte. La han paseado por todos los frentes sin encontrar un jefe de batallón tan tonto como el mío".

»Eran casi las diez. Estábamos en las troneras intentando ver, en la oscuridad, la tierra de nadie. El teniente Estrangin se acercó a nosotros y le dijo al capitán: "Cuando quiera, capitán". En la masa de su pelleja el capitán murmuró: "¡Puta vida!" Se irguió y fue a reunirse con los prisioneros más allá, en la trinchera. Se habían sentado en fila sobre una banqueta de tiro. Habían abierto una brecha en la alambrada por encima de ellos, una escala estaba lista. Vi que Eskimo llevaba ahora botas con polainas.

»Six-Sous pasó el primero. Dos hombres saltaron sobre el talud levantado con sacos terreros. Otros dos empujaron al antiguo cabo para que subiera por la escala. Antes de que le arrastraran por la oscuridad se volvió hacia el capitán y le dio las gracias por la sopa. A mí me dijo: "Tú no tenías que haber asistido a esto, Esperanza. Te buscarán un lío porque podrías contarlo".

»Después le tocaba el turno a Eskimo. Antes de subir por la escala, ayudado por los de abajo y agarrado por los hombros por los de arriba, le dijo al capitán: "Déjeme ir con Pipiolo. Le protegeré en la medida de lo posible". Y los dos salieron juntos entre las alambradas y no se les volvió a ver. Solamente se oyó el crujir de la nieve y pensé en los topos que buscan su agujero. Afortunadamente había muchos agujeros y cráteres delante de Bingo Crepúsculo. Tuve la esperanza de que no habrían apretado demasiado sus ligaduras y que entre los dos no tardarían en desatarse.

»Por mi rostro corren lágrimas, señorita, pero es la fatiga, es la enfermedad. No las mire, son lágrimas de miseria no tienen mayor significado.

»Usted desearía que yo le dijera cómo estaba su novio cuando lo alzaron sobre el talud, cuando lo empujaron entre el amasijo inextricable de alambre de espino y de caballos de frisa, pero no lo sé. Me parece (insisto, me parece) que justo antes de que le cogieran por los hombros en lo alto de la escala tuvo un sobresalto, y sus ojos buscaron algo alrededor suyo, e intentó comprender dónde estaba, qué hacía allí. El asombro duró un segundo, a lo más dos. Después no sé. Todo lo que puedo decirle es que desapareció en la oscuridad con decisión doblado hacia delante como le habían aconsejado, y seguía dócilmente a Eskimo.

»Derecho Común se portó mal de nuevo. Los hombres tuvieron que sujetarle. Se debatía, quería gritar, y el capitán sacó su revólver. Por una rara vez en todo lo que le cuento escuché la voz de Ese Hombre. Dijo bruscamente: "No, eso no. Dejadme hacer". Y, pasando entre los brazos y las piernas de los que intentaban contener al marsellés, le dio un golpe en la cabeza con el zapato y lo dejó sin sentido. Arrastraron entre las alambradas una masa inerte gimiendo apenas.

»El capitán dijo a Ese Hombre: "¿Cómo alguien como tú está en esto?" No respondió. El capitán insistió: "Eres el más sereno y el más fuerte de todos. Dime por qué te pegaste un tiro". Ese Hombre le miró en la penumbra, no había en él ni desprecio ni arrogancia. Solamente respondió: "Era necesario".

»Le ayudaron también a trepar al talud. Lo acompañaron entre las alambradas y se fundió en la noche. En cuanto volvieron los dos hombres de arriba, echaron las redes Brun por encima del parapeto para cerrar la brecha. Son rollos de alambre espinoso que se despliegan solos. Respiramos un momento. No se oía ningún ruido en la trinchera de enfrente. Escuchaban. Sospechaban que sucedía algo raro.

»El silencio no duró más de un minuto. De repente estallaron en el cielo luces de bengala y en la parte de los boches se produjo la agitación que temíamos. Se oía el ruido de sus pasos y hasta el chasquido del cerrojo de sus fusiles. Las "ventanillas" de los que habían sido sorprendidos durmiendo resonaban tan claro como si estuvieran con nosotros. Me dio tiempo a ver al marsellés gatear desesperadamente en la nieve detrás de Six-Sous, buscando los dos un cráter de obús. A Pipiolo no lo vi, ni a Eskimo, ni a Ese Hombre. Después, mientras ascendían otras bengalas un fusil ametrallador barrió la tierra de nadie. Se hallaba iluminada como un suelo lunar sin esperanza. En el desierto blanco todo lo que emergía eran tres troncos de árboles destrozados y unos ladrillos de algo que se había hundido.

»Cerca de mí el teniente Estrangin dijo: "Mierda, por Dios, no es posible", cuando el fusil ametrallador enmudeció y volvió a oscurecerse el terreno. El capitán dijo que cerrara la boca. Esperamos. No hubo ni un solo movimiento más entre los boches, ni un solo movimiento en el terreno.

»Todo parecía más negro que antes. Los hombres de la trinchera permanecían callados. Los boches también. Escuchaban. Escuchábamos. El teniente repitió: "Mierda". El capitán repitió que cerrara la boca.

»Durante un cuarto de hora no pasó nada. Pensé que ya era tiempo de que volviera con mis territoriales. Pedí al teniente que firmara mi lista de condenados, como el ayudante de dragones había hecho conmigo. El capitán intervino para decir que en ningún caso los oficiales debían firmar papeles relativos a ese asunto. A lo más podía obtener el autógrafo de los cabos que habían hecho de escolta, si tal era mi placer y ellos lo aceptaban. Se preguntaba que para qué, pero eso era mi vida privada y él se limpiaba el culo con papel de seda. Al ver la cara que ponía me dio un golpe en el hombro y dijo: "Vamos, estoy bromeando. Usted es un hombre bueno, sargento. Voy a acompañarle a la Ópera porque no duermo desde hace días y quiero estar fresco para dentro de un rato. Espero que antes de dejarnos tendrá la amabilidad de beber conmigo un excelente coñac".

»Gordes y Chardolot firmaron mi lista y nos fuimos. El capitán me condujo a su refugio. Sin la pelleja y sin el pasamontañas, me pareció más joven de lo que había creído. Andaría quizá por los treinta y dos años, pero tenía los rasgos estirados y los párpados con ojeras de fatiga. Bebimos dos o tres vasos sentados a ambos lados de su mesa. Me contó que en la vida civil era profesor de historia y que no le gustaba ni pizca ser oficial, que hubiera preferido ver mundo, islas al sol, y que no se había casado porque su chica era una imbécil, pero ello no impedía los sentimientos, cosas de ese tenor. En un momento dado el telefonista le avisó que su comandante estaba en la línea y quería saber cómo habían ido las cosas. Respondió: "Dile a ese señor que no has podido encontrarme. Se amargará toda la noche".

»Después me habló de su infancia, creo que en Meudon, y de filatelia. Yo también estaba cansado y no atendía bien. En aquel refugio tuve otra vez la terrible impresión de estar fuera del tiempo, fuera de mi vida. Hice un esfuerzo para sobreponerme. Del otro lado de la mesa, el capitán me decía con sus ojos redondos y húmedos que sentía vergüenza de traicionar al chaval que había sido antaño. Lo que más echaba de menos eran las largas horas que pasaba inclinado sobre su álbum de sellos, fascinado por el rostro de la joven reina Victoria en los ejemplares de las islas Barbado, de Nueva Zelanda o de Jamaica. Cerró los párpados durante un instante. Después murmuró: "Victoria Ana Penoe. Eso es". Con la frente apoyada en la mesa, se durmió.

»Anduve en el barro y en la noche, perdiéndome a veces, preguntando el camino a los hombres que andaban de servicio en las trincheras. Encontré a Baffi y a los otros en el lugar convenido. Despertamos a los que dormían. Evidentemente querían saber lo que había pasado después de su marcha. Dije que más nos valía olvidar ese día y no volver nunca a hablar de ello.

»Anduvimos más y más, por Cléry y por Flaucourt, hasta Belloy-en-Santerre. El alcohol que había bebido se me fue de la cabeza. Tenía frío. Pensé en los cinco condenados tumbados en la nieve. En el último momento les habían dado pedazos de tela y de sacos de yute para que se cubrieran las orejas, y a uno de ellos, ya no sé a cuál, que no tenía guante para su mano buena, Celestin Poux, el terror del ejército, le dio uno de los suyos.

»Llegamos a nuestro acantonamiento sobre las cinco de la madrugada. Dormí. A las nueve me presenté a mi comandante para darle el parte. Estaba con los ordenanzas embalando sus informes en unas cajas. Me dijo: "¿Hizo lo que le pedí? Perfecto. Le veré después". Como yo insistí en entregarle mi lista firmada por Gordes y Chardolot, me dijo lo que podía hacer con ellas. Sin embargo, yo nunca le había oído ser grosero. Me explicó que nos mudábamos dentro de dos días, que los británicos reemplazaban a los nuestros en una parte del frente y que nos escalonábamos hacia el sur. Repitió: "Le veré más tarde".

»También en mi compañía preparaban la impedimenta. Nadie sabía dónde íbamos, pero por las cocinas había corrido el rumor de que más abajo se preparaba algo jamás visto en el Oise o en el Aisne, y que hasta los abuelos eran considerados aptos para ir a darse leña.

»A las siete de la tarde, mientras estaba yo con la boca llena, el comandante me llamó. En su despacho ya prácticamente desierto, iluminado por una sola lámpara, me dijo: "Esta mañana no podía hablarle delante de terceros, por eso le corté". Señaló una silla para que me sentara. Me ofreció un cigarrillo que acepté y me dio fuego. Después me dijo, como yo había hecho la víspera con mis hombres: "Olvide este asunto, Esperanza. Olvide hasta el nombre de Bingo Crepúsculo". Tomó uno de los papeles que había todavía sobre su mesa y me informó que se me destinaba a otro regimiento, en los Vosgos, con el grado de sargento mayor y con la promesa de que, si mi conducta seguía como hasta ese momento, podía contar con ser brigada antes de que floreciera la primavera.

»Se levantó y se acercó a una ventana. Era un hombre corpulento de cabello gris y hombros caídos. Me dijo que también a él le habían cambiado de destino, pero sin ascenso, y lo mismo pasaba con nuestro capitán y con los diez hombres que me habían acompañado. Así me enteré de que Boffi iría a aquellas obras de la retaguardia, donde le aplastó el brazo de una grúa, y que nos dispersaban cuidadosamente. Pero yo encontré a mi capitán en los Vosgos durante algunos meses.

»Antes de despedirme no sabía cómo preguntar algo que se me quedaba dentro pero el comandante lo comprendió. Me dijo: "Hace unas horas que hay leña. Me han hablado de un teniente y de al menos diez muertos. Me han hablado de cosas demenciales. De un muñeco de nieve levantado en el campo, de un predicador de la paz que canta *Tiempo de cerezas*, de un avión abatido con granadas, qué sé yo. Locuras".»

»Salí del presbiterio donde se había instalado el comandante con mal sabor de boca. Escupí en el suelo antes de darme cuenta de que estaba en el cementerio. Allí habían enterrado en otoño a muchos de nuestros soldados, bajo cruces de madera sin pulir que fabricaba un taller vecino. Pensé: "Eso no es nada, no te lo reprochan, has escupido sobre la guerra".

La religiosa que había escrito a Matilde se acerca a ellos en el jardín. Viste de gris. Dice a Daniel Esperanza con tono enfurruñado: «¡Póngasé enseguida su bata! ¡Hay ocasiones en que me pregunto si usted no se hace el enfermo a propósito!»

Le ayuda a ponerse el albornoz de color azul ilusión, casi del mismo gris que su hábito de monja a fuerza de haber sido lavado tantas veces. Entonces encuentra en su bolsillo derecho un paquetito que entrega a Matilde. Le dice: «Ya examinará esas cosas cuando vuelva a su casa, no soportaría que lo hiciera delante de mí».

Por su rostro corren de nuevo las lágrimas. La religiosa, sor María de la Pasión, exclama: «¡Vamos! ¿Por qué llora otra vez?» Sin mirarla y sin mirar a Matilde, Esperanza responde: «Aquel día cometí un gran pecado. Sólo creo en Dios cuando me conviene, pero sé que era un pecado. No hubiera debido obedecer aquellas órdenes». Sor María se encoge de hombros: «Pobre hombre, ¿qué otra cosa hubiera podido hacer? Cuando usted me contó su historia, el único pecado que vi fue la hipocresía de los poderosos».

Hace más de una hora que está con Matilde. La religiosa piensa que ya es bastante. Él dice: «No he terminado, déjenos en paz». Ella se queja de que por la tarde estará fatigado y que molestará a los demás internos por la noche. Finalmente suspira: «Está bien, pero no más de diez minutos. Dentro de diez minutos exactamente volveré con el caballero que acompaña a la señorita. También él comienza a preocuparse».

Se aleja recogiendo la falda de su hábito hasta los tobillos, como una coqueta para evitar que el vuelo arrastre por la grava.

«Ya no tengo gran cosa que contar pero queda algo importante —prosigue aquel anciano de cuarenta y tres años, con una respiración, sibilante como la tiza sobre la pizarra, que llega de sus pulmones destrozados.

»En primer lugar, al día siguiente supe que las secciones de Bingo Crepúsculo tomaron la trinchera de enfrente e incluso la segunda posición de los alemanes. Aquello tenía el aspecto de una pequeña victoria. Me tranquilizaba pensar que la ignominia no había sido del todo vana. No es muy bonito decirlo, pero así fue.

»Después de escribirlas de nuevo, puse en sobres las cartas de los condenados y las entregué al primer cartero del ejército que encontré. Ya que usted recibió la de Pipiolo, pienso que las cuatro restantes llegaron a sus destinatarios. Tiene usted encima de sus rodillas las copias que hice de ellas.

»Semanas más tarde también yo recibí una carta. Me la había escrito el capitán Favourier apenas unas horas después de que le dejé dormido. Había transitado durante bastante tiempo. Me encontró en medio de los pastizales del verano, colocando vías de ferrocarril, lejos del horror del frente. Estoy seguro de que le gustará, como me gustó a mí. Se la entrego porque me la sé de memoria.

»También hay una fotografía en el paquete que preparé para usted. La tomó uno de mis territoriales cuando yo le daba la espalda. Llevaba a todas partes, colgado del cinturón, uno de esos pequeños aparatos que todavía no sé si eran la magia o la vergüenza de nuestros pobres años de trinchera. Tantas imágenes para jactarse de la toma de un cañón o de un soldado enemigo extenuado, tantas imágenes complacientes en el entierro de un camarada. Mi territorial, cuyo apellido era prusiano, lo que no le disgustaba tanto como pudiera pensarse, murió en abril de 1917, durante la carnicería del Chemin des Dames. La fotografía me la dio su viuda, a quien encontré en París un año más tarde, enfermiza y como obstinada en reunirse con él.

»Yo no soy mejor que los demás: en cuanto me encontré en los Vosgos, integrado a una nueva compañía, a un nuevo regimiento, olvidé el asunto de Bingo Crepúsculo. Su recuerdo volvía de vez en cuando como una suerte de zarpazo, algunas noches en que bebía demasiado vino. Entonces yo era como todos los borrachos, con prisa por escapar de mis remordimientos, queriendo romperlo todo. Bingo Crepúsculo. ¿Por qué ese nombre? Me lo pregunté durante mucho tiempo y nunca logré averiguarlo.

»El año pasado, cuando empezamos por segunda vez a hacer retroceder a los alemanes en el Marne, fui herido en las piernas en el bosque de Villers-Cotterêts. Me sacaron las esquirlas del cuerpo en la medida de lo posible, pedacito a pedacito. En la estación donde me hallaba evacuado, con mi cartón en la solapa, volvía a ver a Chardolot, uno de los dos cabos que habían venido a hacerse cargo de los prisioneros en la Plaza de la Ópera. Yacía sobre una de las camillas alineadas por decenas a lo largo del andén. Tuve la suerte de poder andar con muletas. Su herida del vientre era mucho más grave que las mías.

»Puedo decir que estaba exangüe y tan delgado que dudé en el momento de reconocerle pero al verme inclinado sobre él, esbozó una sonrisa y murmuró: "Toma, el sargento Esperanza". Le dije: "Amigo, si lo hubiera sabido hubiera dejado escaparse todo el mundo por el campo". Cuando dije eso quiso reír, con el mismo tono que yo, pero reír le hacía daño, como hoy me lo hace a mí.

»Le pregunté, por supuesto, qué había sucedido después de que me fui de la trinchera. Meneó la cabeza y repitió las palabras de mi comandante diez meses antes: "Locuras". Después hizo un esfuerzo, casi llegó a alzarse sobre los codos y me confió: "Todos murieron, los cinco arrojados al campo, mi teniente, mis camaradas. El capitán también, al tomar las trincheras de enfrente". Quería que me inclinara más sobre él. Flexioné las rodillas para oírle: "Fue pinchar en blando. Saltamos sobre la primera y segunda posición sin perder un solo hombre, pero cuando llegamos a la tercera nos masacraron".

»Permaneció un rato con los ojos cerrados, aspirando el aire a grandes bocanadas. Lo único que lograba tragarse era el humo del tren, donde los heridos que todavía podían hacerlo, ingleses, franceses o americanos, se disputaban las portezuelas. Insistí: "¿Estás seguro de que los cinco murieron?" Me miró divertido y con desprecio: "¿Todavía te preocupa ese asunto, guardia? ¿Quién te gustaría que se hubiera salvado?" "Cualquiera —respondí—, y no me llames guardia."

»Cerró de nuevo los ojos. Presentí que había demasiado que contar y que no podía hacerlo. Le diré solamente la verdad, señorita, incluso si a usted la decepciona. Mentir para alimentar sus esperanzas sería una ignominia. Las últimas palabras que escuché de Chardolot, con la cabeza vuelta hacia mí y en sus labios una sonrisa distante, en el mismo momento en que pronunciaban mi nombre para que subiera al tren y cuando los camilleros me importunaban para que dejara a su herido en paz, fueron éstas: "Si los tuviera, apostaría dos luises contigo por el Pipiolo. Levantó con una sola mano un muñeco de nieve en medio del campo. Pero las mujeres me han dejado sin un real".

»Más tarde, mientras el tren se alejaba de los combates, busqué a Chardolot andando con mis muletas por todos los vagones, apartando a la gente y cayéndome diez veces. No volví a verlo. Quizá no iba en el mismo convoy. Quizás expiró antes de que le embarcaran. La muerte es tan caprichosa. Al que aquí os habla le desmovilizaron en octubre, un mes antes del armisticio. Había salido a salvo de todo. Podría disfrutar de mi suerte y de una honrada pensión, pero no, lo que me duele no es la guerra: en Angers, en el hospital donde pasaba mi convalecencia, cogí la enfermedad de los civiles, la cochina gripe española. Me dijeron que estaba curado, que las secuelas no serían graves. Pero no sé si despertaré mañana.»

La viuda de blanco

De regreso a Cap-Breton en el automóvil, Matilde ve perfectamente que Sylvain se inquieta a causa de ella, que le gustaría que le contara sus penas. A ella no le apetece hablar, no quiere andar lagrimeando, quiere encontrarse a solas en su habitación. Afortunadamente, el ruido del motor no facilita la conversación.

Una vez a solas en su habitación, delante de la mesa, rodeada de fotografías de su novio, abre el paquetito de Daniel Esperanza.

La primera cosa que contempla es también una foto, en formato de tarjeta postal, de ese color sepia en que se hacen, tomada en una trinchera parecida a las decenas de trincheras que ella ha visto en *Le Miroir* y en *L'Illustration*. En total hay siete hombres en la imagen: cinco sentados, con la cabeza desnuda y los brazos en la espalda, uno de pie con casco, de aspecto más bien pagado de sí mismo, y el último de perfil perdido, fuera del primer plano, echando humo por su pipa.

Enseguida ve a Manech. Se encuentra algo apartado, a la izquierda, mirando al vacío. Sonríe, pero con una sonrisa que ella no conoce. Reconoce los rasgos, el porte de su cuerpo incluso si le ve adelgazado. Está sucio. Todos están sucios, con los uniformes desaliñados y cubiertos de tierra, pero lo más extraño son sus ojos brillantes.

Encima de cada cabeza hay inscrita, con una tinta que ya es grisácea, una cifra que al dorso de la tarjeta corresponde a un nombre, salvo que el hombre de la pipa sólo tiene derecho a un punto de interrogación entre dos paréntesis trazados con una curva aplicada. El que posa junto a los condenados, con un brazalete de tela en la manga, es el cabo Boffi.

En segundo lugar, Matilde desdobla un papel con el ribete desgastado. Es la famosa lista mecanografiada que Daniel Esperanza dijo haber recibido de su comandante:

KLÉBER BOUQUET, ebanista, París, quinta 1900.

FRANCIS GAIGNARD, soldador, Sena, quinta 1905.

BENOÎT NOTRE-DAME, agricultor, Dordoña, quinta 1906.

ANGE BASSIGNANO, Bouches-du-Rhône, quinta 1910.

JEAN ETCHEVERY, marino de pesca, Landas, quinta 1917.

Al pie de esa hoja sin membrete ni tampón de ningún tipo, se puede leer en letra cursiva:

Sábado 6 de enero 17, 22.30 horas, Urbain Chardolot, cabo.

Y más a la derecha, con una escritura elemental, otra firma: *Benjamín Gordes, cabo.*

Matilde vuelve a coger la foto y no le cuesta ningún trabajo identificar a Eskimo, a Six-Sous, a Ese Hombre y a Derecho Común. Son como los imaginaba cuando Esperanza hablaba de ellos, salvo que los cuatro llevan bigote, y que con la fatiga parecen más viejos de lo que corresponde a su edad. Al lado de ellos, Manech es un adolescente despistado.

A continuación, Matilde lee las cartas reescritas por Daniel Esperanza en papel de color malva, con la misma tinta marchita. Las va leyendo en el orden en que se encuentran. No empieza por buscar la de Manech. ¿Para qué? Durante los siete meses que estuvo en la guerra recibió sesenta y tres cartas o tarjetas postales de él. Las ha releído tantas veces que podría recitarlas todas sin dejarse una palabra.

El sol púrpura en el poniente del océano salpica el ventanal de su habitación a través de los pinos.

De Kléber Bouquet a Louis Teyssier,
Bar Chez Petit Louis, 27, rue Amelot, París.
Desde el frente, 6 de enero de 1917.

Mi buen Nariz Rota:

Si ves a Vero, felicítale el año de mi parte y dile que pienso en ella y que lamento mucho que no quiera hablar conmigo. Dile que, si no vuelvo, mi último pensamiento será para ella y para todos los buenos momentos de felicidad que hemos compartido verdaderamente maravillosos. El dinero que te confié, dáselo. No es gran cosa, me hubiera gustado hacerla feliz.

En ti también pienso a menudo, compañero, y en las palizas que me has atizado a los dados y en las juergas cuando sacábamos los sifones, eso sí eran buenas batallas.

Me destinan a otra parte, o sea que si no recibes noticias mías por un tiempo no te preocupes, estoy en buena salud.

Bueno, saludos a todos los amigos, y para ti larga vida.

Kléber.

P.D. Te gustará saber que he vuelto a encontrar a Biscotte y que nos hemos reconciliado. Ambos nos comportamos como unos tontos.

* * *

De Francis Gaignard a Thérèse Gaignard,
108, carretera de Châtillo, Bagneux, Sena.
Sábado 6 de enero.

Mi querida esposa:

Sé que te aliviará recibir esta carta, pero qué quieres, no he podido escribir desde hace un mes porque me han cambiado de regimiento y era muy difícil hacerlo con todos los problemas de los viajes. En fin, ahora puedo desearte un feliz año que, estoy seguro, verá el fin de las desgracias de todos. Espero que habrás podido hacer bonitos regalos a las pequeñas, a mi querida Geneviève y a mi adorada Sophie. Espero que en la fábrica de armas te hayan dado tus dos días de permiso, y que al menos hayas podido descansar, querida mía, incluso si estas fiestas no han sido muy alegres para ti.

No te entristezcas por lo que voy a decirte, estoy como un rosal en flor, pero me quedaré más tranquilo diciéndotelo. En caso de que me suceda algo, nunca se sabe (acuérdate del desgraciado de mi hermano Eugène), haz lo que me prometiste, piensa sólo en las niñas, yo ya no necesitaré nada y quisiera con todo mi corazón que encontraras un buen hombre para que fuerais felices las tres. A finales de mes cumpliré treinta y un años y tú veintinueve, ya va para ocho años que estamos casados. Me parece que me han robado la mitad de mi vida.

Por una vez, ya que es Año Nuevo, abraza sinceramente de mi parte a tus padres. No les tengo rencor, ya lo sabes, pero al menos deberían evitar hablar de ciertas cosas. Es por culpa de la ceguera de gente como ellos que me encuentro aquí y mis camaradas también.

Debo terminar porque me espera el servicio. Te beso con todo mi amor, cuida bien a las pequeñas.

Gracias por ser mi mujer.

Tuyo, Six-Sous.

De Benoît Notre-Dame a Mariette Notre-Dame,
Les Ruisseaux, Cabignac, Dordoña.
6 de enero de 1917.

Querida esposa:

Te escribo para advertirte que durante algún tiempo no podré escribirte. Dile al tío Bernay que quiero que todo esté en regla para primeros de marzo, si no peor para él, nos vende el abono demasiado caro. A pesar de todo, pienso que se avendrá y cerraremos el negocio.

Di a mi Titou que le beso muy fuerte y que no le pasará nada malo si obedece a su querida mamá. Todavía no he conocido a ninguna persona tan buena. Te quiero,

Benoît.

De Ange Bassignano a Tina Lombardi,
a la atención de Madame Conte,
5, travesía de las Víctimas, Marsella.
Sábado, 6 de enero.

Mi pitiminí:

No sé dónde estás. Yo no puedo decírtelo a causa del secreto militar. Me pareció que mi final se acercaba pero ahora estoy mejor, tengo la esperanza de salir con bien y que Nuestra Señora me protegerá una vez más, incluso siendo un gafe como sabes. No he tenido suerte, eso es todo.

¿Te acuerdas cuando éramos chavales y nos mirábamos en los espejos de la feria, en Saint-Mauront, gordos como un tonel? Tengo la impresión de que mi vida se ha deformado de modo parecido. Y además, sin ti estoy perdido, no hago más que tonterías. Empezando por aquella estúpida pelea con el hijo de Josso. Antes que hacer eso debo irme contigo a América, como Florimond Rossi, el tití del Bar des Inquiets, que se embarcó para no provocar una desgracia. Hubiéramos ganado pasta allí, aquello está lleno de millonarios. Pero no se vuelve atrás, mi pitiminí, eso era lo que tú decías siempre.

No sé por qué zona del ejército te estás paseando, seguramente me buscas por todas partes y eso me atormenta. Nunca te he necesitado tanto como esta noche. Pase lo que pase, no me dejes, por favor. Incluso cuando estaba en la cárcel y venías a verme, tú eras mi sol.

Espero de todo corazón salir de ésta. Después haré que me perdones todas las mezquindades que te he hecho sufrir, seré tan amable contigo que tendrás que darte un pellizco para creer en ello y te daré besos en los cardenales.

Chao, mi claro de luna, mi pistolón querido, mi corazón de yesca. He dictado esta carta a un buen colega porque no sé escribir bien y me he hecho daño en la mano, pero mi amor está aquí.

Te beso como la primera vez, cuando éramos chavales, bajo los árboles de la rue Loubon. Fue ayer, ¿verdad, pitiminí?

Tu Ángel del infierno.

A continuación viene la carta de Manech. Es idéntica a la que recibió Matilde a comienzos de 1917 porque ambas salieron de la mano de Daniel Esperanza, pero el color del papel la turba un poco del mismo modo que el ordenamiento de las líneas, que no es el mismo. Durante unos segundos no puede impedir la idea de que Manech se ha alejado de ella todavía más.

De Jean Etchevery a Matilde Donnay,
Villa Poema. Cap-Breton, Landas.
6.1.17

Mi amor:

Hoy no puedo escribirte y un camarada de las Landas lo hace en mi lugar. Todo tu rostro se ilumina, puedo verlo. Me siento feliz: regreso. Tengo ganas de gritar mi alegría por los caminos: regreso. Deseo besarte como a ti te gusta: regreso. Tengo que andar deprisa. Mañana ya es domingo y nos casamos el lunes. Tengo ganas de gritar mi alegría por el camino de las dunas, y oigo a *Kikí*, mi perro, que viene a través del bosque, estás con él, eres hermosa y toda de blanco, nuestra boda me llena de felicidad. Oh, sí, mi Mati, voy hacia ti en esta luz, tengo ganas de reír y de gritar, el cielo entero llena mi corazón. Tengo que preparar las guirnaldas de la barca, y te llevaré al otro lado del lago, ya sabes dónde. Oigo todas esas olas inmensas y oigo tu voz en el viento que me trae tu amor: «¡Manech, Manech!» Y veo las velas encendidas en la cabaña de madera y nos veo a los dos acostados en las redes, voy a correr con todas mis fuerzas, espérame. Mi amor, mi Mati, el lunes estaremos ya casados. Nuestra promesa quedó grabada en la corteza del álamo junto al lago, todo es tan nuestro, está tan claro.

Te beso dulcemente, como te gusta, y veo tus hermosos ojos y tu boca en la luz, y tú me sonríes.

Manech.

En vasco Jean se dice Manech pero se escribe Manex. El propio Manech cometía voluntariamente la falta, y Matilde también. Esperanza no lo corrigió, quizá por ignorancia, pero Matilde lo duda porque él es de Soustons. Se lo preguntará. Tiene intención de volver a verle.

Queda todavía un último descubrimiento en el paquetito: la carta del capitán Favourier. El sobre y el papel son de color azul celeste, el interior del sobre es azul oscuro. La escritura no es la de un profesor, aunque fuera profesor de las mentiras de la Historia. Es alta, brutal, fragmentada, casi ilegible.

Y sin embargo:

Domingo 7.

Amigo:

El amanecer no despunta todavía. Me doy cuenta de que el sueño me venció antes de que terminara una anécdota, para mí es una humillación.

Le decía, pues, arrastrado por el coñac y por mi nostalgia filatélica: «Victoria. Ana Penoe». Pretender que a los quince años yo estaba locamente enamorado de la efigie de la más grande de las reinas sería un eufemismo. Rabiaba de no ser inglés, o australiano o incluso de Gibraltar. En aquellos tiempos yo era muy pobre, todavía más que ahora, y sólo podía pagar por los sellos menos valiosos de la reina Victoria. Tuve sin embargo la suerte de conseguir uno de un bonito color azul de África Oriental, y la ingenuidad de imaginar que Ana, la moneda en curso en la India en aquellos años, era el segundo nombre de mi bienamada. En lo que se refiere a Penoe, todavía es mejor. Se trata de un sello que sólo pude admirar de pasada en manos de un negociante, entre los clientes que se le disputaban. Ya entonces valía mucho dinero. ¿Sabe usted por qué? Era un dos peniques, y dejo en sus manos la excitante idea de buscar su origen. Un error o un desliz de imprenta había hecho que la C de *pence* se cerrara en O. ¿No es hermoso? ¿Me comprende usted? ¿Qué pinto yo donde usted me ha visto?

Hace un rato, después de haber dormido, volví a la trinchera. Por si le sirve de consuelo, los cinco habían logrado desatarse y cavaban como topos. En dos ocasiones, seguramente obedeciendo órdenes superiores, los boches lanzaron unas granadas al azar, en la oscuridad. Los nuestros se vieron obligados a replicar al mortero. A partir de ese momento las complicaciones cesaron. En el campo sólo uno no respondió a su nombre, pero era el campesino, y eso no quiere decir nada, salvo que era un maleducado. Creo que todavía están con vida.

Le escribo esta carta a fin de que usted sepa que haré todo lo posible para que siga siendo así, incluso lanzar a mis soldados a un golpe de mano, aunque me repugne. Espero, como usted, que el día pase rápidamente y por la noche recibir órdenes de salir a buscarlos.

Adiós, sargento. Hubiera preferido encontrarle lejos de aquí, en otros tiempos.

Etienne Favourier.

Durante un rato Matilde permanece inmóvil, con los codos apoyados sobre la mesa y el mentón en las manos. Piensa en las cartas que acaba de leer, en las sorprendentes imágenes que se agolpan. Promete que volverá a leerlas al día siguiente.

Mientras tanto enciende la lámpara, saca unas hojas de dibujo del cajón. Escribe con tinta negra lo que le ha contado Daniel Esperanza. Tiene buena memoria. Se esfuerza en encontrar las frases que él pronunció. Atiende a la voz del pobre hombre, que ha permanecido en sus oídos, pero atiende más aún a lo que iba viendo a medida que progresaba su relato, tan claramente como si hubiera vivido esas cosas ella misma, y ahora todo está grabado en su recuerdo como en el celuloide de una película. Durante cuánto tiempo, no lo sabe. Por eso toma notas.

Más tarde, Bénédicte llama a la puerta. Matilde le dice que no tiene hambre, que la deje en paz.

Más tarde aún, cuando ya ha terminado, Matilde bebe dos o tres sorbos de agua mineral del gollete mismo de la botella, se quita la falda y se acuesta sola. Una mariposa nocturna ha entrado en la habitación. Se golpea obstinadamente contra la lámpara de la habitación.

Matilde apaga. Acostada en la oscuridad, piensa en la reina Victoria, quisiera encontrar el origen de aquel sello sobre el cual la palabra *pence* se convirtió en *penoe.* No le gustaba la reina Victoria hasta esa noche a causa de la guerra de los boers. Tampoco le gustaban mucho los capitanes.

Después llora.

Matilde tiene diecinueve años, siete meses y ocho días. Nació con los primeros resplandores del alba del siglo, el 1 de enero de 1900, a las cinco de la mañana, lo que resulta muy cómodo para calcular su edad.

A los tres años, cinco meses y diez días, escapando a la vigilancia de su madre que siempre se reprochó el haberse lanzado a una disputa mezquina con una vecina de rellano por culpa de un gato que hacía pipí en su felpudo, Matilde se subió a una escalera de mano de cinco peldaños y se cayó. Después explicó —se lo dijeron, ella no recuerda su hazaña— que había querido volar como en los sueños.

En el hospital le hicieron todos los exámenes. Salvo una fisura en la clavícula que soldó en pocos días, no tuvo ni una lesión, ni un rasguño. Al parecer, reía en su cama, encantada del ajetreo de todo el mundo en torno de ella.

Conténganse las lágrimas: Matilde no volvió a poder andar.

En principio se creyó que era un trauma psicológico, producto del miedo que había sentido o —¿por qué no?— la decepción de descubrir que, en el aire, valía menos que un gorrión. Como los nuevos exámenes no arrojaron nada que justificara su incomprensible enfermedad, estaban a punto de creer que, por orgullo, se complacía en mantener la actitud adoptada en el primer momento, para evitar que la riñeran.

Tonterías de ésas, hasta que un medico barbudo y delgado emitió la idea demente de que Matilde, vagabundeando a una hora tardía por los pasillos del apartamento familiar, había podido sorprender a papá y mamá haciéndose cositas.

El papá en cuestión medía ciento ochenta y seis centímetros y pesaba cien kilos. En la época del accidente tenía treinta y cinco años y daba miedo. Sin duda el pobre barbudo, que se ganó una bofetada en pleno rostro, deambula todavía entre el cementerio de Montparnasse y la rue de la Gaîté, y cuando la gente lo ve zigzaguear por las aceras le arroja calderilla.

El padre de Matilde no se contentó con abofetear a un pobre psicólogo, ni con insultar a los médicos que «aparte de la aspirina, no saben nada». Dejó caer y se despreocupó de su trabajo —una empresa de construcción— durante largos meses. Llevó a Matilde a Zurich, a Londres, a Viena, a Estocolmo. Viajó mucho, entre los cuatro y los ocho años, pero sin visitar países más que a través de las ventanas de los hospitales. Y después hubo de resignarse. Explicaron a Matilde, que era la mejor situada para saberlo, que las órdenes de su cerebro no llegaban hasta sus piernas. La corriente se había cortado en algún lugar de su médula espinal.

Después llegó la época en que se creía en cualquier cosa: el espiritismo, la magia, los alfileres en las muñecas compradas en Le Bon Marché, el caldo de trébol de cuatro hojas, los baños de barro. Incluso una vez un hipnotizador: Matilde, que tenía diez años, se levantó de repente. Su madre pretende que avanzó un paso, su padre asegura que medio, su hermano Paul no dice nada, pero no por eso deja de tener su opinión. Matilde cayó en los brazos de su padre y hubo que llamar a los bomberos para despertarla.

Ya entonces era muy orgullosa, y se las había arreglado consigo misma lo mejor posible. No aceptaba que nadie la ayudara, salvo para bañarse, en los lugares a los que se va solo. Sin duda se vio en dificultades en varias ocasiones, sin duda se hizo daño, pero aprendiendo con la experiencia siempre ha sido capaz de arreglárselas en todas partes con sus brazos y sus manos, siempre que se haya previsto que haya algo para agarrarse donde hace falta.

Y además, poco importa. No es demasiado interesante. Matilde tiene otras vidas, múltiples y muy bellas. Pinta, por ejemplo, grandes telas que algún día expondrá y el mundo verá quién es ella. Pinta flores, únicamente flores. Le gusta el blanco, el rojo furioso, el azul del cielo, el beige suave. Tiene problemas con los amarillos (pero a fin de cuentas Van Gogh también los tenía) a pesar de que admiraba a Millet. Para ella, las flores de Millet permanecerán tiernas, crueles y vivaces en la noche de los tiempos.

En su cama, donde todo es posible, Matilde imagina a menudo que es la biznieta de Millet. El muy pícaro tuvo una bastarda con su pícara bisabuela. Después de haber sido mujer de placer en Whitechapel y tuberculosa arrepentida, aquella bastarda, una larga percha con el moño en trenza, se enamoró a los dieciséis años del abuelo de Matilde y supo cómo hacerlo. Los que dudan de esta historia, peor para ellos.

Otra vida son los gatos. Matilde tiene seis, y Bénédicte uno y Sylvain otro, lo que suman ocho pequeñas felicidades en la casa y no pocos gatitos y gatitas que se regalan a los amigos que lo merecen. Los gatos de Matilde se llaman *Uno, Due, Tertia, Bellissima, Ladrón* y *Maître Jacques.* Ninguno se parece a otro, salvo que todos aguantan a Matilde y nunca la miran a través. El gato de Bénédicte, *Camembert,* es el más inteligente pero también el más glotón, necesitaría seguir un régimen de adelgazamiento. La gata de Sylvain, *Durandal,* es una pécora, no se habla con *Bellissima,* su hija, que sufre por ello y no se aparta un pelo de su cola. Matilde, que teme siempre el porvenir, quisiera que los gatos vivieran más tiempo.

En la Villa Poema —contracción de Paul y Matilde— también hay un perro, pero él, *Garbanzo,* es un pastor de los Pirineos, bonachón, completamente sordo, que pasa mañanas enteras corriendo detrás de las ardillas, únicamente para molestarlas, y que ladra cuando la gente se va y duerme el resto del tiempo pedorreándose. Cada vez que le oye, Bénédicte dice: «Perro que se pedorrea, alegría en mi cabeza».

Otra vida también, durante la guerra, eran los niños de Soorts, que no tenían maestro. A casa de Matilde venían doce y luego quince, entre seis y diez años, y había transformado una habitación de la casa en aula. Les enseñaba a escribir, y cálculo, historia, geografía y dibujo. En julio de 1918, viuda de su novio desde hacía más de un año, les hizo representar un fragmento de Molière delante de sus madres, el alcalde y el cura. La pequeña Sandrine, ataviada de buena mujer maltratada por su marido, cuando monsieur Robert, el vecino, se interpone, no acertaba a decir: «A mí me gusta, si me pega». Decía: «¡Si quiero que me pegue, a ti qué te importa!» Y le sacudía una torta a Héctor, uno de los Massette, que hacía de monsieur Robert. Al momento se arrepentía con la mano delante de la boca: «No, no es así. ¡No quiero que te metas en nuestras historias!» Y otra torta. «No, no es así. ¡Y si a mí se me antoja, que mi marido me pegue!» Y otra torta más. El pequeño Massette lloraba, y acabó por devolverle la torta. Las madres tomaron cartas en el asunto y la obra terminó en pugilato, como Hernani.

Desde su «enfermedad», es decir, desde hacía más de quince años, Matilde no ha dejado pasar un día sin hacer su gimnasia. Su padre o su madre o Sylvain manipulan sus piernas. Durante mucho tiempo, el curandero de Seignosse, monsieur Planchot, vino con su motocicleta, tres veces por semana, a las nueve en punto, para imponerle movimientos, tumbada de espaldas o sobre el vientre, para darle masajes en los hombros, la nuca y la columna vertebral. Se jubiló. Después del armisticio le sustituye un vigilante de los baños de Cap-Breton, con menos exactitud pero con brazos más musculosos: Georges Cornu, un orgulloso bigotudo que participó en los concursos de natación en los campeonatos de Aquitania y que hizo la guerra como instructor en la marina. No habla mucho. Al principio Matilde se avergonzaba de que le tocara todo el cuerpo, incluso las nalgas, pero después se acostumbró, como a todo lo demás. Por lo menos es más agradable que lo que hay que padecer en los hospitales. Cierra los ojos. Se deja masajear. Se imagina que Georges Cornu admira sus formas y apenas aguanta el deseo. Una vez le dijo: «Usted está bastante bien hecha, señorita. Y puedo asegurarla que veo muchas». Después Matilde ya no sabía si tenía que llamarle «mi querido Georges», «mi queridísimo Georges» o «Jojo».

La verdad, Matilde no es fea. En fin, así lo ve ella. Tiene grandes ojos grises y verdes, según la luz, como su madre. Tiene una naricita recta y largos cabellos de color castaño claro. En la estatura se parece a su padre. Cuando la estiran mide ciento setenta y ocho centímetros. Parece que es así por haber pasado mucho tiempo acostada. Tiene hermosos pechos. Se siente muy orgullosa de sus pechos redondos, pesados, más suaves que la seda. Cuando se acaricia los pezoncitos enseguida siente deseos de que la quieran. Se quiere sola.

Matilde, como su bisabuela ficticia, es una bonita pícara. Antes de dormirse se imagina en situaciones turbadoras, unas más inverosímiles que otras, aunque todas giran en torno del mismo tema sencillo: se ve como la víctima de un desconocido —nunca ve su rostro— que la sorprende en camisa y no puede resistir al formidable deseo que él siente por ella, la seduce, la amenaza, la desnuda, hasta que ella se resigna a lo inevitable o le llama con toda su pasión. La carne es tan fuerte. Raras veces tiene Matilde necesidad de ir hasta las últimas peripecias de sus divagaciones para dejarse llevar por el placer, tan imperativo, tan agudo a veces que parece irradiar hasta sus piernas. Se enorgullece de ese placer y de ser capaz de experimentarlo, lo que durante unos segundos de eternidad la hace parecida a las demás.

Desde el anuncio de su desaparición, Matilde nunca ha podido soportar la imagen de su novio cuando se satisface a sí misma. Hay largos períodos durante los que siente vergüenza de sí misma y se detesta y promete cerrar su puerta a los desconocidos. Antaño, sin embargo, incluso antes de que hicieran el amor y durante los meses en que él estaba en el frente, solamente se imaginaba con Manech cuando buscaba el placer. Así son las cosas.

También hay los sueños, los buenos y los horribles, que gobiernan a Matilde dormida. Ocurre que los recuerda al despertar. Sabe que ha estado corriendo hasta perder el aliento por las calles de París, o en el campo, en el bosque de Hossegor. O bien baja de un tren en una estación desconocida, quizá para encontrar a Manech y el tren se va llevándose todo su equipaje, nadie puede decir dónde se va, es toda una historia. O bien a veces vuela en el gran salón de la rue La Fontaine, en Auteuil, donde viven sus padres ahora. Planea a ras del techo, entre las lámparas de cristal, desciende, vuelve a subir, y hace tantas cosas que se despierta empapada en sudor.

Bueno, ya basta. Matilde se ha presentado. Podría continuar así durante horas, seguro que sería igual de apasionante, pero no está aquí para contar sus vidas.

Aristide Pommier tiene veintisiete años, los cabellos rizados, la miopía severa. Vive en Saint-Vincent-de-Tyrosse. Estaba en las cocinas en el mismo regimiento que Manech en 1916. Después de los combates del otoño, aprovechándose de un permiso, vino a ver a Matilde, con buenas noticias de su novio, una foto sonriente y pendientes de oreja. De hacerle caso, todo iba bien en la mejor de las guerras. Y después, a fuerza de preguntas inesperadas, con las mejillas sonrojadas y los cristales de las gafas empañados, cambió de canción. Contó lo de aquel día de verano cuando Manech, empapado con la sangre de otro y arrancando su uniforme, fue llevado a retaguardia desnudo, y también aquel consejo de guerra por una ictericia provocada, y la relativa indulgencia de los jueces, y los escalofríos sin motivo.

Algunos meses más tarde, en abril de 1917, cuando los Etchevery recibieron confirmación de la muerte de su hijo, Aristide Pommier volvió de permiso para casarse con la hija de su patrón, un propietario forestal de Seignosse. Matilde sólo pudo hablar dos minutos con él a la salida de la iglesia. Estaba apenado por lo de Manech, un buen muchacho. Pero él no iba al fuego salvo al del fogón, no había visto nada, ni oído nada, no sabía nada de lo sucedido.

A continuación, permaneció mudo bajo la lluvia que hace los matrimonios duraderos, embutido en su uniforme que ya no tenía nada de azul horizonte pero que probablemente no se quitaría ni para la noche de bodas. Matilde, evidentemente, le trató de comemierda, y allí estaba él, inmóvil, cabizbajo, los cabellos chorreantes, la mirada fija a cinco centímetros de la punta de sus zapatos, soportando todos los insultos de una aguafiestas que adora decirlos, hasta que Sylvain se lleva a aquella arpía lejos de todo, a su casa, lejos de todo.

Desmovilizado aquel año, Aristide Pommier volvió a su trabajo de recogedor de resina, pero desde que es yerno ya no se entiende bien con su patrón. Se enzarzaron en una pelea. El suegro se hizo una brecha en la frente al romper las gafas de Aristide de un cabezazo. Bénédicte, que es para Matilde la gaceta de las Landas, pretende que Aristide quiere expatriarse con su mujer encinta y con los dos chavales que tienen ya. Como ha oído decir que dicen los valientes veteranos bajo las bombas, añade: «Todo esto acabará mal».

A Matilde la ha sucedido cruzarse en el camino con Aristide Pommier cuando hace que la lleven al puerto o a la orilla del lago, pero él se contenta con saludarla, vuelve la cabeza y apura los pedales de su bicicleta. Después de las revelaciones de Esperanza ya no le detesta. Ha comprendido que el día de su boda y durante todos aquellos meses calló para evitar el recuerdo de Manech. Quiere verle. Le dirá que lo sabe todo. Le pedirá perdón como la muchacha bien educada que es cuando no llama comemierdas a la gente. Él ya no tendrá ningún escrúpulo y le hablará.

Mientras le da masajes con sus manazas de bañista, Georges Cornu le dice: «¿Aristide? Hoy no le encontrará, está en el bosque. Pero en los torneos de mañana puede venir a pescarle en las aguas del canal, somos del mismo equipo».

Al día siguiente, domingo, Sylvain conduce a Matilde a las orillas del Boudigau, despliega la silla de ruedas y la instala bajo un parasol. Hay muchas banderolas, colores agresivos y ruido. Una muchedumbre que acude de lejos se desparrama por todas partes, hasta sobre la pasarela de madera, por encima del canal, que los gendarmes se esfuerzan en hacer desalojar. Los adultos vocean, los niños se persiguen, los bebés enmohecen en sus cochecitos bajo un sol africano.

Son los torneos de barca contra barca. Cuando Aristide Pommier, en pantalón y jersey blancos, se ha caído suficientes veces al agua como para ser eliminado, Sylvain le acompaña, empapado salvo sus gafas, hasta donde está Matilde. No está poco orgulloso de haber sido desarzonado por todos sus rivales. Dice: «Con esta canícula es un placer ser derribado». Matilde le pide que la lleve a algún lugar más tranquilo y se van bajo los pinos Él se sienta sobre los talones cuando comienza a hablarle.

«Vi a Manech por última vez a mediados de noviembre de 1916 —dice ese caballero de torneo puesto a secar a la sombra—. Fue en Cléry, en el Somme. Yo ya no estaba en su sector, pero en las cocinas de campaña las noticias tristes circulan más rápido que las buenas. No me sorprendió verle llegar con un brazo en cabestrillo, ya sabía que se había hecho alcanzar por un disparo de un vigía enemigo.

»Le encerraron en una granja que quedaba en pie. Tres hombres le guardaban esperando que los gendarmes vinieran a recogerle. Hacia las dos de la tarde dije a mi sargento: "Es uno de mi tierra, le conocí con su cartera de escolar cuando yo trabajaba ya. Déjeme ir". El sargento accedió y yo sustituí a uno de los tres guardianes.

»Era una granja como las que se ven en el norte, toda de ladrillo macizo, con grandes vigas cruzadas en todos los sentidos. Era grande. Allí dentro, Manech parecía pequeño. Estaba sentado contra un muro, en una mancha de luz que caía del tejado roto y mantenía su mano herida contra el vientre. Estaba cubierta con un vendaje provisional, lleno de sangre, ya sucio. Pregunté a los otros dos: "¿Pero por qué le ponen aquí en ese estado?" No sabían nada.

»Reconforté a Manech lo mejor que pude, por supuesto. Le dije que no sería grave, que iban a transportarle en ambulancia, que le cuidarían bien, cosas así. Además, hacía meses que habían suprimido las cortes marciales. No arriesgaba mucho, tendría un abogado y tendrían en cuenta su edad. Al final sonreía y me dijo: "¡Te lo juro, Pommier, que no me figuraba que hablabas tan bien, tú sí que harías un buen abogado!"

»¿El nombre del abogado que tuvo a fin de cuentas? No lo sé. Unos días después, alguien que volvía de Suzanne me dijo que, para los pipiolos que comparecían ante el consejo en la misma hornada, era un capitán de artillería que entendía de cuestiones jurídicas, pero no me dijo su nombre.

»Hablé muchas cosas con Manech, de la tierra, de usted, de la trinchera, de lo que había hecho por culpa de un cerdo de sargento que siempre andaba detrás de él, qué sé yo. De todo lo que nos pasaba por la cabeza.

»¿El cerdo del sargento? A él sí le conocía. Se llamaba Garenne, como los conejos, y venía de Aveyron. Un pretencioso de los que no piensan más que en los galones. Un verdadero malvado, salvo que iba alegremente a la matanza. Si no ha reventado ha debido de terminar con dos estrellas por lo menos.

»Finalmente, los que vinieron a buscar a Manech para llevarle a la ambulancia donde le operaron fueron cazadores de a pie. Más tarde supe que había perdido la mano. Es triste, pero más triste es todavía que le hayan condenado. Leyeron la sentencia en todas las secciones. Francamente, señorita Matilde, no me lo creí, nadie se lo creía, estábamos seguros de que Poincaré concedería la gracia.

»No comprendo lo que sucedió. En el proceso eran veintiocho los que habían buscado o se habían hecho la buena herida. Condenaron a muerte a quince, probablemente porque tenían miedo de que muchos hicieran lo mismo si no se daba un ejemplo. El pobre Manech había escogido un mal momento.

»Pero incluso así, ¿quién puede decirlo? Las tres cuartas partes de mi batallón cayeron cuatro meses más tarde en Craonne. Por fortuna, yo ya no estaba allí, ni siquiera en las cocinas. Me habían trasladado de destino a causa de la vista. Pasé el resto de la guerra fabricando ataúdes.

»No me tenga ya rencor, señorita Matilde. Si no le dije nada, si no dije nada a nadie, ni siquiera a mi mujer, es porque no podía. Cuando Manech se fue con los cazadores de a pie, le besé, y tuve el corazón triste, se lo juro. Murmuró a mi oído: "Sobre todo no digas nada en el pueblo". Pero aunque no me lo hubiera dicho, es lo mismo. ¿Por qué hubiera ido yo a dar más pena todavía a su pobre madre, a su padre, a usted? Y además la gente es tan tonta, incluso en nuestra tierra. No saben lo que era aquello. Hubieran hablado mal de Manech. No lo merecía. Si murió, fue por culpa de la guerra, como los demás. ¿No es cierto?»

Cuando Matilde vuelve al hospital de Dax, Daniel Esperanza está en la cama, en una habitación tapizada de rosa, enfundado en un camisón grisáceo como su tez. Es martes, cuatro días después de su conversación en el parque. Sor María de la Pasión no está muy contenta de que Matilde haya vuelto tan deprisa. Él se ha fatigado. Tose mucho. Matilde promete no quedarse mucho tiempo.

La última vez, al despedirse, le preguntó qué le gustaría. Respondió tristemente: «Nada, gracias, no fumo». Le regaló chocolate. Él dijo: «Es usted muy amable, pero no podría comerlo, me quedaría sin dientes». Sin embargo, la caja le parece muy bonita. No le importa dar los bombones a los demás enfermos, pero que le devuelvan la caja. Antes de salir de la habitación, sor María guarda el chocolate en la bolsa-canguro de su delantal de enfermera, prueba uno y declara: «Son buenos. Son muy buenos, guardaré uno para mí».

Matilde ha preparado por escrito una lista de preguntas. Daniel Esperanza la observa desdoblar su hoja de papel con ojos temerosos. Tiene dos cojines en la espalda. La caja de chocolate, ilustrada con un sotobosque en otoño, está expuesta en su mesilla de noche, apoyada contra un despertador del que sólo se oye el tic-tac.

En primer lugar, ¿por qué tardó tanto tiempo en revelar a Matilde lo que sabía?

En la primavera de aquel verano, andando todavía con algún trabajo pero creyéndose curado de la gripe asesina, vino en tartana hasta Cap-Breton para hablar con los padres de Manech. En el último momento, después de muchas vueltas y revueltas sin encontrar la casa, renunció a ello. No veía la razón de estar allí ni qué consuelo podía darles. Entonces dirigió al caballo hacia Villa Poema y se detuvo delante del portal blanco. Matilde estaba al fondo del jardín, sentada en un sillón en medio de sus gatos, pintando. Le pareció tan joven. Volvió a marcharse.

Después volvió a caer enfermo. Volvió a hablar de su guerra a sor María, que es de Labenne, muy cerca de Cap-Breton. Matilde no se acuerda, pero se cruzaba muchas veces con sor María cuando era una chiquilla y tomaba baños de agua caliente con los niños del sanatorio. La religiosa ha oído decir que Matilde, después del armisticio, emprendió gestiones, como muchas otras viudas de blanco, para casarse con su novio desaparecido. Persuadió a Esperanza de que interviniera. Nadie mejor que él podía certificar como verdadera la última carta de Manech y dejar fuera de equívoco su voluntad de contraer matrimonio.

Matilde lo agradece. No se siente obligada a añadir que recibió, escritas por Manech mismo, decenas de cartas igual de convincentes. Hay obstáculos más penosos a su proyecto. Sobre todo, la edad. Al parecer, Manech era lo bastante mayor como para que lo mataran, pero no para decidir casarse. Ahora bien, desde que Matilde se confió a los Etchevery, ellos, que antes la querían, ahora temen verla. El padre, que vendió su barco de pesca pero posee un criadero de ostras en el lago de Hossegor, piensa que es una intrigante. La madre, con los nervios alterados por la pérdida de su único hijo, se revolcó por el suelo gritando que no se lo arrebatarían dos veces.

Tampoco los padres de Matilde tienen mejor sentido. Su padre dijo: «Jamás mientras yo viva»; su madre rompió un florero. A la vista del certificado firmado por un médico de la rue Pompe, donde Matilde hizo que la llevaran para obtener un testimonio de lo irreparable, se echaron el uno en brazos del otro durante tres buenas horas, bajo los escombros de las ilusiones perdidas. Su padre maldecía a ratos al cochino capaz de aprovecharse de la enfermedad de un niño para satisfacer su bestialidad. Su madre decía: «¡No lo creo! ¡No lo creo!

¡Mati no sabe lo que dice!» En cuanto a su hermano Paul, diez años mayor que ella, casado, procreador de dos criaturas tontas como para matarlas, canallas como para perseguir gatos, esas cosas raras le superan, como siempre.

Matilde ya no habla a nadie de su determinación. No va a volver a empezar con Esperanza. El 1 de enero de 1921, dentro de un año y cuatro meses, será mayor de edad. Entonces se vera quién cederá antes, si ella o la gente.

La otra tarde observó, tomando notas sobre la entrevista que había tenido con él, que el ex sargento no le había mencionado ningún oficial que siguiera con vida después del episodio de Bingo Crepúsculo. ¿Cómo se llamaba, por ejemplo, el comandante que dio las órdenes en Belloy-en-Santerre?

Esperanza bajó la cabeza. No dirá nada más de lo que ya ha dicho. Tuvo compasión de Manech, le parece emocionante —«e incluso muy bonito»— que una muchacha, a su edad, se muestre fiel hasta el punto de casarse a título póstumo, pero los nombres de quienes podían inquietarse hoy día por una infamia no deseada no saldrán jamás de su boca. También él fue soldado, respetuoso con sus jefes, y buen camarada.

¿Sabe él si Célestin Poux está aún con vida?

No sabe nada.

¿Y sus territoriales? ¿Y el cabo Benjamín Gordes? ¿Y el enfermero del pueblo en ruinas?

Alza un ojo astuto hacia Matilde. Responde con toda exactitud: «El testimonio de los de dos galones, de los cabos, da igual. No podría probar nada. De todas formas, si quiere, utilizarme para acusar al ejército no la apoyaré».

Matilde comprende que también él ha reflexionado desde su último encuentro, y que las otras preguntas que ella tiene preparadas son inútiles. Sin embargo prosigue.

¿Quién defendió a Manech durante el proceso?

No lo sabe.

¿El nombre del pueblo donde tuvo lugar el consejo de guerra?

No se lo dijeron.

¿Qué sucedió con los otros diez condenados a muerte en el mismo consejo?

Se encoge de hombros.

¿Quién era el superior del capitán Favourier?

No mueve una pestaña.

¿Piensa él que Manech haya podido simular su estado?

No. Eso no.

¿Fue Manech quien le pidió que escribiera su nombre letra a letra?

Sí. De otro modo hubiera escrito Manex.

Cuando leyó y más tarde recogió la carta de Ese Hombre, ¿no tuvo como ella la sensación de algo incongruente?

No comprende la palabra.

Se trata de un condenado a muerte que se dirige por última vez a su mujer. A diferencia de los demás, su mensaje es muy corto, apenas unas líneas, pero consagra la mitad al precio del abono y a un negocio cuya solución sabe que no verá.

Esperanza responde: «Bien se ve que usted no conoció a Ese Hombre». Era un animal, seguro que astuto, pero un animal de casi uno noventa de altura, taciturno y limitado a las lindes de su campo como muchos de sus semejantes. Además, él, Esperanza, no buscó en su carta más que lo que podía ser contrario a los intereses del ejército. En todo caso, dudó más tiempo con las alusiones de Six-Sous a un pacifismo que ya no tenía curso. Finalmente, pensando en la mujer y en los niños, entregó la carta del soldador a un cartero militar.

¿Conoce a alguien a quien llamaban Biscotte?

No.

Cuando Esperanza responde que no, Matilde adivina que miente. Ve su mirada sorprendida y huidiza, se percata de la indecisión de ese no enseguida cubierto por una tos. Como ella calla y le observa fijamente, añade: «Leí Biscotte en la posdata de Eskimo, eso es todo».

Matilde no insiste.

Una vez en la encrucijada de trincheras que llamaban Plaza de la Ópera, ¿cuánto tiempo permaneció con el capitán Favourier en el refugio donde estaba el teléfono?

La pregunta le sorprende de nuevo, vacila. Después dice: «Unos diez minutos. ¿Por qué?»

¿Tomaron la foto de los condenados en aquel momento?

En efecto, piensa que es el único momento en que el Prusiano, un territorial, pudo tomarla sin que se dieran cuenta.

¿Cuál era su intención al reescribir las cartas de los condenados?

La censura podía detener las cartas, o era posible que no llegaran a sus destinatarios por cualquier otra razón. Una vez terminada la guerra podría verificar si las habían recibido.

¿Se había encontrado, antes de Matilde, con algún otro pariente de los condenados?

No. Ni sus heridas ni su enfermedad se lo habían permitido. Si se acercó a Cap-Breton fue porque no había mucho trecho hasta allí. Además, le agradó conducir de nuevo una tartana. Ahora ya no tenía ganas de volver a encender malas hogueras.

¿Le nombraron brigada, como su comandante le había dado a entender?

Asintió con un gesto de la cabeza obligado, apartando sus ojos húmedos. No quisiera que Matilde empezara a lloriquear. Se calla un momento.

Él mismo vuelve a la pregunta. Dice que terminó la guerra de brigada primera. Le decoraron con la Cruz de Guerra en su lecho de hospital, en París. De sus ojos sin color resbalan dos lágrimas. Las enjuga con los dedos, con un gesto casi infantil. Murmura: «Es cierto, eso para mí cuenta mucho». Contempla a Matilde a través de otras lágrimas imposibles de contener, con los labios entreabiertos y temblorosos. Ella siente que está a punto de confesarle algo, pero únicamente sacude la cabeza y balbucea: «No puedo».

Más tarde, cuando encontró un poco de aplomo, un poco de voz, dijo a Matilde que no debía despreciarle porque se guardara algunas cosas para él. ¿Qué le sucedería ahora, solo, desgastado, inútil, si le retiraran la pensión? ¿Y qué ganaría ella con conocer esas cosas? Aquello no concernía a Manech.

«Ganaría tiempo», responde Matilde.

Daniel Esperanza suspira: «Chiquilla, hay cosas mejor que hacer con tus bonitos años que perseguir al viento, sobre todo en el estado en que te ha dejado la suerte. Casarse con un novio caído en la guerra es un noble gesto, pero mejor olvidar el rencor. Bingo Crepúsculo era una trinchera entre mil, y el 6 de enero de 1917 un día más en el horror de mil quinientos días, y Manech un desgraciado entre millones de soldados desgraciados».

«Salvo que al día siguiente todavía estaba vivo —dice Matilde con voz firme, para impresionar o porque se deja ganar por la irritación—, y vivo delante de aquella trinchera, y yo no tengo que encontrar a millones de soldados sino solamente a uno que pueda decirme lo que ha sido de él.»

Guarda silencio. De nuevo toma conciencia del tic-tac en la habitación. Adosado a sus cojines, Esperanza rumia tristemente. Ella acerca su carrito a la cama, toca su vieja mano gris sobre la sábana. Le dice, con una sonrisa amable: «Volveré a verle otra vez». Matilde contempla a menudo su propia sonrisa en el espejo. Puede hacer que sea amable, malvada, sardónica, de pescadilla frita, tonta, juguetona, subyugadora, extasiada. Lo único que no sabe esbozar es una sonrisa feliz. En fin, no la sabe esbozar bien. Es como en el colegio, no se puede ser buena en todo.

Matilde se marcha por un largo corredor blanco. Sylvain, que la va empujando, dice: «Tranquila, Mati, tranquila. Mientras hablabas con ese señor he leído en el periódico que un aviador ha pasado por debajo del Arco de Triunfo con su biplano. ¿Sabes por qué? Le había enojado que los aviones no participaran en el Desfile de la Victoria. Ya ves».

Traducción: Matilde se equivoca haciéndose mala sangre. Basta con mirar a los hombres para saber que los gatos, los perros e incluso *Garbanzo* tienen más cabeza que corazón.

Al tomarla en sus brazos para sentarla en el coche, Sylvain dice: «Enojado, ¿te das cuenta? ¡Con un biplano! ¡Bajo una bóveda que quien pasa a pie ya está listo para una pleuresía!»

Matilde ríe. Dice que es verdad: si tuviera el talento de Millet o de Vang Gogh, o de otros diez que no valen la mitad, bastaría con escoger como modelo al brigada primera engalanado con la Cruz de Guerra instalado en las salpicaduras del sol entre los pinos o en una habitación de hospital tapizada de rosa y de gripe española, para pintar la vanidad de las cosas en una sola imagen.

Aquella noche odia a Esperanza.

Los bonitos días de antaño

Octubre de 1919.

Thérèse Gaignard, la mujer de aquel a quien llamaban Six-Sous, tiene treinta y un años, una silueta fina, cabellos rubios de polaca, ojos azules y maliciosos. Ahora es planchadora en Cachan, cerca de París. Posee una tienda en una placita donde el viento arremolina las hojas muertas de los plátanos.

Sabe que su marido se disparó un tiro en la mano izquierda y que le sometieron a consejo de guerra. Un camarada de trinchera vino a decírselo después del armisticio. Renunció a saber más. El comunicado oficial que recibió en abril de 1917 rezaba: «Muerto frente al enemigo». Cobra una pensión, tiene dos niñas a las que criar, y hace sus faldas y sus cintas para el pelo en la misma tela, como si fueran gemelas. Desde hace unos meses conoce a otro hombre que quiere casarse con ella. Es amable con los niños.

Suspira: «Una no escoge su vida. Six-Sous tenía un corazón de oro. Estoy segura de que me aprobaría».

Y continúa planchando.

Habla de Six-Soux. Fue uno de los que cayeron heridos en Draveil, en julio de 1908, cuando la caballería cargó contra los huelguistas de las graveras y hubo tantos muertos. Odiaba a Clemenceau como si tuviera la rabia. No se sentiría orgulloso de que hoy llamaran Padre de la Victoria a ese asesino de obreros.

Pero no hay que creer que Six-Sous sólo pensaba en el sindicalismo. Le gustaban los bailes en las riberas del Marne y las bicicletas tanto como la CGT. Siguió a Garrigou como mecánico en el Tour de Francia de 1911, durante aquel terrible mes de julio, el más caluroso que jamás se hubiera visto. La tarde en que ganó Garrigou, Thérèse cargó con Six-Sous borracho perdido en una carretilla, desde la puerta de Orleans hasta Bagneux, donde vivían. Ella estaba encinta de casi seis meses de su primera hija. Al día siguiente a él le daba tanta vergüenza que no se atrevía a mirarla y no quería que ella le mirara, y pasó buena parte de la mañana con una toalla sobre la cara, como los penitentes de la Edad Media.

Sólo le conoció borracho aquella vez. Únicamente bebía un vaso de vino en las comidas, y lo hacía porque ella le había dicho, en la época de sus primeros encuentros, un proverbio de su abuela de Vaucluse: «Después de la sopa, un vaso de vino, y tanto menos va a parar al bolsillo del médico». No era de los que se gastaban la paga jugando o bebiendo en los cafés. Para tomarle el pelo le llamaban tacaño, pero no lo era en absoluto. Si faltaba algo al darle la paga a Thérèse, podía estar segura de que había ayudado a algún camarada. Su verdadera distracción era el Velódromo de Invierno, donde conocía a todos los ciclistas y entraba gratis. Volvía con los ojos brillantes y la cabeza llena de imágenes. Thérèse dice: «De haber tenido un hijo, habría querido convertirlo en un campeón de ciclismo».

Cuando Sylvain, que la acompañó a París, viene a buscar a Matilde, las dos niñas han vuelto de la escuela. Geneviève, de ocho años, ya sabe planchar pañuelos sin quemarse con una plancha pequeña. Tiene un aire serio y concentrado, se siente orgullosa de ayudar a su madre. Sophie, seis años, ha traído de fuera unas hojas de plátano y las desmenuza hasta dejar el esqueleto. Regala una de sus obras a Matilde.

Matilde está sentada con Sylvain en la parte de atrás del automóvil de su padre, un gran Peugeot rojo y negro que conduce el chófer de las Construcciones Donnay, uno nuevo que ella no conoce. Sostiene por el tallo la hoja desnuda con el índice y el pulgar. Se pregunta si desearía olvidar a Manech si tuviera dos hijos de él. No lo sabe. Se dice que no, pero por supuesto, tampoco Thérèse tiene un padre que ya ganaba mucho dinero antes de la guerra y que ahora, en las ciudades destruidas, gana todavía más.

Entran en París. La noche ha caído. Llueve, en Montparnasse. A través del cristal, Matilde ve desfilar el arroyo de luces borrosas.

Piensa: Pobre, pobre Six-Sous. Yo también, como declaraba un pobre capitán a ese que tú llamas Esperanza, hubiera deseado conocerte en otro tiempo y en otro lugar. Tú, ya lo sé, sacudirás esta esperanza hasta que escupa la verdad a la cara de todo el mundo.

Matilde escribió a la mujer de Ese Hombre, en Dordoña. La carta le fue devuelta antes de que ella abandonara Cap-Breton: «No vive en el domicilio indicado». Matilde —y que lo expliquen los astrólogos— nacida en enero, debió de heredar la testarudez de tauro y la obstinación de cáncer. Escribió al alcalde de aquel pueblo: Cabignac. El que respondió fue el cura:

* * *

25 de septiembre de 1919.

Querida hija:

El alcalde de Cabignac, monsieur Auguste Boulu, falleció este año. Quien le sustituye, Albert Ducot, se instaló aquí después de la guerra, que hizo muy honorablemente en los servicios de sanidad. Aun siendo radical, no deja de mostrarme sentimientos fraternales. Es un médico sensato y sin dinero, que no quiere aceptar nada de los pobres, numerosos entre mis feligreses. Le tengo en gran estima. Me entregó su carta porque no conoció ni a Benoît ni a Mariette Notre-Dame. Yo les casé en el verano de 1912, conocí a Mariette de niña y a Benoît, que no venía al catecismo, le enseñé, cada vez que podía agarrarle en los campos donde andaba empujando el arado, la gloria de Jesús y de María. Los dos son niños hospicianos. A Benoît le encontraron a algunos kilómetros de Cabignac, en los peldaños de la ermita Nuestra Señora de la Virtud. Fue el 11 de julio, fiesta de Saint-Benoît. De ahí su nombre. El cura que le encontró le llevó en brazos hasta las Visitandinas, que ya no quisieron devolverle. Fue necesario que intervinieran los gendarmes de a caballo. Si algún día viene usted por aquí, los viejos le contarán la historia en todos sus detalles.

Este verano se levantó un monumento provisional a los muertos en la plaza, delante de la iglesia. El nombre de Benoît Notre-Dame está inscrito entre los de dieciséis hijos de Cabignac muertos por la patria. Aquí había menos de treinta hombres movilizables en 1914. Esto le indica cómo la guerra nos ha golpeado.

Hija mía, he percibido demasiado coraje, demasiado rencor, en su carta al señor alcalde. Nadie sabe cómo Benoît Notre-Dame cayó en combate, pero aquí todo el mundo está seguro de que debió de ser una batalla violenta: era tan grande, tan fuerte, que se necesitaba el infierno para destruirle. O bien, y me callo, la voluntad de Dios.

En enero de 1917 Mariette recibió la terrible noticia. Enseguida fue a ver al notario de Montignac y puso en venta la granja, a la que ya no podía mantener. Vendió hasta sus muebles. Se marchó con su pequeño Baptistin en brazos, sentada en la tartana del tío Triet. Llevaba dos maletas y unas bolsas. Le dije: «¿Qué haces? ¿Qué va a ser de ti?» Me agarré al caballo. Me respondió: «No se preocupe por mí, señor cura. Me queda mi hijo. Tengo amigos, cerca de París. Encontraré trabajo». Entonces, como yo no quería soltar las riendas del caballo, el tío Triet gritó: «¡Apártate, cura, o te sacudo con el látigo!» Aquel tacaño, que había perdido a sus dos hijos y a su yerno en la guerra, insultaba a los hombres que habían regresado y maldecía a Dios. Él compró la granja de Notre-Dame. A pesar de su reputación de avaricioso, el notario me dijo que había dado a Mariette un buen precio, sin duda porque respetaba menos al dinero que a la desgracia, desde que la había sentido en su propia carne. Así pues, siempre queda un rincón de cielo en el alma más oscura, y ahí veo, querida hija, que el Señor ha querido tomar cita y marcarla con su sello.

En abril de 1917 llegó la confirmación de la muerte de Benoît. La dirigí a la dirección provisional que me dio Mariette, una habitación amueblada en la calle Gay-Lussac en París. Desde entonces aquí nadie ha tenido noticias suyas. Quizá podría encontrarla interrogando a los propietarios de esa casa y le agradecería infinitamente que me lo comunicara. Me gustaría mucho saber lo que ha sido de la madre y del hijo.

Suyo en Nuestro Señor,
Anselme Boileroux,
Cura de Cabignac.

Matilde escribió también a la compañera de Derecho Común, Tina Lombardi. Confió su carta a la atención de madame Conte, 5 travesía de las Victimas, Marsella, como había hecho él. Le respondió esta misma mujer, en hojas arrancadas de un cuaderno escolar, con tinta violeta. Traducida de la fonética, estableciendo algo parecido a la puntuación, descifrando cada palabra con lupa, con la ayuda constante de un léxico de italiano, he aquí lo que Matilde pudo comprender:

Jueves, 2 de octubre de 1919.

Querida señorita:

No he vuelto a ver a Valentina Emilia María, mi ahijada por afecto; desde el jueves 5 de diciembre del año pasado, por la tarde, cuando me visitó por última vez como lo hacía antes de la guerra, trayéndome una maceta de crisantemos para la tumba de mi padre, de mi hermana y de mi esposo fallecidos, una tarta de *chantilly*, manzanitas de amor y pimientos, y también cincuenta francos que depositó en el azucarero sin decirme nada para no herir mi vergüenza.

Tenía el aire de siempre, ni contenta ni descontenta, y aspecto de ir bien. Llevaba puesta una falda azul con lunares blancos, muy bonita pero tan corta que se le veían las pantorrillas, ya se imagina usted el estilo. Me dijo que era la moda pero estoy segura de que usted no lleva faldas parecidas, seguramente es usted honesta e instruida, salvo quizá cuando se disfraza de mujer de la vida el martes de Carnaval, pero no lo creo. Enseñé su carta a mi vecina, madame Sciolla, y también a madame Isola, que lleva con su marido el Bar Cesar en la rue Loubon, una mujer de buen consejo y muy estimada, se lo aseguro, y ambas me dijeron: «Ya se ve que esta señorita es alguien como es debido», y que debería responderla en lugar de Valentina porque no sé dónde está, ni ahora ni desde hace meses. Eso es lo que hago, pues.

Sobre todo, querida señorita, no padezca por mi escritura. Yo no fui a la escuela porque era demasiado pobre, y llegué aquí, a Marsella, con mi padre viudo y mi hermana Cecilia Rose en enero de 1882, a la edad de 14 años, viniendo de Italia, y mi pobre hermana murió en 1884 y mi pobre padre, que era albañil y todos estimaban, en 1889, y yo tuve que trabajar sin descanso. Me casé con Paolo Conte el sábado 3 de marzo de 1900, a la edad de 32 años, y 53 él, que había trabajado sin descanso también durante veinte años en las minas de Ales. Murió de los bronquios el miércoles 10 de febrero de 1904 a las dos de la mañana, y por lo tanto no llegamos a estar casados cuatro años completos, es atroz, se lo aseguro, porque era un buen hombre que venía de Caserta donde yo misma había nacido, lo mismo que mi hermana Cecilia Rose, sin tener la dicha de dar a luz un hijo, sí, es atroz. Después fue mi corazón el que empezó a fallar y aquí estoy ahora con 51 años, ni siquiera 52, convertida en una mujer mayor que ya no puede salir de casa, que pierde el aliento con ir de la cama a la cocina, ya se puede imaginar mi vida. Afortunadamente tengo buenas vecinas, madame Sciolla y madame Isola, vivo gracias al ayuntamiento porque madame Isola hizo las gestiones necesarias, y no me falta de nada. Así, no piense que quiero quejarme ante usted, pobre señorita, que ha perdido a su novio adorado durante la guerra. Tengo mi vergüenza y le envío mis sinceros sentimientos, lo mismo que madame Sciolla y madame Isola.

Siempre sentí afecto por Valentina Emilia María, desde que nació, el 2 de abril de 1891. Su madre murió al dar a luz y yo ya no tenía ni padre ni hermana y todavía no tenía marido. Seguramente le diría mejor estas cosas si no tuviera que escribirlas, pero se puede imaginar mi gusto cuando teniendo yo veintitrés años la mecía en mis brazos, sobre todo cuando su padre, Lorenzo Lombardi, no pensaba más que en beber y en buscar broncas, y todos los vecinos le detestaban. A menudo venía a refugiarse a mi casa para dormir su borrachera. Así pues, ya ve, no hay que asombrarse que ella siguiera el mal camino. A los trece o catorce años, conoció a aquel Ange Bassignano, que no había tenido mejor vida que ella; el amor se lo lleva todo por delante.

Sigo con esta carta hoy día siguiente, 3 de octubre, porque ayer ya no podía más, las sienes me latían.

No piense usted que Valentina Emilia María, mi ahijada, es mala. Al contrario, tiene buen corazón, y antes de la guerra, no dejó de venir a verme una semana, siempre con regalos y siempre con cincuenta francos o más en el azucarero, cuando le daba la espalda para no herir mi vergüenza. Pero cayó en malas manos cediendo a ese napolitano de todas las desgracias, le siguió en su mala fama y llevó la gran vida hasta que pilló una ira asesina contra otro golfo del barrio en un bar del Arenc y le clavó un cuchillo en la espalda. El corazón me dio un vuelco cuando lo supe.

Después iba todos los sábados a verle a la cárcel de Saint-Pierre, y con ella no le faltaba de nada, se lo aseguro, como de costumbre, porque ella era la que hacía la comida desde que él cumplió los quince años y ya se creía un príncipe. Y después aún, en 1916, cuando le mandaron a la guerra, también le siguió, en todos los sectores donde estaba, porque en sus cartas había un código secreto para que siempre supiera dónde encontrarle, ya se imagina lo que llegó a ser ese amor, una mujer de soldados. Ella misma me contó que había encontrado en su regimiento al menos cincuenta benditos para vendérsela como prostituta de guerra. Y cuando se iban de permiso les cogía todo su dinero. Y cosas peores aún que le obligaba a hacer, siempre por dinero. ¿Pero para qué le sirve hoy el dinero, ahora que ha muerto como un perro, probablemente a manos de los propios soldados franceses? Qué deshonra para su madre y su padre, si hubieran vivido, ver esa vida fracasada, pero felizmente sólo le conocieron bajo el aspecto de un muchacho adorable, una verdadera belleza.

Murieron cuando tenía cuatro años y le criaron unos piamonteses, gente de poco valer que la dejó en la calle. Y yo, que no soy mala, se lo aseguro, cuando los gendarmes vinieron a confirmarme que había muerto en el frente y me dieron el parte, lloré, pero me dije: Ya nos hemos librado de él. No lloré por él, se lo aseguro. Era un pobre muchacho perdido, pero para mi ahijada fue un demonio.

Ahora le voy a decir lo que usted pregunta a Tina, como usted la llama, pues me permití abrir su carta como lo hago siempre, porque me pidió que lo abriera todo cuando no supiera dónde estaba, porque si se tratara de la administración o de la Policía podría contestarles. La primera vez que se supo que ese Ange Bassignano había desaparecido en la guerra, fui yo quien recibió la noticia a través de los gendarmes, el sábado 27 de enero de 1917, hacia las once de la mañana. Mientras tanto, el martes 16 de enero recibí la última carta que el Ángel del Infierno, como se llamaba a sí mismo, había hecho escribir para Valentina. Me extrañó mucho recibirla, porque desde que se había ido de la cárcel yo ya no era su buzón, y me extrañaron también sus palabras cariñosas, pero mentía más que un sacamuelas y pienso que las palabras cariñosas eran el código secreto con mi ahijada, como ya le dije.

En aquel tiempo yo tenía la dirección postal de Valentina Emilia María: Z.A:1828.76.50, nada más, porque andaba por la zona de guerra, pero databa de por lo menos cinco semanas y nunca se quedaba mucho tiempo en el mismo sector. Envié sin embargo la carta y ella la recibió, me lo dijo después, y así fue cómo volvió a encontrar la pista de su demonio y supo lo que le había sucedido.

Me dijo que había que darle por muerto en el Somme. Me dijo eso cuando volvió a Marsella, estaba en mi cocina; el martes 13 de marzo de 1917. Estaba delgada y pálida y cansada de todo. Le dije: Llora, pero llora, pequeña, eso te aliviará. Pero me respondió que no tenía ganas de llorar, sino de saltarle la tapa de los sesos a todos los que habían hecho daño a su Nino, así es como le llamaba. Después no la vi durante un tiempo pero me escribió una carta desde Tolón para decirme que iba bien y que no me hiciera mala sangre. Al fin, el viernes 27 de abril, a finales del día, los gendarmes trajeron el aviso oficial del fallecimiento. Entonces fue cuando dije: Ya nos hemos librado. En el aviso se leía: «Caído frente al enemigo el 7 de enero de 1917», pero no decían dónde se hallaba enterrado Ange Bassignano. Ya supondrá que se lo pregunté a los gendarmes. No lo sabían. Me dijeron que probablemente junto a muchos otros.

Escribí a mi ahijada a Tolón, y en junio, cuando pudo, vino a verme. Había cogido algo de peso y tenía mejor color, lo que me alegró, y sobre todo que ya no quería hablar más de su Nino. También después, casi todos los meses hasta aquel jueves 5 de diciembre de 1918 que le dije vino aquí, con sus regalos y golosinas, y cenábamos juntas en la cocina, y un día también bajé a la calle con ella, nos cogimos del bracete y fuimos a comer al Bar Cesar porque madame Isola nos había hecho manitas de cerdo, deliciosas, no hay mejor cocinera en todo el barrio de Belle de Mai, ni en Saint-Mauron, ni hasta arriba del bulevar National.

Ahora no sé lo que ha sido de mi ahijada. En febrero de este año recibí para mi cumpleaños una carta de La Ciotat. Después me dijeron que la habían visto en Marsella, con las chicas del Panier, y después que estaba en una casa de citas de Gardanne pero mientras no me lo diga ella misma yo no creo a nadie, es muy fácil ser mala lengua.

Continúo con esta carta el día 4, la dejé ayer por la tarde por las mismas razones de fatiga. No tengo la vista para releerme pero espero que pueda comprender mi jerga. Me preocupa que el correo no acepte una carta tan larga como la mía, creo que es la más larga que he escrito en mi vida. En cierto sentido me sienta bien, no sé cómo decírselo, y cuando vuelva a ver a mi ahijada, porque volveré a verla, me permitiré escribirle para darle su dirección, y aquí pongo mis mejores pensamientos para usted, repitiéndole sinceramente mi sentimiento, lo mismo que madame Sciolla y madame Isola.

Adiós y distinguidos saludos.

Madame viuda Paolo Conte, de soltera Di Bocca.

El bar de Petit Louis, rue Amelot, es una sala alargada, con maderas sombrías. Huele a anís y a serrín. Dos lámparas iluminan un techo y unas paredes que no han sido pintados desde hace mucho tiempo. Detrás del mostrador de zinc, por encima de una fila de botellas, cuelgan fotografías de boxeadores de antes de la guerra, en posición de combate, con la mirada más bien fascinada por el objetivo antes que malvada. Todas están enmarcadas en madera barnizada. Petit Louis dice: «Eskimo me hizo los marcos. Y también la maqueta del velero que hay al fondo. Está un poco estropeada, pero tendría usted que haberla visto cuando me la dio en 1911, una verdadera joya la reproducción exacta del *Samara* que cuando eran jóvenes les llevó de San Francisco a Vancouver a él y a su hermano Charles. La verdad es que Eskimo sabía hacer cosas con las manos».

Petit Louis cerró la persiana metálica sobre la calle. Son las nueve y media de la noche, su hora acostumbrada de cierre. Al teléfono le había dicho: «Así discutiremos con mayor tranquilidad». Cuando llegó, conducida por Sylvain, quedaban en el mostrador dos clientes, y les apresuró para que terminaran sus vasos. Ahora coloca sobre una mesa, encima mismo del mármol, la marmita con su cena recalentada, una botella de vino mediana y un plato. Propuso a Matilde compartir su guiso de cordero pero incluso por educación, ella no hubiera podido tragar bocado. Sylvain se fue a cenar a una cervecería que vio con las luces encendidas en la plaza de la Bastilla.

Petit Louis merece bien su apodo, pero ya ha echado barriga. Dice: «Si todavía estuviera en el ring, ahora debería de andar por los pesos medios. Me sacudiría una paliza cualquier chalado. La verdad es que a nadie le conviene tener un bar». Sin embargo, cuando va y viene de su mostrador a la mesa para traer dos vasos, la mitad de una hogaza y un *camambert* en su caja, su andar es de una asombrosa ligereza. Se diría que anda sobre resortes. Pero se adivina que, aun siendo esbelto, debieron de «sacudirle» muchas veces. Tiene la nariz aplastada, orejas y labios que han sufrido, su sonrisa es una mueca sembrada de constelaciones de oro amarillo.

Cuando está sentado, con el borde de una servilleta de cuadros metida en la camisa, en primer lugar llena un vaso de vino que ofrece a Matilde. Para abreviar los cumplidos, Matilde acepta. Llena otro vaso, bebe un trago para enjuagarse la boca y hace chasquear la lengua. Dice: «Ya verá, es del bueno. Lo traigo de mi tierra, Anjou. Volveré allí en cuanto tenga un buen colchón para darme la buena vida. Venderé este sucio local y viviré en una bodega, con un amigo o dos para que me hagan compañía. La verdad es que en mi vida he conocido muchas cosas, pero puedo asegurarle que nada cuenta tanto como el vino y la amistad». Hace una mueca contrita y añade: «Discúlpeme, le digo tonterías. Es porque usted me intimida».

Después llena su plato, come su guiso de cordero desgarrando trozos de pan para untar la salsa, y entre bocado y bocado dice lo que Matilde quiere saber. Fuera no se oye ningún ruido, ni siquiera un coche, ni siquiera esos alborotadores a quienes tanto gusta el vino y la amistad.

A finales de enero de 1917, una viuda de la Comisión del Deber, una «dama de negro», entró en el café para anunciar a Petit Louis que su amigo había muerto. Venía del edificio de la rue Daval, a dos pasos de allí, donde antes de la guerra Eskimo tenía su taller de ebanistería en el patio y su habitación bajo el tejado.

Petit Louis se desplomó sobre una silla, atontado, delante de los clientes a quienes precisamente estaba contando en ese mismo momento uno de sus más gloriosos combates. Por la noche, a solas, se emborrachó y volvió a llorar releyendo la última carta de Eskimo que había recibido una semana antes, y destrozó, también a solas, una mesa de su bar maldiciendo la suerte.

Un señor del ayuntamiento vino en abril a traerle el papel oficial: «Caído frente al enemigo, el 7 de enero de 1917». El caballero deseaba saber si Eskimo tenía algún pariente, incluso lejano, a quien poder avisar. Petit Louis le respondió que no conocía ninguno. Eskimo había dejado en América a Charles, hermano mayor, pero no tenían noticias de él desde hacía mucho tiempo.

Aquella tarde, para cambiar de ideas, Petit Louis salió con una de sus amantes. Cenaron en un restaurante de Clichy después de una tarde de cine de donde salieron antes del final porque él no tenía corazón para ello. Tampoco tenía corazón para ninguna otra cosa, y acompañó a la señora hasta la puerta pero sin entrar. Volvió a pie, con las mejillas mojadas de lágrimas y de lluvia, para encerrarse en su café y emborracharse a solas, para recordar a solas. Si esta vez no rompió una mesa fue porque las mesas cuestan caro y que de todas formas con ello no se adelanta nada.

No, después no obtuvo ningún dato sobre las circunstancias de la muerte de Kléber Bouquet, ni sobre el lugar donde se hallaba enterrado. No recibió la visita de ningún compañero de trinchera. Al comienzo de la guerra venía alguno, al azar de los permisos, que traía noticias, una carta, una fotografía, pero las visitas se espaciaron, los regimientos se rehacían constantemente, quizás habían muerto todos, quizás estaban prisioneros, quizás agotados de repetir su miseria.

Petit Louis vio a menudo a Véronique Passavant —la Vero de quien Eskimo hablaba en su última carta— y todavía la ve algunas veces. A la hora del cierre viene a tomar una taza de café cerca de la estufa, para hablar de los buenos tiempos de antaño y llorar un rato. Ya estaba de pareja con Kléber en 1911, año en que Petit Louis colgó sus guantes, a los treinta y nueve años de edad, y compró el bar después de una buena paliza contra Louis Ponthieu. En su vida había hincado la rodilla en tierra, incluso delante de los peores golpeadores, pero aquella vez desgastó sus calzones contra el tapiz. Después, durante tres años transcurrió lo que Vero y él llamaban el buen tiempo de antaño. Varias veces al día durante la semana, Kléber venía a enjuagarse la garganta con un vinillo blanco bien fresco, con su rostro y su camisa sin cuello cubiertos de serrín. Por la tarde, llevaba a menudo a Vero a los *music-halls,* acicalada como una marquesa. Estaba muy orgulloso de su querida, a quien llamaba mujer delante de los demás. De hecho, incluso sin papel sellado, se habían unido para amarse y para quererse toda la vida hasta que la guerra les separara.

Y aún más. En 1916, Kléber seguía pagando el alquiler del taller y de la habitación para encontrar su vida intacta durante los permisos. Tuvo más permisos que muchos otros, quizá porque sabía obtener todo con la simpatía que inspiraba, quizá también porque había sido citado en la orden del día del regimiento por haber capturado prisioneros. Aquellos días llamados de relajamiento pasaba al menos la mitad de ellos en la cama con Vero, y la otra mitad en todos los establecimientos donde uno se divierte, incluidos aquellos en los que no se hubiera atrevido a entrar antes de la guerra. A su llegada, probablemente desde la escalera, se quitaba su uniforme y no se lo volvía a poner hasta el momento de partir. Había que verle pavonearse del bracete de su criatura, con chaqueta de *tweed* de Londres, su canotier echado hacia atrás haciéndose el perezoso y un largo pañuelo blanco alrededor del cuello: le tomaban por uno de esos ases de la aviación.

Hay que decir también que Véronique Passavant es lo que se dice una buena planta. Larga, bien dotada en todo, cabellos negros que caen hasta los riñones, ojos de gata grandes como bonetes, una tez como para hacer rabiar a las burguesas —de verdad, lo que se dice de buena planta—. Tiene veintisiete años. La última vez que vino a charlar con Petit Louis, en julio de ese año, era vendedora en un almacén para señoras en Ménilmontant, no sabe exactamente en qué calle ni dónde vive. Pero está seguro de que volverá a verle pronto y la pondrá en contacto con Matilde.

La desavenencia y la ruptura de los dos amantes, en 1916, durante un permiso de Kléber, fueron un misterio para Petit Louis, y ni el uno ni el otro le hablaron de ello. Se tomó el asunto como una disputa de enamorados, lamentable pero que no duraría. Cuando Vero acudió, aquella triste mañana de 1917, recién conocida la noticia a través de alguien del barrio de que su amante había muerto, Petit Louis hizo que le leyera la última carta de Eskimo y pidió que le diera explicaciones. Ella estaba bañada en lágrimas, de rodillas en el suelo, hundida. Levantó hacia él su rostro sin edad y gritó: «¿Qué importa eso ahora? ¿Quieres que ahogue mis remordimientos. ¿Crees que no me había prometido a mí misma que en mi próximo permiso le echaría los brazos al cuello? ¡Todo borrado, sí, todo borrado!» Todo eso delante de cinco o seis clientes que no tuvieron la decencia de apartarse, curiosos como estaban por conocer las desgracias ajenas, y que Petit Louis condujo fuera.

Mucho tiempo después, tranquila, con la cara seca, sentada en una mesa cerca de la estufa, Vero declaró: «De todas formas, Kléber me hizo jurar que no diría nada a nadie». Petit Louis no volvió a insistir más. Si Matilde desea saber cuál es su sentimiento, Kléber era vulnerable frente a las mujeres, como muchos, y demasiado franco para ser prudente. En el transcurso de su permiso de 1916, tuvo un traspiés que confesó a Vero y que Vero no le perdonó. Cogió sus cosas y se fue. Así es cómo él, Petit Louis, ve las cosas, al menos cuando evita romperse la cabeza con detalles. Hay dos que le preocupan en particular. En primer lugar, Vero amaba demasiado a Kléber como para guardarle rencor durante mucho tiempo si se hubiera tratado de una falta sin consecuencias. Y también, si Kléber rehusó confiarse a él, Petit Louis, a quien confiaba todo, hasta sus ahorros, o bien tenía vergüenza o bien protegía a alguien. Que Matilde le disculpe por la expresión, pero en las historias de culo nunca se sabe.

Mientras Petit Louis terminaba su comida Matilde tuvo frío y se desplazó para situarse cerca de la estufa. En un momento dado dijo algo —no sabe exactamente qué— y sintió frío. O bien se cruzó una imagen por su cabeza cuando él se levantó para abrir un cajón y traerle recuerdos de Eskimo que había reunido para ella: fotos de América y de los buenos tiempos de antaño, fotos de la guerra, la última carta. Matilde no ha decidido todavía si debe decir a Petit Louis que posee una copia de esa carta y en qué horrible noche fue escrita, pero no tuvo que simular nada, le pareció leerla por primera vez.

A través de esta escritura torpe, inclinada hacia la izquierda, a través de la miseria ortográfica de un chaval de la calle, se le apareció bruscamente un soldado amarrado, transido de frío, digno de lástima, que se volvía en lo alto de una escala de trinchera para pedir que protegieran a alguien más digno de lástima que él.

Ahora, Petit Louis depositó su vaso y el de Matilde en la mesa más cercana a ella, fuma un cigarrillo, sentado, con la mirada lejos en su pasado, bajo el entrecejo hinchado por los golpes. Matilde le pregunta quién era ese Biscotte de quien se habla en la posdata de la carta. Petit Louis, haciendo muecas, le dice: «La verdad es que parece que usted lee mi pensamiento, en este momento estaba pensando en él».

Biscotte, toda una historia otra vez.

Era, ya que el pobre tampoco volvió de la guerra, un hombre de lo más afable, un larguirucho delgado, con ojos azules y tranquilos, con cabello castaño que empezaba a hacerse raro, a quien llamaban Biscotte a causa de sus bíceps —sus *biscottos*—, porque él, Petit Louis, que sin embargo no es un gorila, hubiera podido rodearles con una sola mano.

Biscotte era el amigo de Kléber desde las inundaciones de 1910, cuando entre los dos habían salvado a una anciana que se ahogaba. Hacían «el chalaneo» juntos, es decir que se encontraban todos los sábados en el cruce del Faubourg Saint-Antoine y de Ledru-Rollin para vender las cómodas, las consolas y los mueblecitos que fabricaban. A Eskimo la madera no se le daba mal, bastaba con ver la maqueta del *Samara* en el fondo de la sala, pero respecto a Biscotte, Matilde ni siquiera se lo podía imaginar: unas manos como ya no se volverán a ver, manos de un orfebre de la caoba, un pianista del melezo, un sobornador de las especies coloniales, unas manos mágicas. Los demás chalanes ni siquiera estaban celosos.

El sábado por la noche —no todas las semanas porque tenía mujer y cinco hijos y le cantaban las cuarenta cuando volvía y la sopa estaba fría—, Biscotte venía con Kléber al mostrador para pagar cada uno su ronda, reírse un poco y repartirse el dinero de la venta. Petit Louis confiesa gustosamente que en aquellos momentos sentía celos de Biscotte. No eran celos malvados, porque Biscotte era un buen muchacho, nunca artero, que jamás pronunciaba una palabra más alta que otra, y ejercía una buena influencia sobre Kléber. Sí, una buena influencia. Gracias a Biscotte, Kléber comezó a juntar algunos ahorros, cien francos por aquí, doscientos francos por allá, y se los confiaba a Petit Louis para no gastárselos en tonterías. Petit Louis los escondía, a medida que los iba recibiendo, en una caja metálica de galletas, decorada con florecillas campestres que se encontraba en su cofre, en el banco. Cuando entregó el dinero a Véronique Passavant, como Eskimo se lo pedía en su carta, ella no quiso cogerlo, lloraba y se decía a sí misma que no se lo merecía. En aquel mismo bar donde se encuentra Matilde, Petit Louis se puso en pie erguido sobre sus ciento sesenta y ocho centímetros de estatura pero fortaleciéndose en la palabra dada, con su mechero de yesca en el puño, y juró que si no metía los billetes al momento en su bolso los iba a quemar todos y se iba a tragar las cenizas. Finalmente los cogió. Eran cerca de ocho mil francos, no lo bastante para liquidar su pena pero sí para pagarse mejores tiempos.

Y a fin de cuentas, Dios hace bien las cosas: en la guerra, Kléber y Biscotte, nacidos los dos en el barrio, se encontraron en el mismo regimiento, y pronto en la misma compañía. Todo lo sufrieron juntos, el Marne, Woëvre, el Somme, Verdun, y cuando uno venía de permiso traía noticias del otro, intentaba contar a los clientes lo que era la trinchera pero acababa bebiéndose un vaso de vino mirando a Petit Louis con los ojos tristes, para rogar visiblemente que se hablara de otra cosa, porque lo que es la trinchera, sabe usted, no se puede contar, no es un lugar tranquilo, apesta, pero a pesar de todo la vida allí es más fuerte que en cualquier otro jodido lugar y nadie puede entender si no ha hundido sus botas en el barro con sus camaradas.

Después de estas palabras amargas Petit Louis guardó silencio un buen minuto. Y después eso, Dios hace mal las cosas: durante el verano de 1916, en un frente olvidado, la bonita amistad se rompió, Kléber y Biscotte no podían aguantarse el uno al otro, discutían todo el tiempo por tonterías, por un paquete de Gauloise, por una lata de carne de mono, o por saber quién cuidaba más a sus hombres, Fayolle o Pétain. Se evitaban el uno al otro; ya no se dirigían la palabra. Cuando le propusieron y le nombraron cabo, Biscotte cambió de compañía, y pronto de regimiento. Nunca volvió al bar. Al parecer murió durante un bombardeo, cuando se encontraba herido y lo estaban evacuando de un frente a otro.

Petit Louis conoció su verdadero nombre cuando Eskimo, un sábado de 1911, se le presentó, pero ya no se acuerda, ni probablemente los clientes que le conocieron. Le llamaban solamente Biscotte. Debía de tener su taller en una calle del arrabal, del otro lado de la Bastilla. En todo caso, Petit Louis se alegró de saber que Dios existe a pesar de todo, y que antes de morir, cada uno por su lado, los dos amigos se habían reconciliado.

Cuando Sylvain llama desde fuera con el puño sobre la cortina metálica, pasa de las once, Matilde se queda para contemplar una vez más las fotos de Eskimo, mientras Petit Louis va a buscar su manivela para abrir. Por el aire que entra sabe que llueve. Se pregunta si debe decirle a Petit Louis lo que le ha contado Daniel Esperanza. Decide que no. No ganaría nada con ello, nada que no supiera ya, y Petit Louis tendría malas noches intentando conciliar el sueño.

En las fotografías Eskimo posa con su hermano Charles bajo un árbol gigantesco de California, una secoya. O bien, los dos se encuentran en una caravana con toldo, y Charles lleva las riendas de los caballos. O también, en una amplia extensión de nieve, con una ciudad o una aldea en la lejanía, Eskimo, de nombre Kléber Bouquet, nacido en el distrito once de París, enarbola en sus manos con aspecto severo unas pieles de zorro plateado. Si Matilde ha echado bien las cuentas tiene dieciocho años, pues al dorso de la imagen se halla escrito con letras inclinadas de través: «Dawson, Kondlike, 16 de enero de 1898». Diecinueve años más tarde, casi día por día, se reunirá con su destino en la nieve del Somme.

En la fotografía que Matilde prefiere o que más la emociona, Eskimo, con las mangas de su camisa sin cuello recogidas hasta los codos, con un gorro de soldado en la cabeza y el mostacho tranquilo, hace su colada en un acantonamiento. Vuelve su cara hacia el objetivo. Tiene los ojos bondadosos, el cuello fuerte, hombros anchos que inspiran confianza. Parece querer decir a Matilde, y ella quiere persuadirse de ello, que protegió a Manech más allá de lo que se cree, que él era demasiado robusto, demasiado experimentado y que había vivido demasiado como para dejarse morir.

El dinerito de la reina Victoria

Noviembre

El padre de Matilde, Mathieu Donnay, tiene como consejero jurídico a un abogado de cincuenta años, atento y afable, muy seductor a pesar de haber perdido algo de pelo, y de quien se dice que es infatigable defendiendo viudas y huérfanos: Pierre-Marie Rouvière. Conoció a Matilde de niña, la embriagó con dulces de almendra de Aix y por ello hace tiempo que la conquistó. Pero es simplemente por sus cualidades de abogado por lo que al llegar a París, a comienzos de octubre, Matilde se confió a él en su gabinete tapizado de terciopelo.

Levantó los brazos al cielo en cuanto se llegó a lo de Bingo Crepúsculo, e incluso ya al abordar lo de la Plaza de la Ópera, gritando que era grotesco. Cinco soldados amarrados, arrastrados hasta una trinchera de primera línea, arrojados al enemigo por encima de las alambradas —¡y además en la nieve!—, era grotesco, veía en ello una de esas fabulaciones mórbidas, desgraciadamente no siempre desinteresadas, que habían florecido como cizaña a lo largo de la guerra.

¿Esperanza? Un pobre mitómano, de vuelta de todo, que quería hacerse el interesante, y que ya retrocedía porque sabía que había ido demasiado lejos. ¿La fotografía de los condenados? No demostraba nada, podía haber sido tomada en cualquier lugar. ¿La carta de Manech idéntica a su copia? Podía haber sido dictada en cualquier otra circunstancia. ¿La carta de Favourier? Falsa, como el resguardo de Dreyfus. Y puestos a ello, el capitán Favourier quizá ni siquiera había existido.

Sin embargo, concediendo el beneficio de la duda a la realidad del proceso en consejo de guerra, ya que éste había sido confirmado por un camarada del regimiento de Manech, Pierre-Marie Rouvière anotó en un cuaderno de cubiertas de cuero negro grabado con sus iniciales —«todo ello entre ella y él, y estrictamente confidencial»— los nombres de los soldados y de los lugares que Matilde le decía, y prometió investigar para aclarar aquella extravagante historia.

Telefoneó dos veces a Matilde, rue La Fontaine, una vez para que le precisara el nombre del teniente médico que curó a los cinco soldados en un pueblo en ruinas —Santini—, y la otra para anotar una cita aquel mismo día, en su casa a las cuatro de la tarde.

La lluvia golpea los cristales. Pierre-Marie fuma cigarrillos turcos en una larga boquilla de marfil, lleva corbata negra, como de costumbre después del armisticio, en memoria de una actriz que murió aquel día y a la que había querido mucho. Viste traje oscuro. Tiene aspecto sombrío. El pequeño salón habitualmente tan pimpante, tan ingenuamente alegrado por Mamá, está todo sombrío.

En primer lugar, Matilde tiene que prometer que las informaciones que va a oír no se divulgarán jamás a nadie. Para obtenerlas, Pierre-Marie se vio obligado a recurrir a la amistad de un oficial de Estado Mayor que arriesgó mucho, y a quien él mismo dio palabra de honor de guardar secreto absoluto. Mentirosa como es, Matilde lo prometió sin dudarlo un instante.

Se sienta. Del bolsillo interior de su chaqueta saca unas hojas dobladas. En el transcurso de las cinco semanas pasadas encontró varias veces a ese oficial cuyo anonimato quiere conservar, y a quien llama mi amigo el Oficial como si fuera su verdadero nombre. Hoy comieron juntos y resumieron la situación. Aunque algunas de las cosas que dijo Esperanza hayan sido confirmadas por los documentos o los testimonios que ellos han recogido, ambos están convencidos de que su historia es mentira, de que las cosas en Bingo Crepúsculo no pudieron suceder tal y como ese viejo chocho se las describió a Matilde. Seguramente el 6 y el 7 de enero de 1917 había cosas más importantes que hacer en aquella trinchera que arrojar condenados a muerte por encima del parapeto para ahorrar munición.

El saloncito se ilumina. Matilde ve la luz a través de los cristales mojados. Ve las llamas en la chimenea de mármol rosa, e incluso el brusco reflejo del fuego sobre el anillo de oro cuando el abogado desdobla sus folios. ¿Existió realmente Bingo Crepúsculo?

La mira, baja la cabeza y dice que sí, que sobre eso, como sobre otros detalles que Esperanza le proporcionó, no cabe la menor duda. Se calza sobre la nariz unos quevedos y lee las notas que tomó.

«"Bingo Crepúsculo" es el nombre de una trinchera alemana ocupada por los nuestros en octubre de 1916, registrada con el número 108 en un sector del frente del Somme, en los alrededores de Bouchavesnes. En enero de 1917 se encuentra en la bisagra de las tropas francesas e inglesas. Fue teatro de furiosos combates durante el día y la noche del 7. El día 8 y los siguientes, los británicos tomaron el relevo de nuestras tropas en ese sector, según acuerdos de los comandantes de los dos ejércitos en el otoño precedente, lo que excluye cualquier relación con el desarrollo del asunto.

»Es exacto que el capitán Favourier, treinta y cinco años, profesor de historia, se encontraba al mando del medio batallón que ocupaba las trincheras 108 y 208, primera y segunda posición, el domingo 7 de enero de 1917.

»Es exacto que el teniente Jean-Jacques Estrangin, veinticinco años, se encontraba al frente de la compañía de Bingo Crepúsculo y que ésta comprendía a los cabos Urbain Chardolot y Benjamín Gordes, así como el soldado Célestin Poux.

»El amigo Oficial tuvo entre sus manos el balance de pérdidas del 7 de enero. Entre los 56 caídos figuran los nombres de Favourier y de Estrangin; entre los 74 heridos, el de Benjamín Gordes.»

Aquí el abogado se detiene, mira a Matilde quitándose sus quevedos, largamente, pensativamente, y después dice: «Hay otra cosa, mi pobre Mati».

Sobre ese balance de pérdidas, establecido el día 8 por un sargento de la compañía diezmada entre los sobrevivientes de grado más elevado, figuran también entre los muertos bajo la mención «Incorporados al batallón el 6 de enero», los nombres de Kléber Bouquet, Francis Gaignard, Benoît Notre-Dame, Ange Bassignano y —«Qué quieres, así son las cosas»— Jean Etchevery.

Matilde acerca su silla de ruedas al fuego. Pasa un demonio. Sin volverse se obliga a decir: «Continúe. Le escucho».

Es exacto que el teniente médico Jean Baptiste Santini, veintisiete años, encontró la muerte en un bombardeo, en Combles, el 8 de enero de 1917. Su superior directo, en la ambulancia, no recuerda haberle ordenado, dos días antes, que fuera a atender a condenados a muerte. Ese médico de cierta reputación dijo claramente al amigo Oficial que le interrogó: «Vamos, pues, si eso hubiera sucedido yo no lo habría olvidado». Fue todavía más categórico en lo que concierne al enfermero desconocido que en teoría acompañó al teniente Santini. «Ah, ¿porque había también un enfermero? Dos hombres, entre ellos un enfermero, para efectuar cinco curas, ¿se quiere usted reír de mí? ¡Jamás hubiera dado una orden parecida, créame!»

Es exacto también que en enero de 1917 un regimiento de dragones se encontraba acantonado en el mismo sector de la aldea destruida, Tantcourt, donde los condenados habrían sido conducidos y confiados a la custodia de Esperanza. Pero el amigo Oficial tuvo acceso a los archivos de ese regimiento. Puede afirmar que no hay parte de ninguna misión de acompañamiento de ese tipo con fecha 6 de enero. De no creer que Esperanza haya tomado por dragones elementos de otra arma, lo que es más que improbable para un veterano con tres años de guerra, hay que ver en sus alegaciones mucho de fantasía.

Pierre-Marie habló por teléfono con el médico-jefe del hospital de Dax, pero no logró conseguir que Esperanza se pusiera al aparato. El viejo no sale de su cama, casi no habla, no recuerda nada, salvo una maestra de escuela que tuvo de chaval y a quien llama llorando todas las noches.

El comandante del batallón de Esperanza murió aquel mismo año, en enero de 1917, no en la guerra sino de permiso a causa de un ataque cardíaco a los postres de una comida de familia. Su viuda jamás le oyó hablar de Bingo Crepúsculo, ni de los cinco condenados a muerte, ni probablemente de nada: detestaba oírle hablar de la guerra.

Así es. Eso sería todo si no quedara lo más importante, lo que Pierre-Marie aprendió a la hora de la comida, aquel mismo mediodía, y que le parece levantar cualquier duda y cerrar el asunto.

Es cierto que el proceso tuvo lugar. Exactamente en la escuela comunal de Dandrechain, cerca de Suzanne, en el Somme. Veintiséis soldados y dos cabos de un cuerpo de ejército que se habían mutilado de la misma manera en un período tan corto que era alarmante para la disciplina, fueron juzgados en consejo de guerra el 28 y el 29 de diciembre de 1916. Catorce soldados y un cabo, precisamente Francis Gaignard, fueron condenados a muerte; a los otros les cayeron entre veinte y treinta años de trabajos forzados.

Pierre-Marie, volviendo a doblar sus folios, se levanta bruscamente y acude delante del fuego, frente a Matilde. Ella dice: «No veo cómo eso cierra el asunto. Más bien comienza aquí».

«Espere, Mati. No he terminado. ¿Cómo cree usted que hemos obtenido esas precisiones?»

Supone que en los archivos del ejército deben de quedar las actas de los consejos de guerra, algún rastro escrito.

«No, su amigo el Oficial no ha podido encontrar (o todavía no ha encontrado) las minutas del proceso de Dandrechain ni ningún otro rastro. Pero encontró algo mejor: "al capitán de artillería, al corriente de cuestiones jurídicas" del que habló Aristide Pommier, el propio defensor de Manech.»

Bajo el impacto, Matilde no puede pronunciar palabra, tiene el corazón en la garganta, mira a Pierre-Marie con los ojos agrandados, los labios abiertos, debe de tener aspecto de pescado. Mueve la cabeza satisfecho del efecto, diciendo: «Pues sí, Mati, sí. Mi amigo el Oficial le ha encontrado».

Quien tuvo a su cargo el alegato de Manech es un abogado de Levallois que ya no ejerce, que vive de algunas rentas y de su pensión de inválido en una villa de piedra arenisca, entre sus libros y sus gatos. Perdió un hijo en Eparges, una pierna en Champagne y a su mujer en la gran epidemia. El amigo Oficial le encontró ayer por la tarde en su villa. Hizo que le contara el proceso. Volvió con una revelación de envergadura que reservó como sorpresa para Pierre-Marie a la hora de la comida: los quince condenados a muerte, todos, obtuvieron la gracia del presidente Poincaré el 2 de enero de 1917, o sea cuatro días antes del asunto de Bingo Crepúsculo, y sus penas fueron conmutadas por trabajos forzados. El defensor de Manech recibió notificación de la gracia el día 4, en su acantonamiento, pero las autoridades concernidas fueron sin duda avisadas antes que él por telegrama. ¿Qué valen ahora las divagaciones de Esperanza?

Cuando Matilde puso un poco de orden en su espíritu dijo: «No quisiera parecer insultante con un amigo del Oficial, ¿pero hay alguna prueba de que esa notificación haya existido?»

Inclinado hacia ella, con la voz de repente tan fuerte, tan vibrante, que ella retrocede la cabeza, Pierre-Marie responde: «¡Yo la he visto!»

El antiguo abogado ha confiado el documento al Oficial. Pierre-Marie lo ha leído y releído aquel mismo día. Leyó el nombre de Jean Etchevery y de los otros catorce condenados. Leyó las consideraciones. Leyó la conmutación de la pena y la fecha y la firma de Raymond Poincaré. ¿Se imagina ella que haya habido un solo jefe de nuestros ejércitos dispuesto a hacer caso omiso de esa firma?

No se lo imagina, no. ¿Pero y si la gracia llegó demasiado tarde? ¿Si los condenados se hallaban ya en camino? A Esperanza le hablaron de un viaje agotador y sin objetivo, durante dos días y dos noches, antes de llegar a aquel pueblo en ruinas —Tantcourt, ¿no es eso?—, donde se hizo cargo de ellos.

Pierre-Marie cabecea, suspira ante tanto encarnizamiento en querer persuadirse de lo increíble. ¡La gracia demasiado tarde! ¿Cómo se explica ella que no se haya procedido a la ejecución inmediata de la sentencia, como sucedía en tiempos de las cortes marciales? Porque, precisamente, después de la supresión de las cortes marciales la ley prohibía cualquier ejecución, incluso con la apelación rechazada, antes de que el presidente de la República haya podido ejercer su derecho de gracia. Por lo tanto se esperaba su decisión. Podía llegar un poco antes, un poco después, pero nunca demasiado tarde. Repite: «Jamás es evidente».

Debe de leer en los ojos de Matilde la confianza que concede a las cosas evidentes, y suspira de nuevo. Después dice: Bien, está de acuerdo para hacer de abogado del diablo.

«Admitamos que Esperanza haya dicho la verdad. Admitamos que le dieran la misión de conducir a los cinco condenados a muerte, heridos, agotados, a aquella trinchera de primera línea. Voy a decirte, si tuviera que llevar el pleito, cómo vería las cosas. Los jefes de las unidades en las cuales durante dieciséis días se produjo veintiocho veces el mismo delito quieren, cueste lo que cueste, dar un ejemplo. Presienten la ola de indisciplina, de repugnancia, de rechazo colectivo que algunos de nuestros diputados dicen que sumergió a todo nuestro ejército la primavera siguiente. Antes que esperar la decisión del presidente dispersan los condenados en tres grupos de cinco, en tres frentes diferentes; les pasean, les pierden. Poco importa que hayan alcanzado la gracia. Habrán muerto antes. Mostrarán cómo se paga hacer lo que han hecho. ¿No tienen derecho a ejecutarles? De acuerdo. Les amarran, les arrojan a la tierra de nadie y dejan a los de enfrente la tarea de abatirlos. Una vez muertos, se les inscribe en el balance de bajas del regimiento. Ni siquiera sus familiares sabrán nada: «Caídos frente al enemigo». A todos los que participaron en su transporte, oficiales, suboficiales, soldados, territoriales, dragones, jefes de tren, médicos, chóferes de camión, se les dispersa también, se les ahoga en la guerra. Muchos morirán: los muertos no hablan. Otros callarán para no "meterse en líos", para conservar su pensión: también la cobardía es muda. Los últimos, después del alivio del armisticio, de regreso al hogar, tendrán que contar a sus hijos, a su mujer y a sus amigos otras cosas, no la ignominia de un domingo nevado en Picardía. ¿Para qué? Sería empañar la única imagen que les importa: combatieron bien, sus muchachos les admiran, sus mujeres cuentan en la tienda que su hombre hizo él solito cincuenta prisioneros en los alrededores más agitados de Verdun. Sólo queda entonces entre los miles de hombres presentes en el sector de Bouchavesnes, los días 6, 7 y 8 de enero de 1917, Daniel Esperanza, el íntegro, con el valor de decir: "Lo que vi fue un asesinato, la negación de nuestras leyes, el desprecio de los militares hacia la autoridad civil".»

Con prisa por interrumpir al abogado, lo que, según se dice, sus adversarios en los tribunales no logran sin esfuerzo, Matilde aplaude suavemente. Dice: «Bravo, pero usted no tiene por qué convencerme, pienso lo mismo que usted. Así fue cómo las cosas debieron de suceder, quizá con algunas lagunas».

«¿Lagunas?»

Una vez más Matilde no quisiera poner en duda la sinceridad de su amigo Oficial, diría más bien que éste únicamente ha descubierto las verdades que le convienen. Si tuvo acceso a los archivos del regimiento, no le resultaba difícil encontrar a algunos supervivientes de Bingo Crepúsculo e interrogarles.

«¿Con qué derecho? —se rebela Pierre-Marie—. ¿Y bajo qué engañoso pretexto? Con que uno solo se quejara de que le importunaban o simplemente mintiera descaradamente, ¿dónde iríamos a parar?»

Trae una silla delante de ella y se sienta. Dice con voz triste: «Eres muy ingrata, Mati. Ese hombre ha arriesgado mucho para hacerme un favor, únicamente preocupado por mi amistad. No puede ir más lejos. Interrogó a un capitán de artillería, y a la mujer de un comandante de territoriales, y a un médico de los servicios de sanidad. Si lo hizo fue porque podía contar con su discreción y ellos con la suya. Por lo demás, si te parece no haber descubierto más que verdades *que le convienen* (pero me pregunto en qué le convienen), no nos ha ocultado las que le molestan, aunque sólo sea en su orgullo de soldado. Le conozco perfectamente desde hace tiempo. No ha debido sentirse aliviado de sus propias dudas hasta esta mañana, cuando tuvo entre las manos la gracia presidencial y pudo comprobar el efecto que produjo».

Se inclina hacia delante, con una mano sobre el hombro de Matilde, y le dice: «Hubiera preferido callarme esto, para no añadir añoranzas vanas a tus pesares, Mati, pero los otros dos grupos de condenados a muerte que desembarcaron en frentes diferentes, fueron recuperados, devueltos a Dandrechain, donde se les anunció la conmutación de su condena. Hoy todavía viven los diez, destripando guijarros en el penal de la Guayana».

Matilde baja la cabeza y permanece así, muda, hasta que

él aprieta su hombro con los dedos y dice: «Mati, mi pequeña Mati, sé razonable. Manech ha muerto. ¿Qué ganaría con ello su recuerdo si, contra toda evidencia, tú tuvieras razón?»

Un breve beso en la mejilla, que huele a lavanda y tabaco, y se incorpora. Cuando ella le mira está recogiendo su gabardina que había arrojado sobre un sillón. Ella dice:

«Deme el nombre de ese abogado de Levallois.»

Hace señas de que no, no es posible. Se pone su abrigo, su echarpe de angora gris, su sombrero de fieltro gris, y recoge su bastón.

Dice: «Ves, Mati, no sólo se han gastado toneladas de hierro y fuego en esta guerra, sino también casi el mismo peso en papel. Se necesitarían meses, incluso años, para dirigirlo, reunirlo y verificarlo todo. A falta de estar convencida, sé paciente. Y prudente. En este momento cuesta caro tocar ciertos tabúes».

En cuanto se fue, Matilde hizo que le trajeran al saloncito papel de dibujo y su pluma. Anota por escrito la conversación que acaba de tener, sin olvidar nada, para no olvidar nada. Al releerse se dice que es verdad, ha aprendido muchas cosas, pero estrictamente sobre dos períodos de tres: antes del 7 de enero de 1917 y después. De aquel mismo domingo Pierre-Marie únicamente le ha confirmado lo que ya sabía, que había habido lucha y que había caído bastante gente. A fin de cuentas ella está mucho mejor informada que él. Piensa en Manech, levantando en tierra de nadie un muñeco de nieve, piensa en un aeroplano derribado por una granada, en Six-Sous cantando a quien quiere oírle la canción de la Comuna. Se dice que será necesario continuar estando loca sola.

* * *

La misma noche, a la hora de cenar, come un muslo de pollo con los dedos, en silencio, con la imaginación ausente. Está sentada a un extremo de la gran mesa, frente a su padre, a quien quiere con todo su corazón. A su izquierda está su madre, a quien quiere mucho. A su derecha, su hermano Paul, de quien no tiene más opinión sino que es soportable, y a su poco agraciada cuñada, Clémence, a quien no soporta. Los dos niños espantosos, Ludovic y Lucien, ocho y nueve años de vilezas, hace rato que están haciéndose pis en la cama.

«¿No estás bien, Mati?», pregunta su padre.

«Tirando», contesta ella.

«Cuando por fin se acabe esta maldita huelga de la Prensa te pagaré tu anuncio, ese será tu regalo de Navidad», dice él.

«De acuerdo», dice ella.

Quiere publicar un anuncio en los periódicos y los semanarios más importantes, y también en esas revistas de combatientes en las que todo el mundo busca a todo el mundo. Lo ha redactado de este modo:

BINGO CREPÚSCULO

(Trinchera del Somme; sector de Bouchavesnes)

Recompensa por cualquier información sobre las jornadas de los días 6, 7 y 8 de ENERO de 1917, así como sobre los cabos Urbain Chardolot, Benjamín Gordes, soldado raso Célestin Poux y cualquier otro combatiente en el lugar y la fecha mencionados. Escribir a: Mademoiselle Matilde Donnay, Villa Poema, Cap-Breton, Landas.

No duda de que va a recibir centenares de cartas. Por la

noche, en su cama, se imagina en Cap-Breton, en la tarea de verificarlas. Hay tantas que Sylvain y Bénédicte tienen que olvidarse de la cocina y el jardín e ir a ayudarla. Comen bocadillos, dejan crecer ortigas, trabajan hasta tarde por la noche, bajo las lámparas. Y una buena mañana, una buena mañana:

«¿En qué piensas?», pregunta Mamá.

«Cien francos si lo adivinas.»

«Oh, bien sé en lo que piensas.»

«Has ganado cien francos.»

Matilde pide vino. Sólo su padre lo bebe en las comidas. Conserva la botella cerca de él. Se levanta y viene a servir a Matilde. Mientras le sirve, la poco agraciada cuñada se cree obligada a observar: «¿Bebes vino ahora?»

«Después de la sopa, un vaso de vino es tanto menos que va al bolsillo del médico», responde Matilde.

«¿De dónde has sacado eso?», dice su padre, que vuelve a sentarse, sin parar mientes en la impudicia de su poco agraciada nuera, a quien llama así, mi nuera, porque la ve tan fea que ni se atreve a mirarla.

Matilde prueba el vino y contesta: «La abuela de la mujer del mecánico del campeón Garrigou en el Tour de Francia de 1911 pretendía que eso era cierto en Vaucluse».

«Toma —dice Mathiu Donnay—, ¿podrías repetirme eso?»

«¿Al derecho o al revés?»

«Lo mismo me da.»

Matilde bebe un poco de vino y recomienza: «Garrigou, campeón del Tour de Francia 1911, tenía un mecánico, el mecánico tenía una mujer, la mujer tenía una abuela en Vaucluse que decía lo que acabo de decir».

«Ya se ha embriagado», dice la madre, consternada.

«Mati tenía once años en 1911 —dice Paul—. ¿Cómo puede saber quién ganó el Tour de Francia?»

«Oh, sé muchas otras cosas» —replica Matilde. Bebe un sorbo de vino. Se dirige a su hermano—: Toma, el mismo año, 1911, ¿quién fue el vencedor en el combate de pesos pluma entre Louis Teyssier y Louis Ponthieu? Vamos, dilo. Un luis si lo adivinas».

Paul se encoge de hombros para mostrar que no le interesa el boxeo, que no sabe nada.

«¿Y tú, papá?»

«Yo nunca hablo de dinero.»

Matilde acaba su vino, chasquea la lengua e informa: «Fue Louis Ponthieu, cuyo verdadero nombre es Louis Reygnier-Ponthieu. El bueno de Louis Teyssier, más conocido bajo el diminutivo de Petit Louis de la Bastilla, recibió una paliza».

Mira pensativamente su vaso vacío. Dice: «Eso me hace pensar en que será preciso procurarse vino de Anjou. Es mi preferido».

Después suspira y quiere irse a acostar. Su habitación, en París, está en el piso de arriba y hay que montar todo un circo para subir allí. Antes de la guerra, Mathieu Donnay ha hecho instalar un pequeño ascensor sin tabiques que desfigura la entrada, que funciona una vez de dos porque se avería de continuo, y que para subir tres metros necesita una eternidad fatigada con ruidos de cadenas que ponen la carne de gallina. Además, Matilde no puede utilizarlo sola. Necesita que abajo bloqueen las ruedas de su silla y que alguien la acompañe arriba para desbloquearlas, si es que durante el trayecto no se ha quedado dormido.

A menudo, como esa noche, Mathieu Donnay lo resuelve con mayor rapidez llevando a su hija en brazos hasta la cama. Le quita sus zapatos y sus medias. En lo demás, una vez acostada, ella se las arregla. Matilde es una contorsionista nata. Si tuviera piernas, podría ganarse la vida en las ferias.

Al tiempo que le da masajes en los pies y en los tobillos su padre le dice: «Me he cruzado con Rouvière hace un rato. Venía de verte. Me dio la enhorabuena por tu buen aspecto».

«¿Qué te ha contado?»

«Nada. Que los tiempos son duros. Que tendremos un parlamento de hierro en la segunda vuelta de las legislativas. Pero tú ¿de qué querías hablarle?»

«De sellos de correos», dice Matilde.

Su padre sabe desde siempre lo reservada que es, de modo que no se conmueve.

«Vaya. Veo que hay un montón de cosas que te interesan desde hace algún tiempo. La bicicleta, el boxeo, el vino de Anjou y ahora los sellos.»

«Me instruyo —dice Matilde—. Deberías intentarlo tú también. Estoy segura de que no podrías citarme el nombre de un solo barco de los que hacían la travesía San Francisco-Vancouver en 1898. Ni de explicarme lo que es una fabulla, ni siquiera de cómo se escogen el nombre y apellidos de los niños abandonados.»

Ríe. «Me tomas el pelo. ¿Qué relación tiene con los sellos de correos?»

«Ah, eso es todavía más difícil, incluso para mí. No vas a creerme.»

«Sí, mujer, sí voy a creerte.»

Y frota y sigue frotando los pequeños caireles.

«Pues bien, la semana anterior leí palabra por palabra, línea por línea, página por página, más de la mitad de un catálogo inglés así de gordo para encontrar en qué sello de la reina Victoria figura uno de sus dos nombres secretos, Penoe.»

«¿Cuál es el otro?»

«Anna.»

Sonríe con vaguedad y nostalgia en los ojos, como quien ha hecho pasar su buen sufrimiento a una memorable Anna, allá en su juventud pobre del barrio Latino.

«Papá, eres ridículo cuando no me escuchas.»

«Entonces nunca soy ridículo.»

«Me ha costado cuatro días enteros.»

Es verdad. La última semana Matilde pasó cuatro días en el hospital para unos exámenes llamados de rutina. Entre dos complicaciones se sumergía en la borrachera filatélica.

«¿Y lo has encontrado?»

«Todavía no. Sólo estoy en la letra L del catálogo. Exactamente en Leeward. Las islas Leeward o las islas Sotavento son una colonia británica en el mar Caribe al norte de la Martinica, al este de Puerto Rico. Ya ves cómo los sellos de correos son instructivos.»

«¿Qué necesidad tenías tú de saber algo así?»

Dejó de darle masajes en los dedos de los pies. Lamenta ahora su pregunta. Conoce a su Mati mejor que nadie, al menos eso cree. Sabe que una vez ha ido tan lejos —aquella noche, a las islas Sotavento—, ya no se detendrá, y que ha llegado el momento de ponerse al pairo. En el otro cabo de la irrisión que dedica a todo, que se hincha y se deshincha si se la deja hacer, sólo hallará las lágrimas que retiene.

«Una cosa parecida no se inventa —responde Matilde—. Y las cosas que no se inventan son muy prácticas para distinguir lo verdadero de lo falso. En octubre, cuando fui a ver a

Pierre-Marie, si hubiera sabido eso le hubiera cerrado el pico en un momento.»

Hace señal a su padre de que se acerque. Se sienta cerca de ella, al borde de la cama. Quiere que se acerque más, que la coja en brazos. La coge en brazos. También él huele a agua de lavanda y tabaco rubio, pero a ella le gusta, le da seguridad.

Con los ojos mirando al techo, dice: «Un profesor de historia envía una carta a un mayorista de vinos de Burdeos. En esta carta figura el enigma: ¿cuál es el origen de un sello en el que se revela el segundo nombre secreto de la reina Victoria? Ahora bien, Pierre-Marie afirma que la carta es falsa y que el vinatero se la envió a sí mismo».

«Hay que comparar las dos escrituras», dice el padre.

«Lo hice. No se parecen nada. Pero sólo conozco la escritura del profesor de historia a través de esta carta. ¿Y si simplemente el vinatero hubiera disfrazado la suya?»

Mathieu Donnay reflexiona, apoyando su mejilla contra la de su hija, y después dice: «Tienes razón, Mati. Si tu vinatero no es un apasionado de los sellos de correos, la carta es la del profesor de historia y ese Pierre-Marie es un asno».

La madre llama a la puerta de la habitación y entra al final de estas bonitas palabras. Dice a su marido: «Ni siquiera has acabado tu cena. Estamos como santones de Provenza esperándote para el postre». Y a Matilde: «¿Qué estáis cociendo a mis espaldas vosotros dos?» Toda la vida repite eso como un exorcismo contra la incertidumbre, la culpabilidad idiota que la atormenta simplemente porque su hija, a los tres años, se cayó de una escalera.

Más tarde, sola en su cama, cerca ya del sueño, Matilde oye un escándalo de voces abajo. Le parece reconocer a su padre y a Sylvain, pero no le parece posible, jamás se han peleado. Debe de soñar. Las voces se apaciguan. Percibe la agonía del fuego, en la chimenea. Sueña con un amplio campo de trigo amarillo hasta el horizonte. Se dirige hacía un hombre que la mira. Oye el crujido de sus propios pasos que aplastan el trigo, pero ahora encuentra únicamente flores alrededor de ella, grandes margaritas amarillas que se multiplican y que aplasta al andar. El hombre ha desaparecido. Los tallos de las flores son tan espesos que ya no puede ver nada. Comprende el error que ha cometido, jamás hubiera debido avanzar así, eran girasoles, ahora lo sabe, girasoles más altos que ella y que la rodean por todas partes, cuyos gruesos tallos rompe con rabia a patadas, y brota savia blanca, pero nunca lo logrará, no tiene fuerzas, nunca lo logrará, su falda blanca se ha manchado, nunca lo logrará.

Por la mañana, cuando abre los ojos, después de haber soñado que no lograría gran cosa, lo que no cambia nada de sus costumbres, y también de otras tonterías de las que no se acuerda, ve un objeto nuevo en la penumbra de la habitación, colocado sobre la mesa donde ella dibuja, escribe y llora algunas veces: la maqueta bastante deteriorada de un velero que iba de San Francisco a Vancouver, cuando ella ni siquiera había nacido, el *Samara*.

Sonriente, deja caer la cabeza sobre la almohada. Dice para sí: Señor, la noche no ha debido de ser triste para mi padre ni para Petit-Louis.

Por la tarde encarga a Sylvain que devuelva el velero al bar de la rue Amelot, con unas palabras de agradecimiento al ex boxeador por habérselo prestado unas horas, y sobre todo por haber permitido a su padre que la sorprendiera una vez más.

En el camino de vuelta, Sylvain se desvía por la calle Gay-Lussac y se para delante del inmueble de apartamentos donde se alojó Mariette Notre-Dame con su pequeño Baptistin en febrero de 1917.

Los propietarios se acuerdan perfectamente de ella, aunque no estuvo con ellos más de tres o cuatro semanas. Tenía su habitación en el primer piso. Le permitían utilizar la cocina para preparar la comida del bambino. Varias veces la invitaron a su mesa pero jamás aceptó.

Mariette Notre-Dame, tal como la describen, era una mujer joven —no más de veinte años—, de cabello claro recogido en un moño, grandes ojos tristes, bastante guapa aunque no hacía nada para mostrarlo. Acababa de perder a su marido en la guerra, y salvo decir eso a su llegada, no habló más. No era parlanchina. Sólo sus manos delataban que venía del campo y que había trabajado duramente desde jovencita. No salía más que para comprar lo necesario o pasear al niño por los Jardines del Luxemburgo. Baptistin, a quien ella llamaba Titou, tenía once meses y ya echaba a andar. En dos ocasiones Mariette se fue «a casa de unos amigos» durante todo el día, llevándose a su hijo. Fueron las dos únicas ocasiones en que los propietarios la vieron con una falda diferente de la gris y negra que llevaba habitualmente.

Se despidió en los primeros días de marzo, diciendo que sus amigos le habían procurado trabajo y la hospedaban mientras encontraba un alojamiento. La mañana en que se marchó de casa, insistiendo en pagar por «haber estorbado en la cocina», pidió un taxi para ir a la estación del Este pero no dijo cuál era su destino, ni dejó dirección para que remitieran su correo, «porque todavía no lo sabía». De todas formas, no recibía correo. El chófer del taxi amarró con una cuerda la maleta sobre el techo, colocó las maletas y las bolsas donde pudo, y partió con ella y con el niño. Jamás volvió.

Dos meses más tarde, en mayo, llegó para ella una carta de la Dordoña. Los propietarios la conservaron mucho tiempo, más de un año, diciéndose que si Mariette Notre-Dame pasaba por casualidad por el barrio subiría a verles, y después se decidieron a abrirla. Era el comunicado oficial de la muerte de su marido, de treinta años, «Caído frente al enemigo». Pensaron que era muy triste, sí, muy triste, pero que la pobre señora estaba suficientemente informada de su desgracia, y la carta acabó en el fogón de la cocina.

En el tren que la llevaba con Sylvain a Cap-Breton, Matilde llega a la letra M de su catálogo de sellos. Reclina la cabeza sobre el respaldo del asiento. Tiene una sensación de frío, como siempre que su corazón late deprisa, pero es bueno, es mejor que ganar una partida de cartas, se halla henchida de orgullo y de reconocimiento hacia sí misma. A través del cristal mira con renovada confianza venir hacia ella el sol de las Landas.

Sylvain estuvo separado de Bénédicte durante seis semanas. Le faltaba cada vez más, lo mismo que sus disputas. Se sintieron casi intimidados al volver a encontrarse. Bénédicte le dice: «Había olvidado que eras un hombre tan guapo». Y él, que es un muchachote, no sabe qué hacer con su gran cuerpo, se despoja del cuello duro con la corbata, se alisa el mostacho rojizo con un revés de la mano, con la sonrisa tonta y los ojos en todas partes pero no en ella.

Matilde vuelve a encontrar a sus gatos, que no se intimidan en absoluto, que se contentan con seguirla a donde van las ruedas de su silla. Vuelve a encontrar también el gusto del viento salado, la vista de las dunas, más allá de las ventanas, donde Manech la besaba, apretándola fuerte contra él, deseosa, deseada, parecida a las demás.

La noche del regreso, sentada frente a su verdadera mesa, en su verdadera habitación, gracias a Dios en la planta baja, rodeada de sus fotografías y sus gatos, escribe en una hoja de dibujo:

Variedad del número 4 de la isla Mauricio, un 2 pence azul impreso en planchas de doce en 1848. Es el séptimo sello de la plancha que presenta el error de ortografía debido a un resbalón del buril del grabador, PENOE *en lugar de* PENCE.

Nuevas o matadas, esas dos moneditas valen hoy una fortuna.

Y más abajo:

Un balance de pérdidas puede ser manipulado. Remitirse en adelante a la carta del capitán Favourier. Al amanecer del domingo, los cinco están todavía vivos.

El cofre de caoba

Véronique Passavant,
16, rue des Amandiers,
París.
10 de enero de 1920.

Señorita:

Anteayer sábado, pasé por casa de Petit Louis para felicitarle el Año Nuevo. Me contó su conversación, una tarde del otoño pasado, y me repitió más o menos lo que él le había dicho.

En primer lugar, no quisiera que hubiera un malentendido sobre mi ruptura con Kléber Bouquet, a quien llamaban Eskimo, porque a mí me gustaba Eskimo de verdad, hasta la médula de los huesos, y por culpa de mi apasionamiento sufrí mucho. Pero estuve segura de que en su próximo permiso nos reconciliaríamos, nunca pensé que moriría en la guerra. Para darme confianza a mí misma, solía decir que estaba bien relacionado y que nunca le enviarían a operaciones peligrosas, y además, me parecía imposible que muriera. Hay noches en que todavía no lo creo, y le diré por qué.

No le dije nada a Petit Louis, porque hacer más daño no sirve de nada, que a comienzos de marzo de

1917 una mujer fue a buscarme al trabajo, y por ella supe lo que adivino que usted sabe ya desde hace mucho tiempo, señorita, y que usted tampoco ha querido decir a Petit Louis: esta historia de dispararse en la mano y la condena de Kléber.

La mujer en cuestión volvía de la zona de operaciones donde su hombre había sido condenado de modo parecido, con otros tres soldados, y entonces me dije que su novio se encontraba con ellos. La mujer me dijo que no los habían fusilado, sino que los habían llevado a primera línea para que los mataran los alemanes. No me dijo si sabía más, pero preguntó si yo tenía noticias de Kléber, o si le había vuelto a ver vivo desde enero, ocultándose en algún sitio o cosa parecida. Le aseguré que no. Ya puede usted imaginar que no me creyó, y llevaba cierta razón, porque si yo no hubiera sabido que Kléber estaba vivo es seguro que hubiera cerrado la boca.

El caso es que ella sabía más de lo que decía, con todas esas preguntas, y por ello pienso que esperaba que su hombre todavía estuviera vivo, como usted espera que el suyo lo esté y yo espero que lo esté el mío. ¿Lo ha comprendido bien? Estoy segura de ello, porque usted también ha venido a preguntar a Petit Louis y, más tarde, su padre le despertó en plena noche para interrogarle más, con aire de no saber nada, en plan hipócrita, a menos que incluso con su padre usted haya cerrado la boca.

Ahora me parece que estamos en la misma salsa y que al menos entre nosotras deberíamos ser más habladoras. Esto es lo que yo quería escribirle. Petit Louis me dijo que usted tiene las piernas paralizadas por culpa de un accidente en su infancia y comprendo, mi pobre amiga, que no pueda desplazarse fácilmente, pero al menos podrá responder a esta carta, seguramente para usted escribir es más fácil que para mí, que no tengo ninguna instrucción, como ya puede adivinar. Pero no soy tonta y quisiera que las dos pusiéramos las cartas boca arriba.

Por instinto, y solamente de a ratos, creo que mi Kléber todavía vive. No tengo ningún motivo, ninguno, ni siquiera el más mínimo, para dudar de que haya muerto en enero de 1917. Pero esa mujer me ha desorientado con su historia. En mi opinión, ella tampoco sabía si su hombre estaba vivo, pero averiguó algo que se calla para sí y que demuestra que al menos uno de los soldados condenados pudo salvarse. Si he comprendido bien, eran cinco. Para demostrar que soy franca le daré un detalle de su historia que me abre una pequeña esperanza para Kléber: donde les enviaron para que los mataran había nieve, y entonces pienso que tenía una posibilidad más que los otros para mantenerse con vida, porque ha vivido cosas peores con la nieve y el frío. Es una nadería pero, como usted debe saber, cada uno se agarra a lo que puede.

¿Quizá también esa mujer con acento meridional ha ido a verla a usted? Dígamelo, se lo ruego, y si usted sabe algo más de lo que yo sé, sea sincera. Quedo impaciente esperando su respuesta, por favor no me haga sufrir. Petit Louis me dijo que usted era una persona de bien. No me haga sufrir.

Véronique Passavant.

* * *

A esta carta Matilde responde que no sabe a qué se refiere, que debe ir a París en primavera o en verano, y que ya se verán allí.

Después escribe a la buena señora de Conte, en Marsella, para animarla a que establezca contacto con su «ahijada por afecto», Tina Lombardi, que corría tras su Nino por la zona de operaciones.

Puesta a ello, escribe también a Pierre-Marie Rouvière, para animarle del mismo modo a descubrir a qué correspondía, en enero de 1917, en esa zona militar, la dirección postal 1828.76.50, pero mientras verifica el número en la carta de la señora de Conte reflexiona y finalmente desgarra la suya.

Es un final de mañana muy frío.

En la sala grande de la casa los cristales de las ventanas están empañados e impiden ver el mar. Sus gatos y sus gatas observan cómo Matilde arroja a la chimenea los pedazos de papel. Les dice: «Cerrar la boca. Por una vez, es un consejo inteligente. ¿No creéis que tengo razón al desconfiar precisamente de quienes me lo dan?»

A *Uno* le da igual. *Due* reflexiona. *Tertia y Bellissima* se vuelven a dormir junto a la virgen de piedra, recuerdo de un viaje a Toledo de papá y mamá, donde en el año 1899, en una ebria noche castellana y un brusco sobresalto de afecto, concibieron a Matilde en persona.

Ladrón y *Maître Jacques* son los únicos que la siguen, mientras vuelve en su silla de ruedas hacia la mesa del comedor donde a menudo, aunque Bénédicte proteste, extiende las hojas de dibujo y las cartas que no le sirven ni para dibujar ni para ser feliz, sino solamente para llenar un cofre de caoba con esquinas doradas donde ordena todo lo referente a Bingo Crepúsculo. A decir verdad, no ordena nada, se contenta con amontonar las notas que va tomando y las cartas que recibe.

El cofre se lo regaló Manech el día que cumplió quince años, el Año Nuevo de 1915, para que sirviera de caja de colores. No es ni bonito ni feo, es un cofre de cuarenta centímetros de alto, cincuenta de ancho, que pesa como para partirle a uno los riñones, pero, en, fin es de caoba barnizada y esquinas doradas, como los baúles de los barcos. Matilde no tiene ni la menor idea de dónde se le ocurrió a Manech comprar un armatoste parecido, lo mismo que papá y mamá compraron su virgen de piedra. La gente es rara.

Matilde arroja la carta de Véronique Passavant al cofre, cierra la tapa con precaución por miedo a despertar una angustia que duerme, y dice a *Ladrón* y a *Maître Jacques*: «Si os bajáis enseguida de esa mesa, consentiré en haceros una confidencia». Y como los gatos no se mueven, añade ásperamente: «Es una confidencia muy confidencial». La miran con ojos inexpresivos, extrañamente fijos, extrañamente neutros —se diría que son ojos de gato—, y después, sin apresurarse, avanzan con sus suaves patas hasta el borde mismo de la mesa y de allí saltan al suelo.

Con el busto inclinado, agarrada con una mano a su silla y con la otra acariciando el cofre de caoba de Manech, Matilde baja la voz para atraer más su atención: «En esta caja se encuentra la historia de una de mis vidas. Y, sabéis, la cuento en tercera persona, como si yo fuera otra. ¿Sabéis por qué? Porque tengo miedo y vergüenza de ser únicamente yo y no poder llegar hasta el final».

¿Al final de qué?, piensa a continuación bajo dos miradas imperturbables. No lo sabe. Afortunadamente, los gatos deben saberlo, ya que no piden explicaciones, y se dirigen tranquilamente a soñar con el paso del tiempo en un rincón.

Quincallería Leprince,
3, rue de Dames,
París.
25 de enero de 1920.

Señorita:

Aprovecho el domingo para escribirle en relación con el anuncio que he leído en *Le Bonhomme*. Le digo de entrada que no quiero dinero, ya que no soy de esos golfos que se aprovechan de la desgracia de quienes buscan a su desaparecido. Hice la guerra en la infantería, salvo en 1918, cuando fui herido en una pierna por los *shrapnels*, fui hospitalizado y después se me trasladó a la artillería de campaña, lo que no fue a mejor, porque los artilleros sufren tanto como los de infantería, y ahora tengo cincuenta por ciento menos de oído, pero eso es otra historia.

Lo que quiero decirle es que conocí la trinchera que usted indica, salvo que no fue en las mismas fechas. Estuve a finales de noviembre de 1916, después de que los coloniales la arrebataron a los boches, y espero que no se enfade si la rectifico sobre algo en que usted se equivoca, porque no se llamaba Bingo, sino Bing al Crepúsculo, recuerdo muy bien el tabloncito de madera que los hombres que nos habían precedido habían clavado en una viga que servía de apuntalamiento, todavía lo veo, y habían escrito eso, los pobres diablos, porque en octubre, cuando cavaban las zanjas, probablemente el cañoneo debía de ser terrible al atardecer.

En cuanto a los nombres de las personas, debe tratarse del mismo, conocí a un soldado que se llamaba Célestin Poux, no era de mi regimiento, pero no creo que haya habido dos como él en esta guerra, si no la hubiéramos ganado o perdido mucho antes. Era el tipo más avispado y ladronzuelo que he visto en mi vida, le llamaban el terror del ejército. Hubiera robado la avena de los caballos para cambiarla por vino para su sección, inventaba secciones que ni siquiera existían, resucitaba a los muertos para saquear las cocinas de campaña, ya puede usted imaginar si sus camaradas le apreciaban, y además astuto, nadie veía su juego. Me dijeron que en Verdun se hizo con una pierna de cordero asado, pan blanco, el vino y los licores de una cena de los emboscados de un Estado Mayor. Y como un niño que acaba de nacer respondía a todo: «Son habladurías».

En 1918, en la artillería, oí todavía hablar de él, en Saint-Mihiel, a propósito de tres cajas de tabaco, picadura gorda y cigarrillos rubios para los americanos, que a la llegada estaban llenas de sacos de serrín. ¡Que si me acuerdo de Célestin Poux! Un muchacho de la isla de Oleron, rubio con ojos azules, y una sonrisa como para cantar la nana al cabo furriel. Cuando preguntaba la hora no había que dársela, y menos aún cambiársela: era como decir adiós al reloj.

En todo caso, oí hablar de él en Saint-Mihiel en 1918, lo que quiere decir que había salido bien librado de muchas cosas y que, desenvuelto como era, si usted busca un poco por la zona de Charentes verá seguramente que todavía vive, pero en cuanto a la trinchera, yo no estaba allí en las fechas que usted dice, y no sé nada, salvo que los British tomaron el relevo aproximadamente entonces, y en la confusión aquel Célestin Poux debió de chuparles la sangre.

Deseo que vuelva usted a encontrar a la persona que ama, señorita. Y si pasa usted por Batignolles, no dude en visitarme.

Con mi consideración,

Adolphe Leprince.

Madame Paolo Conte,
5, travesía de las Víctimas,
Marsella.
Sábado 31 de enero de 1920.

Mi querida señorita:

No me encuentro bien en mi pellejo, se lo aseguro, para responder a su carta. Ya no puedo dormir por las noches, desgarrada entre usted y mi ahijada Valentina que no quiere oír hablar de escribirle a usted, bajo ningún pretexto, y que ni siquiera ha querido darme su dirección por miedo a que yo se la envíe a usted. Así, hasta que no vuelva a visitarme —y no sé cuánto tiempo pasará, porque me dejó enfurruñada y poniéndome morro porque yo insistía demasiado— no puedo hacer nada, únicamente amargarme la sangre.

Si le respondo a usted es porque enseñé su carta a madame Isola, la amiga de la que le he hablado y que todo el mundo aprecia, y que es de muy buen consejo, y me dice pobre de ti, hija de Caserta, y que me iba a morir a fuego lento si no le explicaba a usted la situación tal y como es, nada se gana con mentir, se pierde el sueño y la vergüenza.

Así es. He vuelto a ver a Valentina el domingo 9 de este mes, después de más de un año desde que desapareció. Fue a comienzos de la tarde, llevaba un abrigo de terciopelo azul noche, con cuello de castor, y un sombrero y un manguito a juego, cosas que deben costar los ojos de la cara, pero seguramente alguien se lo ha regalado por Navidad. Estaba toda pimpante y guapa y alegre de aspecto, con las mejillas rojas por el frío del exterior y sus hermosos y brillantes ojos negros. Me sentí tan feliz de volver a verla y de abrazarla que necesité sentarme. También me traía regalos esta vez, una manta de lana de los Pirineos, unas pantuflas, naranjas de España y una crucecita de oro auténtico que desde entonces llevo al cuello, incluso de noche. Sí, estuve contenta, no puede usted imaginárselo. Después lo estropeé todo, todo, al darle su carta del mes de octubre y decir que la había contestado. Se enfadó, se puso como la tramontana, y me dijo: «¿En qué te metes? ¿Qué le has contado? ¿No ves que esta niña bien, con sus palabras bonitas sólo busca enredarnos?» Y después dijo otras cosas que no quiero repetir, cosas demasiado malvadas, porque yo estoy segura de que en su carta usted únicamente decía la verdad, que su novio había conocido a Ange Bassignano en la guerra y que usted quería hablar con ella, nada más.

Finalmente no llegó a quedarse una hora en mi casa, y sus mejillas ya no estaban rojas de frío sino de cólera, andaba de un lado a otro por la cocina haciendo sonar los talones, y yo permanecía en mi silla conteniendo el llanto, pero al final no pude más, y entonces ella me dijo, apuntándome con el índice derecho bajo la nariz: «Llorar no arregla nada, madrina Bianca. ¿Acaso lloro yo? Te dije un día que a los que hicieron daño a Nino les volaré la tapa de los sesos. Desde que me conoces, ¿me has visto alguna vez cambiar de opinión?»

Me dio tanto miedo que no reconocí su rostro, no reconocí a mi ahijada, y dije: «¿Pero de qué hablas, de qué hablas, pedazo de loca? ¿Qué daño ha hecho esa señorita a tu desgraciado napolitano?» Ella gritó: «¡Ésa me importa un rábano! ¡No le hablo! ¡Así no podrá ir repitiendo nada! ¡No quiero que contestes sus cartas!, es asunto mío, no tuyo. Si te escribe otra vez haz como yo». Cogió el atizador para levantar la tapa de mi cocina y echó su carta dentro del fogón, haciéndola una pelota, con una malevolencia que jamás, se lo aseguro, jamás hubiera podido sospechar de ella, ni siquiera cuando tenía quince años y se ponía en berlina en cuanto le hacían algún reproche.

Después dijo que tenía algo que hacer en la otra punta de la ciudad, me besó en el quicio de la puerta, pero sin cariño, oí sus talones bajar las escaleras, fui a la ventana de la cocina para ver cómo se alejaba por la callejuela, lloré al verla desde arriba, tan pequeña y tan bonita, con su cuello de castor, su sombrero y su manguito, tuve tanto miedo de no volver a verla, tanto miedo.

Continúo mi carta hoy domingo por la mañana, no tengo ojos para escribir tan largo, usted ya debe de estar empezando a acostumbrarse. Ayer tarde, todavía me hacía daño pensar en Valentina y en la escena que me hizo, pero esta mañana hay un hermoso sol en el barrio, y me digo que volverá con la primavera, ya estoy mejor y me he quitado un gran peso de encima diciéndole la verdad. Usted me pregunta en su carta por qué escribí en octubre, a propósito de Ange Bassignano, «él, que murió como un perro, probablemente a manos de soldados franceses». Porque se me escapó, porque no puedo imaginarme que haya muerto de otra forma que como le había visto vivir, ya sé que no debería hablar de él así, sobre todo con la cruz que llevo al cuello, pero es más fuerte que yo, nunca pensé que le habían matado cuando atacaba al enemigo con bayoneta calada como se ve en las estampas, era demasiado cobarde para eso, seguro que como de costumbre hizo alguna guarrada o una buena tontería en cualquier sitio y simplemente, lo fusilaron. Y por supuesto no lo han querido decir, porque eso baja la moral de la tropa y mancha la bandera.

En cuanto a la expresión de Valentina que mencioné y que usted me pide que la explique, eso de que había encontrado el rastro de su Nino en un sector del Somme y que había que «darle por muerto», no puedo asegurarle que eso es exactamente lo que dijo, pero eso es lo que quiso decir, que era asunto concluido y no se hablara más de ello, y eso es lo que hicimos en las otras ocasiones en que nos vimos, no hablamos más de ello.

Cuando mi ahijada vuelva a verme, se lo aseguro, querida señorita, le diré la verdad a ella también, que le he escrito a usted, incluso si monta en cólera y me lo reprocha otra vez, porque sé que es de buen corazón y que acabaré por despojarla de su desconfianza, y si usted la encuentra algún día, me sentiría feliz, ya verá usted que hubiera merecido algo mejor en la vida que ha tenido y todos los trabajos que ha pasado, pero desgraciadamente ésa es la suerte de todo el mundo.

Reciba mis mejores pensamientos y mis mejores deseos de Año Nuevo, así como los de madame Isola y madame Sciolla.

Saludos distinguidos,

Madame viuda de Paolo Conte, de soltera Di Bocca.

Pierre-Marie Rouvière,
75, rue de Courcelles,
París.
3 de febrero.

Mi pequeña Mati:

No apruebo en absoluto la iniciativa que has tomado de publicar ese anuncio en los periódicos. Tampoco apruebo, aunque lo comprendo, la lamentable indulgencia de tu padre hacia ti. Me he permitido decírselo y quiero que tú lo sepas.

Desde nuestro último encuentro he reflexionado mucho. En efecto, si surgieron contratiempos, dificultades de transmisión, incluso mala voluntad a un escalón u otro que permitieron que se produjera la infamia que tú crees, no veo el beneficio que sacarías aireándolo. Pareces obrar como si, contra toda evidencia y de manera puramente visceral, rehusaras aceptar que Manech ha muerto. Respeto la obstinación de tu amor y no soy yo, ante todo tu amigo, quien intentará disuadirte. Lo que intento decirte es más sencillo o, si me lo permites, más brutal: nunca olvides que Jean Etchevery, no por obtener la gracia deja de estar condenado a prisión de por vida. Si por una maravillosa circunstancia, por un don inaudito de Dios hacia tu obstinación, debieras volver a verle algún día, cuánto lamentarías haber alertado al mundo entero, ya que entonces tendrías que ocultarle para evitar que purgara su pena.

Te pido, te suplico, mi querida impulsiva que conozco tan bien, pero con la cabeza bien puesta cuando quieres, que anules la publicación de ese anuncio y observes en adelante la mayor prudencia. Acude únicamente a mí para encontrar la verdad que buscas. Comprende que si uno de los cinco salió con vida del asunto, tú serías un peligro para él, y eso vale evidentemente para Manech, pero además, quienes hubieran participado de cerca o de lejos en esa injusticia se verían obligados, para ocultarla, a ser tus enemigos.

Espero haberme explicado bien. Te beso con el mismo corazón que cuando eras niña.

Pierre-Marie.

A esta carta Matilde responde que ya no es una niña. Eso es todo.

Olivier Bergetton,
Fabricante de juguetes animados,
150, avenida de la Puerta de Orleans,
París.
Lunes 15 de marzo de 1920.

Señorita:

Conocí a un cabo llamado Gordes. Si es el que usted dice, estaba en el Somme, entre Combles y el bosque de Saint-Pierre-Vaast. Yo era sargento cartero y, aunque pertenecía a otro regimiento, recogí cartas para él y para su grupo en otoño de 1916, porque me sabía mal que su correo, por razones que no puedo revelar, salvo que se trataba de la estupidez de un tipo con galones, no pudiera ser repartido. Creo recordar que Gordes era un hombre bastante grande, sin mucho pelo, y más bien triste. Quiero decir que tenía un aspecto más triste que los demás, pero aparte de eso era un cabo muy estimado.

No quisiera apenarla, ni sobre todo que usted me envíe ninguna recompensa, nunca he aceptado esa clase de pan, pero creo saber que le mataron en el período que usted dice, porque uno que estaba conmigo un día de enero de 1917 me dijo: «¿Te acuerdas de aquel cabo larguirucho que te pasaba sus cartas? Le alcanzó una bomba». Pero como nunca supe el nombre de ese tal Gordes, quizá no era el mismo que usted busca.

En todo caso, Célestin Poux es seguramente el mismo que usted dice, no puede existir otro fenómeno del mismo nombre. Le llamaban el soldado Totó, o bien el Azote, o bien Ración de Ración. Todos los piojos juntos de esta guerra no habrán podido chupar más que él. Le conocí en el mismo sector, durante el otoño y el invierno de 1916. Una vez, me han contado, apostó toda la perola de sopa a la gente de la cantina a que si daban la vuelta mientras él contaba hasta diez serían incapaces de explicar lo que había hecho con la perola. Él y dos camaradas suyos desaparecieron con la perola humeante antes de que los cocineros se dieran la vuelta. Después esos cocineros decían: «Lo hicimos a propósito, qué os habéis creído, fue un montaje nuestro». Pero yo no lo creo, y los que han oído esa historia tampoco, porque con Célestin Poux los únicos que contaban eran los de su sección esperando la sopa. Todo el mundo deseaba que siempre fuera él el rancho.

Eso es desgraciadamente todo lo que puedo proporcionarle como información. No he conocido el lugar que usted dice en su anuncio del diario *La Biffe*, no he oído hablar de él. Pero una cosa es segura: si usted busca a Célestin Poux, incluso si no ha vuelto volverá algún día. Si los boches le hicieron prisionero, seguro que por eso empezaron a reventar de hambre y firmaron el armisticio. Si el pobre ha muerto, no deje sin embargo de cerrar sus armarios.

Le saludo cordialmente, señorita, y le escribiré sin falta en el caso de que me entere de alguna novedad al respecto.

Olivier Bergetton.

* * *

Germain Pire,

PEOR QUE LA GARDUÑA

Investigaciones y seguimientos de todo tipo.

52, rue de Lille,

París.

Martes 23 de marzo de 1920.

Señorita:

A la vista de su anuncio en *Le Figaro*, no pretendo proponerle expresamente mis servicios, aunque la casi totalidad de mis clientes han quedado satisfechos.

Quisiera simplemente informarla, desinteresadamente, que entre los clientes mencionados se encontraba, el año pasado, una tal madame Benjamín Gordes cuyo marido, cabo de infantería, fue dado por desaparecido en el frente del Somme en enero de 1917.

Comprenderá que la discreción profesional me impide revelarle el resultado de todas mis investigaciones. Solamente puedo darle la dirección de la única persona que puede ser capaz de hacerlo, si consiente en ello: 43, rue Montgallet, París.

Desde luego, si puedo serle útil en su propio problema estoy a su entera disposición para comunicarle mis honorarios.

Sinceramente suyo,

Germain Pire.

* * *

Madame viuda Alphonse Chardolot,
25, rue des Ardoises,
Tours.
28 de marzo de 1920.

Señorita Donnay:

Soy la madre de Urbain Chardolot, cabo en 1916, ascendido a sargento en junio de 1917, herido en Champaña el 23 de julio de 1918 y fallecido durante su evacuación.

Urbain era nuestro único hijo. Mi marido murió de desesperación a comienzos del año pasado, con cincuenta y tres años de edad. Apenas sobrevivió unos meses a aquel al que adoraba, dejándome sola.

Pienso que usted también ha sufrido por la pérdida de uno de los suyos y que ése es el motivo de su anuncio en *L'Illustration*, que yo nunca leo, simplemente porque ya no soporto ningún periódico por miedo a leer o ver cosas que me horrorizan. No quiero pensar más en la guerra. Sin embargo, un pariente mío me ha mostrado su solicitud de información. Le respondo porque nombra a mi hijo, así como un lugar y una fecha de los que me habló brevemente durante un permiso, a finales de enero de 1917.

Urbain se encontraba en una trinchera del Somme, denominada Bingo, dos semanas antes, el 6 de enero de 1917. Trajeron de la retaguardia a cinco soldados franceses condenados a muerte por haberse disparado en la mano. Les arrojaron entre esa trinchera y la de los alemanes con los brazos fuertemente amarrados a la espalda. Mi marido, que era farmacéutico y hombre de buen sentido y orgulloso de nuestro ejército, no podía creer esa historia y yo no quería oírla. Me acuerdo que Urbain gritó: «¡Tenéis la cabeza llena de serrín, ya no comprendéis nada, hemos perdido la mitad de nuestra compañía por culpa de esa sucia cochinada!» Más tarde, cuando se calmó, nos dijo: «Tenéis razón, he debido de soñarlo, y también he soñado que vi a los cinco muertos en la nieve, salvo que uno al menos, si no dos, no eran los que me esperaba encontrar allí».

Ya sé que lo que escribo es terrible, señorita, pero repito las propias palabras de mi hijo. No volvió a decir otra cosa delante de mí. Quizá se desahogó algo más con su padre durante aquel permiso o durante el último, en marzo de 1918, pero yo no lo sé.

Sin duda es usted la amiga, la hermana o la novia de alguno de los condenados. Créame que me he visto atormentada por esa idea antes de responder, pero repito exactamente lo que oí por boca de mi hijo. Si fuera necesario, estoy dispuesta a confirmar mi testimonio delante de quien sea, por amor por él.

Me permito abrazarla como una hermana de luto,

Rosine Chardolot.

Matilde se promete a sí misma responder a esta carta sin dejar pasar mucho tiempo. Pero no de momento. La esperanza que despierta es demasiado grande, demasiado violenta, es necesario que se calme.

Sin embargo, por la tarde, mientras Bénédicte espera enfurruñada sentada en el borde de la cama para ayudarla a acostarse, escribe sobre una hoja de dibujo:

Tina Lombardi sólo interrogó, en marzo de 1917, a Véronique Passavant, la amante de Eskimo.

Si hubiera encontrado a la mujer de Six-Sous, ésta lo hubiera dicho.

Si hubiera encontrado o simplemente intentado entrar en contacto con Mariette Notre-Dame, el cura de Cabignac se acordaría, lo mismo que los propietarios del apartamento amueblado de la rue Gay-Lussac.

Por supuesto, tampoco encontró a esa muchacha «de la alta sociedad» cuyas cartas había quemado alegremente en el fogón de una cocina de Marsella.

¿De qué se había enterado, en la zona de operaciones, que la hiciera temer o esperar que Eskimo estuviera aún vivo?

Urbain Chardolot dijo: Uno al menos, si no dos.

Tina Lombardi tiene sus buenas razones para creer que uno de ellos es Eskimo. Quiere desesperadamente que el segundo sea su Nino.

Al día siguiente por la mañana, apenas terminado su aseo y bebido su café, Matilde escribe más abajo en la misma hoja:

¿Cuál era la diferencia entre Eskimo y los otros cuatro en Bingo Crepúsculo?

¿La mano herida? Tres de ellos era la mano derecha. Para los otros dos, Eskimo y Six-Sous, era la izquierda.

¿El color de los ojos? Manech y Six-Sous, ojos azules. Los demás, oscuros.

¿La edad? Eskimo tiene treinta y siete años. Six-Sous treinta y uno. Ese Hombre treinta. Nino veintiséis. Sobre la

foto de Esperanza, en la trinchera, todos tienen la misma edad, la de la fatiga y la miseria.

Y más abajo todavía:

De acuerdo. Las botas quitadas a un alemán. Pero Tina Lombardi se está equivocando, Eskimo no las tenía ya puestas.

Madame Elodie Gordes,
43, rue Montgallet,
París.
Domingo 11 de abril de 1920.

Querida señorita:

No pude contestarle antes por falta de tiempo, ya que trabajo toda la semana en un taller de costura y de vuelta a casa mis hijos no me dejan un minuto de descanso.

Como le habrá escrito monsieur Pire, acudí a sus servicios en febrero del año pasado para regularizar mi situación y poder cobrar mi pensión de viuda de guerra. Mi marido, Benjamín Gordes, fue dado por desaparecido el 8 de enero de 1917 en el frente del Somme, eso era todo lo que sabía hasta que monsieur Pire se ocupó de mi caso. Como le dije, me falta tiempo para todo, aunque siempre me acuesto tarde por la noche, por culpa del trabajo de casa y de la ropa. Me resultaba imposible continuar mis investigaciones sola y preferí sacrificar una parte de mis ahorros. Felizmente, monsieur Pire no me había engañado, su trabajo no fue en vano. Hoy día mi marido ha sido oficialmente dado por muerto. Herido en la cabeza en el curso de un ataque, falleció durante un bombardeo, el 8 de enero de 1917, en la ambulancia de Combles donde le estaban curando. El registro de la ambulancia y los testigos oculares, heridos o enfermeros, lo atestiguaron.

El último permiso de mi marido se remontaba al mes de abril de 1916. No recuerdo haberle oído mencionar los nombres de Poux, Chardolot o Santini, pero eso no tiene nada de extraño ya que cambió de regimiento en agosto y quizá sólo les conoció después. En sus cartas únicamente se preocupaba por los hijos, no me hablaba ni de sus compañeros ni de la guerra. Releyendo las del otoño e invierno de 1916 no he encontrado ningún nombre.

Eso es todo lo que puedo decirle, señorita, salvo que me siento sinceramente afectada porque su novio haya conocido el mismo destino que mi marido.

Reciba mis respetuosos saludos,

Elodie Gordes.

Emile Boisseau,
12, quai de la Râpée,
París.
15 de junio de 1920.

Señorita:

Esperando mi turno en la peluquería encontré un número de *La Vie Parisienne* de varios meses atrás donde estaba su petición de informaciones. No sé lo que puede valer, pero tengo una que darle. Conocí bien a Benjamín Gordes, estuve en la misma compañía que él en 1915 y 1916, antes de que le ascendieran a cabo y le trasladaran a otro regimiento. Después de la guerra me dijeron que no se había salvado, uno más dirá usted. En todo caso le conocí bien, aunque no como un verdadero amigo, sino solamente de darle los buenos días de vez en cuando, cuando nos cruzábamos en algún sitio. Cuando llegan los castañazos, uno no ve más allá de su sección, así es como sucede, y él no estaba en la mía. Además era un hombre más bien taciturno. Sólo era verdaderamente amigo de un hombre que había conocido en la vida civil, ebanista como él, y que no se hacía mala sangre. Formaban un poco banda aparte. Benjamín era un tipo algo desplumado que rondaría los treinta años, largo de piernas y de brazos, y le llamaban Biscotte. Del otro, un poco mayor pero que no lo parecía, nunca supe su nombre, aunque le apodaban Bastoche, al menos al principio, porque había muchos muchachos del barrio de la Bastilla, y empezaron a llamarle Eskimo porque había sido buscador de oro en Alaska. En fin, así eran, inseparables durante los descansos lo mismo que cuando llegaban los golpes duros, verdaderos colegas, y después no se sabe por qué aquello se fue degradando. Me dirá usted que no hay muchas cosas que resistan a la guerra. En junio de 1916 vine a París de permiso con Eskimo y otros. Oí decir que las cosas no funcionaban entre ellos cuando estuvimos de vuelta. Incluso, bastante pronto, ya no funcionaron en absoluto. Incluso llegaron a las manos una tarde, en el acantonamiento.

No fui testigo de eso, pero Eskimo, que era el más robusto, logró sujetar a Biscotte en el suelo y le gritó: «Benjamín, o te tranquilizas o no respondo de mí. ¿Quién de los dos es responsable, jodido, de qué me acusas?»

Después evitaban encontrarse, ni se miraban. A los dos les devoraba el más negro rencor. Nunca se supo lo que había sucedido entre ellos para llegar a eso. Se hicieron suposiciones, me dirá usted, incluso preguntaron a Eskimo, que mandó a todo el mundo a paseo. A finales de verano ascendieron a Gordes a cabo, habló con el jefe de batallón y le trasladaron a otro sector del Somme. Murió en 1917, me dijeron, pero la suerte que corrió su antiguo amigo no fue mejor, más bien peor. Se hirió en la mano izquierda con el fusil de un compañero, según él accidentalmente, y para quien le conocía puede que fuera cierto, porque no era persona de hacer esas cosas voluntariamente, sin embargo le embarcaron y le llevaron delante de un consejo de guerra y al paredón.

Me dirá usted que es una triste historia, pero es cierta, le doy mi palabra de honor. Eso es todo lo que sé sobre Benjamín Gordes. A los demás de los que usted habla para la recompensa no les conozco, y tampoco ese, Bingo no-sé-qué, las trincheras que vi en el Somme y en todos los rincones de Picardía se llamaban siempre avenida de los Reventados, calle Sin Retorno, Puerta de Salida o Cita con las Marmitas, era pintoresco pero no muy alegre. En fin, así es.

Si usted piensa que mi información vale algo, lo dejo a su buena discreción. Trabajo un poco aquí y allá, sobre todo vendiendo pescado en los muelles y descargando las gabarras, pero no es un paraíso, así que me contentaré con lo que usted diga, siempre será algo. Además, es cierto que he tenido el placer de volver a pensar en aquellos momentos, aunque fueran momentos desgraciados, porque finalmente no tengo a nadie a quien hablar de ello.

Buena suerte, señorita, y gracias por lo que me envíe.

Emile Boisseau.

Matilde le manda doscientos francos y toda su gratitud. Sobre una hoja de dibujo, con una mano que tiembla un poco, tal es su excitación, escribe:

Una nueva pieza del puzle encuentra su lugar.

Véronique Passavant rompe con Eskimo durante su permiso de junio de 1916.

Benjamín Gordes, alias Biscotte, llega a las manos con el anterior de regreso de este permiso y pide su traslado a otro regimiento para no estar junto a él.

¿En qué estado de ánimo le vuelve a encontrar, condenado a muerte, en Bingo Crepúsculo? Eskimo pretende que se reconciliaron. Pero ¿y si para Benjamín Gordes la reconciliación no era más que compasión pasajera o hipocresía? ¿Y si aprovechó la circunstancia para satisfacer su rencor?

De todas formas, aliado o enemigo, Benjamín Gordes seguramente influyó en la suerte que corrió Eskimo, y por consiguiente en la de los otros cuatro, aquel domingo nevado.

La razón de la pelea no es difícil de adivinar, pero como dice Petit Louis: «En las historias de culo, vete tú a saber».

La mujer prestada

Julio

La tormenta estalla sobre París en el momento en que Elodie Gordes, con falda de algodón azul, sale de su edificio, rue Montgallet. Corre bajo la lluvia hacia el coche donde está Matilde. Sylvain le abre la puerta y la hace entrar, después desaparece corriendo también, a refugiarse en el bar más cercano.

Elodie Gordes es una persona tímida de treinta años, bastante bonita de cara, con cabello y ojos claros. Como vive en un cuarto piso Matilde se disculpa por haberla hecho bajar, pero solamente por mantener las formas: «No, no —responde ella—; el señor me había advertido de su triste estado».

Después, nada. Mira sus rodillas, sentada bien erguida sobre el asiento, mordiéndose los labios, con aires de mártir. Para ablandarla un poco Matilde le pregunta cuántos hijos tiene. Cinco, pero cuatro no son de ella sino del primer matrimonio de Benjamín Gordes. Añade: «Es lo mismo».

Se vuelve a encerrar en su aspecto apurado. Matilde rebusca en su bolso la fotografía de los condenados que le había dado Esperanza y se la enseña. Elodie contempla la imagen durante unos momentos, con los ojos agrandados, la boca entreabierta, sacudiendo suavemente la cabeza. La sangre se retira de sus mejillas. Se vuelve hacia Matilde con mirada temerosa y dice: «¡No le conozco!»

«¡Vaya! ¿A quién no conoce?», pregunta Matilde. Pone la uña de su índice sobre Eskimo: «¿A éste?»

Elodie Gordes sacude aún más la cabeza, mirando únicamente delante de sí, y bruscamente abre la puerta del coche para bajar. Matilde la retiene por un brazo, ve sus ojos llenos de lágrimas. Le dice: «¿Entonces su marido y su amigo Kléber se enfadaron por usted?»

«Déjeme.»

Matilde no quiere dejarla. Le dice: «Es vital para mí saber lo que pasó, ¿no lo entiende? ¡Estaban juntos y mi novio con ellos, en aquella condenada trinchera! ¿Qué pasó?» Ahora las lágrimas velan también su propia mirada, y grita: «¿Qué es lo que pasó?»

Pero la otra continúa meneando la cabeza, con la mitad del cuerpo ya bajo la lluvia, sin articular palabra.

Matilde deja que se vaya.

Elodie Gordes atraviesa la calle corriendo, se detiene en el porche de su edificio, se da la vuelta. Mira por unos segundos a Matilde, que se ha arrastrado hasta la portezuela abierta. Vuelve a pasos lentos, indiferente a la tormenta, con su falda empapada, con el cabello pegado al rostro. Con voz cansada y sin timbre dice a Matilde: «No es lo que usted se imagina. Le escribiré. Prefiero que sea así. Se lo escribiré. Que el señor venga a buscar mi carta el domingo por la tarde». Roza la mejilla de Matilde con dos dedos mojados y se va.

Aquel año, en otra de sus vidas, Matilde expone por primera vez sus telas en una galería de París. Evidentemente no tiene ninguna notoriedad pero papá tiene muchas relaciones, entre otras un banquero apresurado que cree estar en la floristería y el día de la inauguración compra tornasoles, camelias, rosas, lilas y todo un campo de amapolas para embellecer las paredes de sus oficinas. Felicita a Matilde por su «bonita pincelada», le asegura que llegará lejos, muy lejos, «tiene olfato», lamenta pasar por allí como una ventolera, pero resulta que se va aquella misma tarde a la Riviera, el equipaje está listo y la compañía de coches-cama no espera. Una anciana que la felicita por los canapés es más sincera porque, incluso antes de la guerra, no se encontraban a menudo que fueran tan buenos en «los lugares donde son gratis». En resumen, la exposición puede considerarse como un éxito prometedor.

Para no abusar de las cosas malas, una tarde de cada tres Matilde hace que la lleven a la galería, Quai Voltaire, y se angustia durante una hora o dos mirando a los visitantes que miran sus cuadros. Tienen la mirada tan triste y tan despreciativa cuando están solos, y los cuchicheos tan burlones cuando van en pareja, que ella siente deseos de descolgarlo todo, volver a su casa, soñar únicamente con la gloria póstuma, pero al salir no dejan nunca de firmar en el libro de oro. Incluso ve a algunos concentrándose, con el entrecejo fruncido, para añadir alguna corta frase: «Verdadero talento de arquitecto floral», «Un romanticismo juvenil en el implacable dolor de los azules», o «Me encuentro destrozada como a la vuelta de una fuga amorosa al campo», con algunas objeciones aquí y allá, «¡Pobres flores que no habían hecho daño a nadie!», o bien «¡Qué pastelón!» El propietario de la galería, un caballero del tipo Alphonse Daudet, que no ha escrito las *Cartas desde mi molino* pero casi —es el nombre de la galería—, borra las objeciones con tinta china y pretende que son obra de colegas celosos.

Una tarde de julio, en ese ambiente sereno y tranquilizador, Matilde lee una carta que le trajo Sylvain de la calle de La Fontaine. Es de la propia mano de sor María de la Pasión de Dax. Daniel Esperanza ha muerto. Ha sido inhumado en un cementerio cerca del hospital. No tenía ni parientes ni amigos. Sólo había asistido a la ceremonia, con el cura y la propia sor María, madame Jules Boffi, la viuda de su antiguo cabo. Le entregaron las pocas pertenencias del difunto y los recuerdos que valían la pena, pero éste, algunos días antes de su muerte, dejó una foto suya en la que aparece en la playa, joven, con el pelo y los bigotes a lo Max Linder, una foto que ahora está en el sobre para demostrar a Matilde que no se había jactado en vano, y que de joven tenía buen aspecto.

A Sylvain, que la espera para salir con las manos en los bolsillos, examinando de cerca con el cuello estirado aquellas telas que conoce al centímetro cuadrado mejor que ella misma, le dice que no tiene ganas de volver a cenar en casa, que le gustaría ir con él a un restaurante de Montparnasse y beber después uno de esos quitapenas de ron blanco que son una maravilla. Responde que es buen momento, que le sentará bien a él también, porque es una lástima ver que ella consiente que se vendan así sus flores como si fuera una verdulera, le pesa el corazón ver cómo se venden, sobre todo el campo de amapolas, etcétera.

Al diablo las lamentaciones y la nostalgia. Ya tienen un buen tema de discusión artística para la velada.

* * *

Elodie Gordes,

43, rue Montgallet,

París.

Miércoles 7 de julio.

Señorita:

Creí que iba a resultarme más fácil escribirle, pero ya van tres veces que comienzo esta carta y que la rompo. No comprendo en qué puede serle útil esto que me cuesta tanto contar, ni la relación que puede tener con la muerte de su novio, pero dice usted que es vital, y sentí el otro día que era usted tan desgraciada, que me daría vergüenza hacerla sufrir aún más con mi silencio. Le suplico únicamente que guarde para usted mis confidencias, como las he guardado yo para mí hasta hoy.

Me trastornó ver a Kléber Bouquet, en la foto de esos soldados amarrados, pero sólo mentí a medias al decirle que no le conocía. Durante más de tres años, antes de la guerra, mi marido me habló a menudo de él, porque compartían sus beneficios de los sábados, en el rastrillo, pero nunca le había visto. Ni siquiera sabía su nombre porque mi marido le llamaba Eskimo.

Ahora, para que usted me comprenda, es necesario que le diga algo, y es eso lo que le suplico que guarde para usted, pues se trata de la felicidad de unos niños.

De vuelta del servicio militar, con sus veintidós años, Benjamín Gordes encontró trabajo en el taller de un ebanista del barrio Saint-Antoine, donde trabajaba en las cuentas una escribiente un poco mayor que él,

Marie Vernet. A medida que iban pasando los días ella le gustaba, pero no abrigaba ninguna esperanza, porque vivía desde hacía cuatro años con un agente de cambio casado que no podía o no quería divorciarse, y que ya le había hecho tres niños, evidentemente sin reconocerlos. Corría la primavera de 1907. Algunos meses más tarde, Marie Vernet quedó de nuevo encinta, y el ebanista, como sus anteriores patronos, la despidió.

En octubre de 1908 Benjamín alquiló un pequeño taller, rue d'Aligre, y se instaló por cuenta propia. Dormía en un colchón en medio de los muebles que él mismo fabricaba. En enero o febrero de 1909 Marie Vernet fue a verle allí, buscando trabajo. Se había librado de su triste hombre, muerto asesinado al salir de su casa, nunca se supo por quién, pero probablemente por alguien al que había arruinado. Benjamín se casó con ella en el mes de abril, reconociendo a los cuatro niños. Marie Vernet, de quien siempre me habló con afecto, nunca tuvo suerte. Casada un sábado, al miércoles siguiente la llevaron de urgencia al hospital con una apendicitis aguda y falleció por la noche, exactamente como mi propia madre cuando yo tenía dieciséis años.

En lo que a mí respecta, antes de que mi camino se cruzara con el de Benjamín tampoco había tenido mucha suerte. Muerta mi madre, el único pariente que me quedaba era mi tío, su hermano, con quien ella tenía relaciones frías desde hacía años. Me confiaron a él. Dejé el colegio a dos años de acabar el bachillerato para trabajar en la mercería que tenía con su mujer, rue Saint-André-des-Arts. Me alojaba en una habitación al fondo de un patio que me separaba de la tienda. Salvo ir a comprar el pan a la panadería más cercana, durante varios meses mi único universo fue ese patio. Pero a veces no hay que ir muy lejos para encontrar el propio destino. En la primavera de 1909, casi en el momento en que Benjamín se encontraba viudo con cuatro niños, conocí a un albañil que había venido a trabajar en las escaleras del edificio. Yo tenía diecisiete años y él veinte. Era atrevido, buen hablador, mientras que yo siempre he padecido una timidez que me hace sufrir, pero era suave también, y era la primera vez que me encontraba a gusto con alguien. No pude resistirle mucho tiempo.

Venía a escondidas a mi habitación y se iba antes del amanecer. Dos veces nos paseamos de noche por las orillas del Sena. Un domingo me enseñó un París que yo no conocía, los Campos Elíseos, el Trocadero, y subimos a lo alto de la torre Eiffel. Otro domingo le esperé en la plaza de Saint-Michel, le habían prestado un coche y me llevó al campo, por la parte de Poissy. Almorzamos en un albergue, en Juziers, y por la tarde alquilamos una barca para ir hasta una bonita isla verde en medio del río. Era ya el final de nuestras relaciones. No habían durado dos meses. Cuando le dije, en aquella isla, que estaba encinta, me trajo a París y no volví a verle.

Mi tío y mi tía no eran ni buenos ni malos conmigo, me habían acogido porque eran mi única familia y se sentían obligados. Creo que se sintieron aliviados cuando nació la pequeña Hélène y les dije que quería irme. Por medio del médico que me había ayudado a dar a luz en el hospital Saint-Antoine pude obtener un trabajo en el que estaría alojada y alimentada. El trabajo consistía en ocuparme, al mismo tiempo que de mi bebé, de los hijos de Benjamín Gordes. Hasta entonces se los había confiado a su hermana Odile, en Joinville-le-Pont, seis años mayor que él, solterona de vocación que ya no podía soportarlos. El alojamiento era el apartamento de la rue Montgallet donde todavía vivo, Benjamín lo había alquilado para vivir allí con Marie Vernet. Consistía en un comedor, una cocina, dos habitaciones y un cuarto de baño. Yo dormía con los niños en la habitación grande que da a la calle, Benjamín Gordes en la otra.

Todos los que lo conocieron le dirán que mi marido era un hombre sensible y muy bueno, un poco taciturno, porque la vida le había tratado sin contemplaciones, no demasiado instruido pero dotado como nadie para trabajar la madera. Un verdadero artista, sin exagerar. Cuando entré a su servicio sólo tenía veinticinco años, y aparentaba ya muchos más, porque era tranquilo, sobrio en todo, y sólo pensaba en los niños. Hoy creo que este amor por los niños le vino del oscuro presentimiento de que no podría tenerlos él mismo, como así resultó después.

Los cuatro hijos de Marie Vernet, Frédéric, Martine, Georges y Noémie, que entonces tenían de dos a seis años, adoraban a su padre, y cuando regresaba por la tarde del taller de la rue d'Aligre todo eran fiestas, y cuando algún sábado se retrasaba con su amigo Eskimo, y yo quería meterles en la cama antes de que llegara, todo eran llantos. Benjamín quería tanto como a los demás a mi pequeña Hélène, cuya primera palabra, en su cuna, fue naturalmente «Papá». En verdad, durante los seis primeros meses que me ocupé de la casa, antes de que me pidiera en matrimonio, ya vivíamos prácticamente como marido y mujer incluso sin compartir la misma habitación. Me daba el dinero para la semana y me contaba sus penas, y salía conmigo y los niños el domingo, y yo le lavaba la ropa y le preparaba el desayuno y la tartera para el mediodía. Nos casamos el 10 de septiembre de 1910 y Benjamín reconoció a Hélène. Como se avergonzaba un poco de lo breve de su viudez y que para mí es un calvario ver gente, sólo invitamos al ayuntamiento a su hermana, a mi tío y a mi tía. Pero ninguno de los tres asistió, y tuvimos que encontrar a los testigos en la calle y darles una propina.

Los cuatro años que siguieron fueron los más felices de mi vida; y yo ya entonces lo sabía. No quiero pretender que sentía por Benjamín el mismo impulso que me había arrojado a los brazos de mi albañil, pero le quería mucho más, estábamos de acuerdo en todo, teníamos unos niños hermosos, con más de lo necesario para vivir, hacíamos proyectos de vacaciones en el mar que ninguno de los dos habíamos visto. A los dieciocho o diecinueve años, la mayoría de las muchachas sueñan con otra cosa, pero yo no, nada me daba mayor seguridad que la costumbre y la monotonía de los días.

En el momento en que escribo los niños duermen desde hace rato, es viernes y hace ya dos días que empecé esta carta. Me doy cuenta de mi angustia al acercarme a lo que usted deseaba saber tan de repente el día de la tormenta. Sin duda retraso el momento de contarlo, pero hay otra cosa también, quisiera que usted comprendiera que es una locura que, como muchas otras, no hubiera podido existir sin la guerra. La guerra destrozó todo, incluso a Benjamín Gordes, y finalmente a Eskimo, y al sentido común, y a mí.

En agosto de 1914, en el anonadamiento en que me encontraba pensando que él podría no volver, me alivió saber, por su primera carta, que mi marido había encontrado en su regimiento a su fiel amigo del rastrillo. Siempre me había hablado de Eskimo con un énfasis que yo no le conocía para con ninguna otra persona. Le admiraba por su solidez, su buen humor, el aroma de aventura que dejaba tras él, y probablemente admiraba su talento de ebanista. Una prueba de la amistad que le dedicaba es que durante la movilización, con cinco hijos hubiera podido ser destinado a la territorial, quedarse en la retaguardia reparando vías de ferrocarril o carreteras, pero no, insistió en ir con los demás de su regimiento. Me dijo: «Prefiero estar con Eskimo que con viejos que de todas formas son bombardeados. Mientras estemos juntos tendré menos miedo». Quizá también, lo confieso, tenía escrúpulos a causa de los niños que sólo eran suyos por una mentira, desgraciadamente ésa era su forma de pensar.

No me detendré en lo que fueron para mí aquellos años terribles, seguramente usted habrá vivido los mismos tormentos. Fuera de los niños, mi jornada consistía solamente en esperar. Esperar una carta, esperar un comunicado, esperar que llegara el día siguiente para esperar también. Benjamín, al que nunca le había gustado escribir por un temor tonto a parecer ridículo, no me dejaba sin embargo mucho tiempo sin noticias, todo dependía de lo aleatorio del correo. Ya he dicho que no me hablaba de la guerra, y es verdad, pero cuanto más duraba la guerra, más le sentía yo en sus cartas triste y abatido. Las únicas frases esperanzadoras eran cuando evocaba a Eskimo, y así fue cómo supe su nombre: «Ayer fui con Kléber a ver el teatro del ejército, y nos reímos con ganas». «Te dejo, el deber me llama, jugamos con Kléber una partida de manila contra dos granaderos imprudentes.» «Piensa en poner en tu próximo paquete tabaco de picadura para Kléber, que siempre tiene la pipa entre los dientes.» «Kléber se ha informado, pronto tendremos permiso.»

El permiso. A menudo volvía esa palabra. De hecho, el primero que Benjamín obtuvo fue después de las batallas de Artois, a finales de julio de 1915. Hacía un año, casi día a día, que no volvía. Es poco decir que había cambiado: no era él. Durante un momento se enternecía con los niños y un segundo después les gritaba porque hacían demasiado ruido. Y después, también, se quedaba largos momentos en silencio, al final de las comidas, o permanecía sentado a la mesa, para acabar su botella de vino. Antes de la guerra no bebía vino prácticamente nunca, y ahora necesitaba su botella a mediodía y por la noche. Un día de aquella semana que pasó en casa, salió para visitar su taller y volvió ya caída la noche, con el andar incierto, apestando a alcohol. Yo había acostado a los niños. Aquella noche le vi llorar por primera vez. Ya no podía soportar aquella guerra, tenía miedo, tenía el presentimiento de que si no hacía algo no regresaría nunca más.

Al día siguiente, pasada la borrachera, me estrechó entre sus brazos y me dijo: «No me lo reproches, he cogido la costumbre de beber, como otros, porque allí es la única cosa que me hace aguantar. Nunca hubiera creído eso de mí».

Se fue. Sus cartas eran cada vez más tristes. Después supe que su regimiento estaba en Champaña durante el otoño y el invierno, y en Verdun en marzo de 1916. Volvió de permiso el 15 de abril, recuerdo que era sábado. Estaba más delgado y más pálido que nunca, con algo mortal en la mirada, sí, muerto ya. Ya no bebía. Hacía esfuerzos para interesarse por los niños que crecían sin él y pronto le cansaban. En la oscuridad, y en nuestra cama donde ya no sentía deseos de mí, me dijo: «Esta guerra no acabará, los alemanes revientan y los nuestros también. Hay que haber visto batirse a los ingleses para comprender lo que es el valor. Su valor no basta, y el nuestro tampoco, y el de los boches tampoco. Estamos sumergidos en el barro. Esto no acabará nunca». Otra noche, apretada y contra él, me dijo: «O yo deserto, y ellos me atrapan, o necesito un sexto hijo. Cuando tienes seis hijos te devuelven a casa». Después de un largo silencio, me dijo con voz alterada: «¿Comprendes?»

¿Comprende usted? Estoy segura de que usted comprende lo que él me pedía. Estoy segura de que usted al leerme ya se está riendo y burlándose de mí.

Perdón. Sólo digo tonterías. Usted no se burla de mí. Usted también quería que su marido volviera.

Aquella noche traté de loco a Benjamín. Se durmió. Yo no. Volvió a la carga al día siguiente y los demás días, cada vez que los niños no podían oírnos. Decía: «No habrá engaño, puesto que soy yo quien te lo pide. ¿Y cuál será la diferencia puesto que los otros cinco tampoco son míos? ¿Desearía eso si mi sangre valiera algo para hacerte un sexto niño? ¿Desearía yo eso si estuviera libre de compromisos y fuera fatalista como Kléber?»

Había pronunciado el nombre: Kléber.

Una tarde salimos, habíamos dejado a los niños a la vecina de abajo, y caminábamos los dos por el Quai de Bercy, y me dijo: «Tienes que prometérmelo antes de que me vaya. Con Kléber no me importa. Todo lo que sé es que saldré de esta guerra y seré feliz como si la guerra no hubiera existido nunca».

El día de su salida le acompañé hasta las verjas de la estación del Norte. Me besó a través de los barrotes, me miraba, y tuve el terrible sentimiento de no conocerle. Me dijo: «Sé que tienes la impresión de que ya no me conoces. Sin embargo soy yo, Benjamín. Pero ya no soy capaz de sobrevivir, sálvame. Prométeme que lo harás. Prométemelo».

Asentí con la cabeza, llorando. Le vi marcharse con su uniforme de guerra, de un azul sucio, con su macuto y su casco.

Hablo de mi marido, hablo de mí, pero no hablo de Kléber Bouquet. Y sin embargo más tarde Kléber me dijo lo que yo tenía que creer: se toma lo que viene, en el momento en que viene, no se lucha ni contra la guerra, ni contra la vida; ni contra la muerte, se hace como si se luchara, porque el único señor del mundo es el tiempo.

El tiempo agravaba la obsesión de Benjamín. Lo que no podía soportar era la duración de la guerra. En sus cartas me decía el mes que Kléber obtendría su permiso. Lo que quería saber eran los días en que yo podría concebir un niño.

Le escribí: «Incluso si quedara embarazada, se necesitarían ocho o nueve meses, y la guerra terminará antes». Él contestaba: «Lo que me falta es la esperanza. Ya es bastante con que la vuelva a encontrar en ocho o nueve meses». Y Kléber me contó: «Mientras estábamos en Artois, Benjamín perdió su valor viendo cadáveres, heridas espantosas, y la carnicería de Notre-Dame-de Lorette y de Vimy, por el lado de Lens. Pobres franceses, pobres marroquíes, pobres boches. Les amontonaban en carretas, un cuerpo sobre otro, como si nada hubiera pasado. Una vez, un hombre gordo estaba recibiendo los cuerpos sobre la carreta, les ordenaba para que ocuparan el menor sitio posible, y andaba por encima de ellos. Benjamín entonces le insultó, le llamó de todo, y el otro se abalanzó sobre él y rodaron por el suelo peleándose como perros. Es posible que Benjamín perdiera su valor para hacer la guerra, pero no para enzarzarse con un tipo gordo que pisaba cadáveres de soldados».

Yo no sé, señorita, si usted comprende exactamente lo que quiero decirle, nada es nunca blanco o negro, porque el tiempo lo falsea todo. Hoy domingo 11 de julio, después de estar escribiendo esta carta a golpes, ya no soy la misma que el miércoles último, cuando tenía tanto miedo de contar estas cosas. Ahora me digo que si pueden servirle para algo se me quitarán algunas preocupaciones. Para serle franca, algo gano yo también, ya no me avergüenzo, todo me da igual.

Kléber Bouquet vino de permiso en junio de 1916. El día 7, un lunes, deslizó una nota en mi buzón diciendo que subiría a verme al día siguiente por la tarde y que si yo no quería recibirle que lo comprendería, bastaba con que colocara un trapo de cualquier color en alguna ventana de la calle. Al día siguiente por la mañana conduje a los niños a Joinville-le-Pont, a casa de su tía Odile, diciéndole únicamente que tenía que resolver unos asuntos y que podía estar ausente un día o dos.

Hacia las tres de la tarde, apostada en la ventana del cuarto grande, vi a un hombre que se detenía delante del edificio y miraba hacia mi piso. Vestía ropa de verano de colores claros, con un *canotier* en la cabeza. Nos miramos varios segundos, inmóviles los dos, yo era incapaz de hacerle una señal. Finalmente cruzó la calle.

Antes de abrir la puerta del apartamento esperé a oír sus pasos en nuestro rellano, después me dirigí al comedor. Entró quitándose el *canotier*, diciéndome simplemente, tan a disgusto como yo: «Buenos días, Elodie». Respondí buenos días. Cerró la puerta, vino al cuarto. Era como Benjamín me lo había descrito: un hombre robusto, de rostro tranquilo, mirada franca, bigote y pelo moreno, y manazas de carpintero. Al retrato le faltaba la sonrisa, pero no podía sonreír, y de mí no hablemos. Seguramente teníamos el aspecto de dos idiotas, dos comediantes que han olvidado su texto. Después de unos segundos sin mirarle no sé cómo pude articular: «He preparado café, siéntese».

En la cocina, mi corazón latía con fuerza. Mis manos temblaban. Volví con el café. Se sentó a la mesa, dejando el *canotier* sobre el diván donde duerme mi cuñada Odile cuando se queda en casa. Hacía calor pero no me atreví a abrir la ventana, por miedo a que nos vieran desde el edificio vecino. Dije: «Puede quitarse la chaqueta si lo desea». Dijo gracias, y dejó su chaqueta sobre el respaldo de la silla.

Bebimos el café cada uno a un lado de la mesa. No lograba mirarle. Él quería evitar mencionar a Benjamín, como yo, o hablar del frente que fatalmente nos lo recordaría. Para distraer lo incómodo del momento me contó los años de su juventud con su hermano Charles, en América, que se había quedado allí, y también su amistad con Petit Louis, un boxeador jubilado que tenía un bar y organizaba con los clientes batallas de sifón. Levanté los ojos y en aquel momento vi su sonrisa, a la vez infantil y reconfortante, es cierto que aquella sonrisa le cambiaba el rostro.

Después me preguntó si podía encender un cigarrillo. Fui a buscar un plato de taza de café para que sirviera de cenicero. Fumaba un *Gauloise* azul. Ya no hablaba. Fuera se oía jugar a unos chavales. Apagó el cigarrillo en el platillo apenas empezado. Después se levantó y dijo con voz suave: «Era una idea absurda. Pero podemos mentirle, comprende, hacer como si. Quizá así se encuentre más tranquilo en la trinchera».

No respondí. Seguía sin poder mirarle de frente. Recogió su *canotier* sobre el diván. Me dijo: «Déjeme un mensaje en el bar de Petit Louis, rue Amelot, si quiere que hablemos antes de que me vaya». Se dirigió hacia la puerta. Me levanté también, llegué antes que él para impedir que se fuera. Después de un instante en el que, al fin, logré mirarle de frente, me atrajo contra su hombro, puso su mano en mi pelo, y así nos quedamos sin decir una palabra. Después me zafé y volví al comedor. Antes de que llegara había intentado arreglar la habitación, es decir, quitar todo lo que pudiera recordar a Benjamín, pero renuncié, no quería ir a la habitación, ni tampoco a la habitación de los niños.

Me quité la falda sin volverme, cerca del diván, y me desnudé. Me besó la nuca mientras lo hacía.

Por la noche me llevó a un restaurante de la plaza de la Nación. Desde el otro lado de la mesa me sonreía, y tuve la impresión de que nada era completamente real, que yo no era verdaderamente yo misma. Me contó una broma que había hecho con Petit Louis a un cliente avaro, no escuché atentamente lo que decía, estaba demasiado ocupada mirándole, pero me eché a reír viéndole reír. Me dijo: «Debería usted reír más a menudo, Elodie. Los inuits, esos que llaman esquimales, pretenden que cuando una mujer se ríe el hombre debe contar los dientes que enseña, porque representan el número de focas que cazará durante la próxima temporada». Me reí otra vez, pero no lo bastante como para que pudiera contar más allá de cinco o seis capturas. Me dijo: «Lo mismo da. Vamos a tomar algo. Detesto las focas».

Por la noche, en la rue Sergent-Bauchat, acompañándome a casa, me pasó el brazo por encima de los hombros. Nuestros pasos resonaban en un mundo vacío. No había sufrimiento, ni lágrimas, ni luto, ni nadie, ni el pensamiento del día de mañana. En el umbral de la casa, cogiendo mis manos entre sus manazas y con su *canotier* echado hacia atrás, me dijo: «Si usted me pidiera que subiera me alegraría».

Subió.

Al día siguiente por la tarde fui a su casa, rue Daval, una buhardilla. Su taller estaba en el patio.

Al otro día, jueves, vino a mi casa a desayunar. Traía rosas rojas y una tarta de cerezas, con su sonrisa confiada. Almorzamos desnudos, después de hacer el amor. Volvimos a hacer el amor hasta la noche. Por la mañana tomaba el tren. Dijo la verdad a la mujer que vivía con él antes de la guerra, y ella no lo entendió, y se marchó llevándose las cosas que la víspera yo había fingido no ver. Me dijo: «Son asuntos que acaban arreglándose». El tiempo. No sé si yo le quería, ni tampoco si él me quería, fuera de ese paréntesis irrisorio que acabo de contarle. Hoy recuerdo la última imagen que tuve de Kléber. Estaba ya en los peldaños para irse. Yo estaba de pie delante de mi puerta. Se levantó el *canotier*, sonrió y me dijo en voz baja, casi un murmullo: «Cuando pienses en mí, enseña un buen número de focas. Me traerás suerte».

Pienso que usted comprende la continuación, al menos la que Benjamín dio de aquellos tres días, ya que usted me preguntó en el coche, bajo la lluvia: «Entonces, ¿se enfadaron por culpa suya?» Se enfadaron porque somos personas, y no cosas, y que ni la guerra ni nadie puede cambiar eso.

No me quedé encinta. Benjamín, contradictorio en todo, era un celoso testarudo, o se hizo celoso. Kléber, al borde de perder la paciencia, debió de decirle verdades insoportables de oír. Y una vez más el tiempo hizo su labor. Cuando supo que prestarme a su amigo no había servido de nada, las preguntas de Benjamín en sus cartas eran como metralla: cómo y dónde me había desnudado, si me excitaba la idea de que me tomara otro, cuántas veces lo habíamos hecho en esos tres días, en qué posición, y sobre todo, lancinante, dolorosa, aquella obsesión por saber «si había experimentado placer». Sí, sentí placer, desde la primera vez hasta la última. A usted se lo puedo decir: antes no me había sucedido nunca. ¿Aquel albañil mío? Imaginaba sentir lo que corresponde a las mujeres, algo menos que acariciarse una misma en la cama. ¿Benjamín? Fingía para que estuviera contento.

Es tarde. El señor que está con usted va a venir a recoger la carta. Creo que ya he dicho todo. No volví a ver a Benjamín, no volví a ver a Kléber, y por culpa del azar que hace tan mal las cosas, en 1917 supe que nunca volvería. Hoy trabajo, educo a mis niños lo mejor que puedo. Los dos mayores, Frédéric y Martine, me ayudan en la medida de sus fuerzas. Tengo veintiocho años y sólo pretendo olvidar. Confío en lo que me ha dicho el hombre de mi paréntesis: nuestro único señor es el tiempo.

Adiós, señorita.

Elodie Gordes.

Matilde vuelve a leer la carta dos veces un lunes por la mañana, después de haberla leído otras dos veces la víspera por la noche, cuando Sylvain se la trajo. En el reverso de la última página, dejada en blanco, escribe:

¿Adiós?

Todavía es pronto para decirlo.

Elodie Gordes,

43, rue Montgallet,

París.

Jueves 15 de julio.

Señorita:

Me ha conmovido mucho su comprensión y sus palabras de consuelo. Lo que usted me pregunta me desconcierta por más de un motivo, sin embargo voy a intentar responderla una vez más.

Ignoraba que mi marido se hubiera vuelto a encontrar con Kléber en su nuevo regimiento y que se hubiera reconciliado con él. Su última carta está fechada el Año Nuevo de 1917. Si hubiera vuelto a ver a Kléber antes de esa fecha lo más probable es que me lo hubiera dicho.

Ignoraba que hubieran matado a Kléber en el mismo sector que mi marido y aproximadamente durante los mismos días.

«El azar, que tan mal hace las cosas» no es la mujer que vivía con Kléber y que le abandonó por culpa de nuestra aventura. No conozco a Véronique Passavant. Me enteré de la muerte de Kléber por la panadera de la rue Erard, que es la chismosa del barrio. Un día de abril de 1917 me dijo: «También han matado los boches al amigo del señor Gordes, aquel que se llamaba Eskimo y que iba al rastrillo. Lo he sabido por mi sobrino que frecuenta el bar de Petit Louis, rue Amelot».

Si Kléber escribió a Petit Louis que se había reconciliado con mi marido, me alegro mucho de ello, y estoy segura de que no pudo ser una falsa reconciliación. Ninguno de los dos era un hipócrita.

Benjamín no se hubiera aprovechado de ningún modo de una «circunstancia dramática» para vengarse de Kléber. Es impensable, cuando se ha conocido a ambos.

Por el contrario, estoy segura de que, reconciliados o no, Benjamín hubiera socorrido a su amigo y hecho todo lo posible por salvarle.

En lo que concierne a la pregunta, para mí asombrosa, sobre su calzado, me parece que efectivamente hubieran podido cambiárselo. Mi marido era alto, pero Kléber lo era también. Si estuviera con ánimos de reírme le juro que al leer ese párrafo de su carta me hubieran oído los vecinos.

Creo haberle dicho todo sobre el resultado de las investigaciones de monsieur Pire. Sin embargo, tuve el gusto de telefonearle hoy desde mi trabajo, para autorizarle a que le diera a usted todas las informaciones sobre la muerte de mi marido.

Créame, señorita, que deseo que llegue usted al cabo de sus investigaciones, incluso si me es imposible comprender el objeto. Con toda mi simpatía,

Elodie Gordes.

* * *

Germain Pire.

PEOR QUE LA GARDUÑA

Investigaciones y seguimientos de todo tipo,

52, rue de Lille,

París.

Sábado 17 de julio de 1920.

Señorita:

Después de nuestra conversación de ayer en la galería del quai Voltaire he consultado atentamente en el archivo el informe sobre Benjamín Gordes.

Como le dije, no investigué personalmente este asunto, pero mi colaborador, en el caso mi hermano Ernest, anotó escrupulosamente los testimonios que pudo recoger. Comprenderá fácilmente que nuestros esfuerzos se limitaban a probar la defunción del cabo Benjamín Gordes, nada más, lo que limitó nuestras investigaciones.

Sin embargo, me hallo en condiciones de aclarar varios puntos que a usted le interesan.

El lunes 8 de enero de 1917 el puesto de sanidad francés de Combles se encontraba instalado en una parte de un edificio de dos pisos, con forma de escuadra, al norte del pueblo, cerca de una vía férrea instalada por los ingenieros militares. La otra parte del edificio la ocupaban los británicos. El edificio estaba muy dañado por los disparos de la artillería, tanto aliada como enemiga, en el transcurso de las ofensivas de 1916. El bombardeo de aquel día, entre las once de la mañana y las dos de la tarde, provocó el hundimiento de una parte del primer piso, del lado francés. Se contaron trece muertos bajo los escombros y en los alrededores, entre soldados y personal de sanidad.

El teniente médico Jean-Baptiste Santini figura efectivamente en la lista de aquellos desgraciados que murieron.

El cabo Benjamín Gordes, que llegó al puesto un poco antes por la mañana entre los heridos de los violentos enfrentamientos de primera línea, había sido alcanzado en la cabeza, como lo atestigua el registro de admisiones, y debía ser evacuado hacia un hospital de retaguardia cuando ocurrió el bombardeo. Su cadáver, no identificado hasta nuestra investigación, pudo serlo gracias a los testimonios de los sobrevivientes que pudimos encontrar. Fueron tres, una sor enfermera de Saint-Vincent-de-Paul y dos heridos que vieron a Gordes antes de que se hundiera el piso.

El detalle que usted me preguntaba ayer y que se me había ido de la cabeza, si es que alguna vez estuvo dentro, lo cual no creo porque lo hubiera recordado, es el siguiente: el cabo Benjamín Gordes, como dijeron los tres testigos, llevaba botas alemanas. Se las ponía en la trinchera para estar más caliente, y la escaramuza le sorprendió así.

Sobre ese punto, no puedo evitar hacerme a mí mismo, o bien a usted, una pregunta: Ya que quería hacérmelo decir, ¿cómo sabía usted que el cabo Benjamín Gordes llevaba botas alemanas aquel día?

Insisto en pensar, señorita, que debería usted ser más locuaz conmigo. ¿Quién sabe si no resolvería así más pronto el problema del cual prefiere no hablarme? Puedo encontrar a cualquiera. Estoy acostumbrado. Si le preocupa la cuestión de mis honorarios, eso lo arreglamos rápido. Como le dije, me entusiasma su pintura. A falta del campo de amapolas, que una pastilla de un triste color negro indica que ya está vendido, me contentaría con aquella otra tela de las mimosas al borde de un lago, con ese álamo con tres M grabadas en el tronco. Observará que me fijo en todo.

Evidentemente habría que añadir mi nota de gastos. Pero como poco, duermo en habitaciones modestas, sólo bebo agua y doy propinas austeras.

Piénselo.

Incluso si no piensa en ello, reciba mis cumplidos sobre su talento y no dude que seguiré atentamente su carrera.

Lamentaré durante mucho tiempo no vivir con ese campo de amapolas.

Germain Pire.

Se trata de un hombre bajito y tenso, de mirada viva, bigotes en acento circunflejo, cabello ralo alisado cuidadosamente, y atuendo pasado de moda. En pleno verano, monsieur PEOR QUE LA GARDUÑA lleva levita, cuello duro, chalina, sombrero hongo y botines blancos. Quizá la chalina figura en la panoplia únicamente para darse aires de artista. En su juventud él mismo utilizó «los pinceles», confiesa con una pizca de nostalgia. Como aficionado, por supuesto.

Se sienta frente a Matilde, al fondo de la estrecha galería, y sus rodillas casi se tocan. En un pequeño carné por el que han pasado los años escribe el nombre, los apellidos, la fecha de nacimiento de Tina Lombardi y los lugares donde ha podido estar en los últimos tres años: Marsella, Tolón, La Ciotat, un burdel en la carretera de Gerdanne. Con una mirada picarona dice: «Por fin una investigación que me sacará de las tristezas guerreras». Al punto añade: «Pero esté segura de que no haré ninguna consumición. Nunca mezclo el trabajo con las bagatelas».

Para recompensar sus servicios, en caso de que se vean coronados por el éxito, Matilde le regalará un cuadro, pero no las mimosas, que ella quiere conservar y que están allí únicamente para que las vean. Se levanta, se pasea de nuevo por el lugar ajustándose unos anteojos, suspira profundamente delante de cada tela. Después de grandes indecisiones, opta por un macizo de hortensias de color rosa Parma sobre un fondo de pinos.

Evidentemente, habrá que añadir su nota de gastos.

En el momento de despedirse dice a Matilde: «Quizá tenga usted mayor confianza en mí cuando haya encontrado a esa mujer de mala vida. ¿Por qué no me cuenta usted francamente su asunto?»

Matilde responde que eso también quiere conservarlo para ella. Está ya en la acera del quai, en el marco de la puerta. Dice: «Va usted a ver lo bueno que soy. Sin suplemento de honorarios voy a volver a su anuncio en el periódico y encontrar también a ese soldado, el tal Célestin Poux».

Matilde no puede por menos que darle una pista: «Por lo que sé, vive todavía, tiene alrededor de veinticinco años, cabello rubio, ojos azules, y viene de la parte de la isla de Oléron. Estaba en la compañía de Benjamín Gordes».

Monsieur PEOR QUE LA GARDUÑA anota esos datos de pie, apoyando su viejo carné contra el escaparate de la galería.

Deja su lápiz en el carné y lo sujeta todo con un elástico. Dice: «Jovencita, es como si sus hortensias estuvieran floreciendo ya en mi casa».

Para mostrar su determinación, golpea con la palma de la mano su sombrero hongo y se le hunde prácticamente hasta las cejas.

Otra tarde, Matilde traba conocimiento con Véronique Passavant en el saloncito de la rue La Fontaine. La amante de Eskimo tiene efectivamente la buena planta que le habían descrito. Bajo un sombrero *bibí* de paja fina con un pequeño adorno de tul color azul cielo, el mismo color que su falda, bebe su oporto con labios tímidos, impresionada quizá por la casa, quizá también por una invalidez que conocía pero que hasta entonces había permanecido abstracta. Afortunadamente ese estado de ánimo se disipa.

La mujer que vino a interrogarla en el comercio donde trabajaba, en marzo de 1917, no le había dicho su nombre. Era joven y bonita; aunque algo vulgar, morena, de ojos sombríos. Tenía la falda y el abrigo cortos hasta la pantorrilla, y el sombrero de ala ancha de las seductoras. Hablaba muy deprisa, con vehemencia contenida y acento del Midi.

De los cinco condenados sólo se preocupaba de su hombre y de Kléber Bouquet. En ningún momento habló de los demás. Repetía: «Le suplico que no me mienta. Si ha recibido algún mensaje del suyo, dígamelo. Se ocultan juntos. Les sacaré del apuro a los dos». Parece estar segura de que el llamado Eskimo había sobrevivido. Véronique le pregunta: «¿Tiene usted alguna prueba?» Ella responde: «Como si la tuviera». A propósito del segundo sobreviviente dice: «Tal como me lo han pintado, debe de ser mi hombre. Pero se encontraba muy mal. Me da mucho miedo pensar lo que puede haberle ocurrido».

Después lloró sin enjugar sus lágrimas, con el rostro fatigado, mirando al suelo, en la trastienda del comercio, donde Véronique la había llevado. Finalmente, al no obtener nada que reanimara su esperanza, espetó: «¡Si usted sabe algo y desconfía de mí, es usted una tonta y una cerda, y no vale más que los cerdos que hicieron aquello!» Y se marchó.

Ahora, en el saloncito alegremente decorado por su madre, es la propia Véronique Passavant la que se echa a llorar. Dice: «Si Kléber estuviera vivo estoy segura de que me lo hubiera hecho saber. En 1917 imaginé cualquier cosa por culpa de esa loca, esperé y esperé, pero tres años y medio es imposible, me metió ideas en la cabeza que no tienen sentido».

Saca de su bolso un pañuelito blanco y se enjuga los ojos. Dice a Matilde: «¿No es cierto que su novio hubiera hallado la manera de comunicarse con usted si estuviera vivo?»

Matilde, sin mentir, hace un gesto con las manos para decir que no sabe nada.

No quiere invocar la incoherencia mental de Manech cuando fue conducido a Bingo Crepúsculo. Eso no le hubiera impedido encontrarle, al contrario: después de las revelaciones de Esperanza, su primera preocupación fue informarse en todos los hospitales civiles y militares. Eran más de treinta los soldados no reclamados o no identificados por su familia después del armisticio, que habían perdido la razón o la memoria. Aproximadamente de la edad de Manech había una docena. De esa docena, los que tenían el pelo moreno eran siete.

De esos siete, tres tenían los ojos azules. De esos tres ninguno tenía amputada la mano o el brazo. Sylvain, que hizo sin embargo el viaje a Châteaudun, Meaux y Dijon para ver a estos tres últimos, llamaba tristemente a la empresa de Matilde «Operación Tela que Encoge», hasta que una tarde, ya harta, mandó a paseo los platos y los vasos de un puñetazo sobre la mesa.

Sin embargo, el asunto de los hospitales no agotó tan imbéciles esperanzas. ¿Y si Manech, prisionero, sin memoria, hubiera sido recogido después de la guerra por gente compasiva en Alemania? ¿Y si Manech, en plena posesión de sus sentidos, no quisiera todavía salir a la luz pública, por miedo, si le atraparan, a que molestaran a sus padres o a Matilde? ¿Y si Manech, con o sin memoria o buen sentido, errante por las carreteras, hambriento, transido de frío, hubiera encontrado refugio, en cualquier lugar con otra Matilde?

Dice a Véronique Passavant que incluso si no volviera a ver a su novio, quiere saber en qué circunstancia desapareció. Todo lo que para ella cuenta ahora es aquel domingo nevado, entre dos trincheras enemigas. Se va acostumbrando a lo demás, no tiene el sentimiento de que sea importante ni completamente real.

Por ejemplo, su silla de ruedas, no quiere que le tengan compasión por estar encadenada a ella. A menudo lo olvida. Se desplaza como está acostumbrada a desplazarse, no piensa en ello lo mismo que Véronique no piensa en sus piernas. Y si piensa en ello, es porque su silla de ruedas está relacionada con todos los recuerdos de Manech.

En la monotonía de los días lo demás no le interesa. Y menos aún lo que apasiona a todo el mundo. Ignora todo lo que sucede, incluso si hay un nuevo presidente de la República después de aquel cuyo nombre recuerda y que se cayó de un tren en marcha, en plena noche y en pijama. ¿Es verdaderamente real todo eso?

Véronique encuentra algo de su antigua sonrisa, sacude suavemente la cabeza bajo su sombrero *bibí* y los bucles de su cabello negro.

Más tarde, con su segundo oporto y el crepúsculo en las ventanas, dice a Matilde: «Quisiera contarle lo que provocó mi ruptura con Kléber, pero me hizo jurar que nunca se lo diría a nadie». Matilde responde en el mismo tono, casi con el mismo acento parisino: «Si lo ha jurado, no hay más que hablar». Y después, más gravemente: «De todas maneras lo sé. ¿Adivina usted a través de quién?» Véronique Passavant la mira, desvía sus grandes ojos negros, asiente con la cabeza con una pequeña mueca de niño al que regañan. Matilde suspira: «Eso tampoco me ha llevado muy lejos. A veces soy demasiado imaginativa, sabe usted. Sería capaz de montar toda una historia a propósito de un par de botas».

Véronique Passavant no parpadea. Moja delicadamente sus labios en su vaso y mira a otra parte. Dice: «Me siento bien con usted. Si por mí fuera, no me iría».

Es la última palabra del tiempo de las ilusiones. Tres días después, Matilde entra en un túnel más largo y más oscuro que el que conoció desde que le anunciaron la muerte de Manech.

Acabada la exposición, mientras se dispone a volver con Sylvain a Cap-Breton, con el equipaje listo, al llegar la hora de sentarse a la mesa para la última comida familiar del estilo no-os-detesto-pero-con-gusto-estrangularía-a-alguien, Pierre-Marie Rouvière quiere hablar con ella por teléfono. Se acerca sola al aparato. El auricular, blanco y negro como su madre lo deseaba, está descolgado sobre una consola. Le asusta a medida que se va acercando a él, y se asusta aún más a su contacto, al cogerlo. O quizá Matilde, con toda buena fe, inventará más tarde ese presentimiento al recordar ese instante.

Pierre-Marie acaba de enterarse, a través de su amigo el Oficial, dónde se halla el cementerio de Picardía en el que Manech y sus cuatro camaradas fueron inhumados en marzo de 1917, cada uno bajo una cruz que lleva su nombre. Encontraron sus cuerpos en aquel tiempo, después del repliegue alemán, en el mismo lugar en que cayeron dos meses antes, delante de la trinchera de Bingo Crepúsculo. Fueron apresuradamente enterrados por unos británicos caritativos en un cráter de obús, bajo una lona, el lunes 8 de enero, con su indumentaria y su chapa de identidad.

Pierre-Marie dice: «Perdona que te haga sufrir, mi pequeña Mati. Ya sabías que había muerto. Cuando quieras te llevaré allí yo mismo, con Sylvain».

Tiempo después de que cortara la comunicación, Matilde permanece con la frente apoyada en la consola, con el auricular todavía en la mano, intentando colgar a ciegas, hasta dejarlo caer oscilante en el hilo. No llora. No, no llora.

Las mimosas de Hossegor

Junio de 1910

Matilde tiene diez años y medio. Es un viernes o un sábado, ya no lo recuerda. Manech tiene trece años desde el día 4. Vuelve de la escuela, en pantalones cortos y jersey de color azul marino, con su cartera a la espalda. Se detiene delante de la verja que rodea el jardín de Villa Poema. Por primera vez ve a Matilde, al otro lado, sentada en su silla de ruedas.

La razón por la que pasa delante de la villa aquella tarde es un misterio. Vive más allá del lago de Hossegor, no tiene ninguna necesidad de dar ese rodeo. En todo caso allí está, contempla a Matilde detrás de los barrotes y después pregunta: «¿No puedes andar?»

Matilde hace señas de que no. Él no encuentra otra cosa que decir y se va. Un minuto después vuelve. Tiene aspecto contrariado. Dice: «¿Tienes amigos?» Matilde hace señas de que no. Él, mirando hacia otra parte, encontrando todo aquello muy penoso, dice: «Si estás de acuerdo, a mí no me importa ser tu amigo». Matilde hace un gesto de negación. Él levanta la mano por encima de la cabeza y grita: «¡Mierda!», y se va.

Esta vez ella no le vuelve a ver durante al menos tres minutos. Cuando aparece de nuevo al otro lado de los barrotes, sólo Dios sabe lo que tiene en su cartera. Lleva las manos en los bolsillos, finge un aire tranquilo y presuntuoso y dice: «Soy fuerte. Podría pasearte a cuestas durante todo el día. Incluso podría enseñarte a nadar». Ella dice, la pécora: «No es verdad: ¿Cómo harías?» Él dice: «Yo sé cómo. Con flotadores para que tengas los pies levantados». Ella deniega. Él hincha los carrillos y sopla. Dice: «El domingo voy a pescar con mi padre. Puedo traerte una merluza así de grande». Muestra con los brazos un pescado del tamaño de una ballena. «¿Te gusta la merluza?» Ella niega. «¿La lubina?» Tampoco. «¿Las patas de cangrejo? Se sacan muchas en las redes.» Ella gira en su silla y empuja las ruedas, ahora es ella la que se aleja. Él grita detrás: «Parisina tonta. ¡Y yo que me estaba dejando engañar! ¿Huelo demasiado a pescado para tu gusto, no es cierto?» Ella se encoge de hombros, le ignora y avanza hacia la casa lo más deprisa que puede. Oye a Sylvain alzar la voz en algún lugar del jardín: «Oye, tú, listo, ¿quieres que te dé una patada en el culo?»

Por la noche, en su cama, Matilde sueña que su joven pescador la pasea por el camino del lago, por el bosque y por las calles de Cap-Breton, y las señoras delante de los portales dicen: «Qué guapos son los dos, mirad esa amistad *infectible*».

Cuando se entere, por su madre, de que *infectible* no existe, se sentirá muy decepcionada, y hará que las señoras digan: «Mirad esa amistad infecciosa», y más tarde: «Ese amor infectado».

Al día siguiente por la tarde el muchacho vuelve a la misma hora. Ella le espera. Esta vez se sienta en el muro, al otro lado de la reja. Durante un rato no la mira. Dice: «En Soorts tengo un montón de amigos. No sé por qué me molesto en venir aquí contigo». Ella dice: «¿Es verdad que podrías enseñarme a nadar?» Él asiente con la cabeza. Ella se acerca con su silla y le toca en la espalda para que la mire. Tiene los ojos azules, y el pelo negro completamente rizado. Se estrechan ceremoniosamente la mano a través de los barrotes.

Él tiene un perro y dos gatos. Su padre tiene un barco de pesca en el puerto. Nunca ha estado en París, ni en Burdeos. La ciudad más grande que conoce es Bayona. Nunca ha tenido un amigo chica.

Quizás aquel día, o quizás otro, Bénédicte, saliendo a la terraza, le dice: «¿Qué haces ahí fuera? ¿Nos tomas por unos salvajes? La verja está abierta, entra». Él responde: «¿Para que el pelirrojo me dé una patada en el culo?» Bénédicte ríe. Llama a Sylvain, y Sylvain le dice al muchacho: «¿Sabes que no me gusta que me llamen pelirrojo? Sigue así y te aseguro que te doy un puntapié en las nalgas. ¿No eres Manech, de los Etchevery de Soorts? Entonces tu padre me lo agradecerá, debe de tener más de un puntapié reservado para ti. Vamos, entra, antes de que cambie de opinión».

Se dice que las amistades que comienzan mal son las más infectantes. Bénédicte y Sylvain, e incluso *Garbanzo*, que acaba de cumplir un año, cogen pronto el virus. Casi cada día Bénédicte prepara la merienda. Le parece que los niños con buen apetito están bien educados. Sylvain reconoce que Manech, que pasará su examen de bachillerato elemental dentro de dos años, tiene mucho mérito ayudando a su padre en la pesca y a su madre, que tiene la salud frágil, en cualquier labor.

Llegan las vacaciones. Cuando no está en el mar o cortando leña para el invierno, Matilde lleva a Manech al borde del lago. Han escogido un lugar en la orilla que da la espalda al océano, casi frente al albergue de los Cotis. Hasta el borde de la arena todo son matorrales, árboles y mimosas que florecen incluso en verano. Nunca se ve allí a nadie, salvo a un forastero barbudo, los domingos, con vestimenta de ciudad y sombrero de paja, que tiene una cabaña de pescador y una barca un poco más lejos. Manech le llama Comeniños, pero no es mala persona. En una ocasión Manech le ayuda a sacar sus redes del lago y le da algún consejo para sacar más peces. Comeniños se queda asombrado comprobando la sabiduría de un pescador tan joven y Manech, orgulloso, le responde: «Imagínese, nací en el fondo del agua». Después también Comeniños se queda infectado, y se contenta con agitar la mano y gritar qué tal, cuando Manech cruza su territorio.

El primer verano, o el segundo, Matilde cree que fue el segundo verano cuando se decidió a aprender a nadar, Manech fabricó unos flotadores de corcho para atárselos a los tobillos y se metió en el lago con ella agarrada a su espalda. Ella no recuerda haber tragado agua. Tuvo una sensación de alegría y de agradecimiento hacia sí misma como raras veces lo había sentido. Era capaz de flotar y avanzar sobre el vientre agitando únicamente los brazos, y también ponerse de espaldas y seguir nadando.

Sí, fue durante aquel segundo verano con Manech, el de 1911 y la gran ola de calor. Mientras nada, Gustave Garrigou, el elegante, atendido por su fiel mecánico Six-Sous, gana el Tour de Francia. Matilde no tiene ni la sombra de un pezón, ni traje de baño. La primera vez se mete en el agua con su braguita y el pecho desnudo. Su braguita es de algodón blanco y abierta por debajo para hacer pipí, imagínense qué, náyade. Después, los demás días, como su braguita necesita setecientos años para secarse, lo mismo da bañarse sin nada. Manech también se pone sin nada como quien dice buenos días, con su pilila pendular y sus nalguitas que dan ganas de morder.

Llegar al territorio de Comeniños es toda una aventura. Primero Matilde se agarra a la espalda de Manech. Él la coge sobre sus rodillas para levantarla. Deja la silla de ruedas en el camino, hasta donde ha podido empujarla sin peligro. Lleva a Matilde hasta la orilla del lago a través de los matorrales, apartando las ramas traidoras con una mano. La deja sobre la arena lo más confortablemente que puede. Después vuelve a buscar la silla para esconderla, no sea que alguien empiece a sospechar y amotine a todo el departamento de las Landas hasta Àrcachon. Después del baño, cuando Matilde tiene el cabello seco, se repite el mismo numerito pero al revés.

Una noche, cuando su madre da un beso a Matilde en el cuello, siente en los labios la sal y exclama espantada: «¡Te has caído al mar!» Matilde, que no miente nunca, responde: «No al mar, hay demasiadas olas. Me he caído en el lago de Hossegor. Quería suicidarme. Me salvó Manech Etchevery. Y puestos a ello, me ha enseñado a nadar para que no vuelva a ahogarme».

Mathieu Donnay, espantado también, fue a ver cómo se las arreglaba su hija, y Matilde recibe un traje de baño decente y Manech también, uno blanco con rayas azul marino, con tirantes, y un escudo en el corazón que dice: «Paris, fluctuat nec mergitur», Cuando Manech pide a Matilde que traduzca, porque ella estudia ya latín, ella responde que no es nada interesante, y quita el escudo del bañador con las uñas y los dientes. Después se ve la marca y Manech no está contento, pretende que así parece comprado de segunda mano.

El latín. Después de las vacaciones Matilde regresa a seguir sus estudios con las religiosas del Buen Socorro, en Auteuil. Está tan cerca de casa que podría ir en silla de ruedas, como las mayores, pero Mathieu Donnay, que nació pobre, hijo de un herrero de Bouchain, en el norte, y que acaba de comprar «con su propio dinero» la casa de la rue La Fontaine, pone una pizca de orgullo en que vaya a llevarla y a recogerla su chófer, alias Tragavientos. Matilde nunca quiso aprender su verdadero nombre. Es buena alumna en francés, en historia, en ciencias y en aritmética. Está en el fondo de un aula, junto al pasillo central, donde colocaron un pupitre de dos para ella sola. Las hermanas son muy amables, las compañeras soportables, y durante los recreos se queda contemplándolas. Lo que más detesta es que llegue una nueva y quiera demostrarle su buen corazón: «Déjame que te empuje», «¿Quieres que te tire la pelota?», y bla, bla, bla.

Después de una segunda estancia en el hospital de Zurich, en 1912, Matilde solicita vivir definitivamente en Capbreton, con Sylvain y Bénédicte, y *Garbanzo*, y también ya con *Uno, Due* y *Tertia*. Dos profesores se reparten la semana en Villa Poema, tres horas diarias, un antiguo seminarista que perdió la fe, monsieur Auguste du Theil, y una jubilada de la escuela libre, una revanchista de Alsacia-Lorena, anticomunista visceral, pacata hasta el punto de ocultar sus dientes al sonreír, mademoiselle Clémence —nada en común con la, ni bella ni hermana, de después—, que pide, como remuneración por sus clases, un cirio en la iglesia cada aniversario de su muerte, deuda que, cuando llegue el momento, Bénédicte y Matilde no dejarán de cumplir.

Manech pasa su bachillerato elemental a comienzos del verano de 1912. Ahora sale a la mar todos los días, porque los Etchevery no son ricos y los medicamentos de su madre cuestan caro, pero en cuanto vuelve al puerto va corriendo de un tirón hasta la villa para «pasear» a Matilde. Vuelven a su pequeña playa junto al lago, sus mimosas y la cabaña de Comeniños, que les autoriza a que utilicen su barca. Ayudándose con una pértiga, Manech lleva a Matilde de crucero hasta el canal, sentada ella en la popa del navío, sobre el fondo, agarrándose con las manos a las bordas.

Cuando llega el otoño y el invierno, ve a Manech los días en que el mar se encuentra demasiado agitado para salir de pesca. A veces la lleva a casa de los Etchevery en el carricoche de su padre con el asno *Catapulta.* El padre es tozudo pero bueno, la madre, cariñosa, menudita, y tiene un soplo en el corazón. Crían conejos, gallinas y ocas. *Kikí,* el perro de Manech, es un perro de caza de pelo blanco salpicado de canela. Es mucho más vivo e inteligente que *Garbanzo.* Matilde piensa que los dos gatos son muy inferiores a los suyos, pero siguen siendo hermosos, grisnegro ambos, pero es sólo un prejuicio.

Manech enseña a Matilde a hacer nudos marineros con trozos de cuerda, el nudo de la vaca, el de bolina, el de escotilla, el culo de cerdo, el de anguila o el de tresillo. A cambio ella le enseña juegos de cartas que le ha enseñado Sylvain: la berlanga, la brisca, el perro rojo, el binocle, y sobre todo el juego que prefieren los dos, la escoba. Cuando se tiene una carta que suma exactamente el número de puntos de las que están vueltas sobre la mesa, se recoge todo gritando «¡Escoba!», y se aparta una de las castañas que sirven de fichas para marcar los puntos. Cuando Manech pierde, dice: «Es un juego idiota, para italianos», y cuando gana: «En este juego hay que saber calcular deprisa».

Otro año —probablemente 1913, ya que los pechitos de Matilde crecen como manzanas y ya tiene su período— encuentran una tortuga extenuada en el camino del lago, sin duda iba de peregrinaje a Santiago de Compostela, la adoptan y la llaman *Escoba*. Por desgracia, la alimentan demasiado bien y es aún más devota que la señorita Clémence. En cuanto se restablece, reanuda el camino de la aventura.

Y el océano, el enorme, terrorífico océano de estrepitosas olas, de explosiones de nieve y de perlas. Matilde entra también en él, agarrada al cuello de Manech, hasta asfixiarle, estrangularle, alborotando a voz en grito de espanto y de placer, sacudida, ahogada, herida, pero siempre ávida de volver.

Para volver a subir las dunas, después del baño, con Matilde a la espalda, Manech casi no puede, se reprocha a sí mismo tener que pararse para depositarla sobre la arena y recobrar el aliento. Fue allí, durante una parada obligada, en el verano de 1914, algunos días antes de la guerra, cuando Matilde, al quererle besar en la mejilla para reconfortarle, dejó deslizar sus labios y, ayudada por el diablo, le besó en la boca. Pronto le saca gusto a la cosa y se pregunta cómo han podido esperar tanto tiempo, y él, bueno, se pone colorado hasta las orejas pero ella se da cuenta de que tampoco detesta la novedad.

Es el verano de la guerra. A su hermano Paul, casado desde hace unos meses y con un bebé ya encargado, le toca la intendencia en Vincennes. Es teniente de reserva. En la mesa, la ni bella ni hermana, la cuñada, es perentoria: sabe, a través de un charcutero que vende sus salchichas a uno del Estado Mayor con muchos galones —«ya sabéis a quién me refiero»— que está prevista la paz para dentro de un mes justo, sin que haya combates, Guillermo y Nicolás han firmado ya un pacto secreto aprobado por el rey de Inglaterra, por el archiduque de Austria y sabe Dios por quién más, el Negus quizá, y todos esos redobles de tambor son para salvar la cara. Incluso *Garbanzo*, que todavía no se pedorrea a cada rato, si no la respuesta sería cortante, prefiere irse a dar una vuelta a ver lo que sucede en el jardín.

También en agosto Sylvain se va, como contramaestre en los aprovisionamientos de la marina, pero no más allá de Burdeos. Hasta 1918, podrá venir a Villa Poema una vez al mes para que Bénédicte le diga que es un hombre guapo, sobre todo con su gorra de pompón rojo.

El padre de Manech tiene demasiada edad para ir a la guerra, lo mismo que el padre de Matilde, pero sin llegar a ser tan tontos como la Clémence de Paul, nadie cree que la guerra durará lo bastante como para que Manech, que acaba de cumplir diecisiete años, tenga que ir algún día también.

Para Matilde, el verano de 1914 sigue siendo el de los primeros besos, y el de las primeras mentiras. Delante de Bénédicte y de su madre juega con Manech a ser niños retrasados, y no hablan más que de pequeñas y fútiles alegrías o no hablan en absoluto, y se van con *Catapulta*, que nunca les delata.

El verano de 1915 es el de los celos, el del terror, porque Matilde no tarda en enterarse por medio de su gaceta de las Landas que Manech se pasea por la playa de Cap-Breton con una rubia inglesa de Liverpool, de nombre Patty, cinco años mayor que ella, divorciada, con quien probablemente juega a otra cosa que a la escoba o a los besos furtivos: Bénédicte, con una crueldad ingenua, afirma que un muchacho de esa edad tiene que hacer su aprendizaje, que después será mejor marido con una chica del país, y que Matilde no debe tenerle rencor porque no venga tan a menudo a «pasearla». «Qué quieres —dice mientras plancha la ropa—, ha crecido, y ya me extrañaba a mí que siendo guapo como es todavía no hubiera dado lugar a que se hablara de él.»

Cuando Matilde reprocha a Manech que no haya ido en toda la semana, Manech vuelve la cabeza, avergonzado, y dice que tiene mucho trabajo. Cuando quiere darle un beso también vuelve la cabeza, y dice que ya no hay que hacerlo, que no quiere abusar de la benevolencia de los padres de Matilde. Cuando le acusa de andar ligando con una inglesa tonta, se enfurruña, acompaña a Matilde a casa sin pronunciar una palabra y se marcha con aires sombríos.

En la cama, a Matilde le queda el placer de saborear los suplicios que quisiera infligir o ver infligir a aquella mala mujer. Un día, cruzándose con ella en el puente del bosque de Hossegor, arremete con su silla de ruedas, le aplasta los pies y la manda a que se ahogue en el canal. Otro día va a buscarla al hotel del Parque y la mata con el revólver de Sylvain. Pero lo mejor es cuando, disimulando su rencor, la convence con palabras melosas de que cruce las líneas alemanas para servir a Su Majestad. La Patty Patata, denunciada por su ex marido, es detenida por espionaje por los ulanos que lucen la calavera, luego es torturada y profiere grandes alaridos, es violada diez veces, desfigurada a golpes de sable y finalmente descuartizada por cuatro caballos del regimiento, de la manera en que Matilde ha leído en su libro de historia.

Felizmente para los caballos y para la tranquilidad del sueño de la implacable justiciera, agosto termina, y aquella pobre cosa rubia desaparece antes de que se ejecuten esos proyectos. En septiembre escasean las inglesas. Manech vuelve con Matilde, que prefiere no hablar de cosas que la enfadan. Retornan los dos al buen camino de las mimosas. Manech olvida sus escrúpulos, y vuelve a besarla como a ella le gusta, y una tarde besa también sus pechos, y descubre que son hermosos. Entre delicias y vergüenza, Matilde cree morir.

Hay que esperar sin embargo a los primeros días de abril de 1916, cuando Manech se entera de que llaman a filas a su quinta, para que se liberen, en una común desesperación, de los simulacros de una amistad infantil ya bastante corrompida. A pesar de un viento algo fresco, lloran abrazados sobre la arena, juran mutuamente que se aman y que se amarán siempre, que nada podrá separarles, ni el tiempo, ni la guerra, ni los tabúes burgueses, ni la hipocresía de las rubias, ni la traición de las escaleras de cinco peldaños.

Un poco más tarde, cuando sube la marea en todos los sentidos, Manech lleva a Matilde a la cabaña de Comeniños, a quien ya no ven desde hace dos años, porque también debe de estar en el frente. La tumba sobre esas redes de pescador que llaman trasmallos, la desnuda un poco, ella se turba sin atreverse a decir nada, hasta tal punto el momento le parece solemne. Él la besa por todas partes, ella tiene las mejillas incendiadas y él también, después él le hace daño, como ella se lo temía en sus divagaciones nocturnas, pero no demasiado sin embargo, y a continuación no está mal como también se lo esperaba, incluso está mejor.

Vuelven a la cabaña otra tarde, hacen el amor tres veces y cada vez ríen mucho de todo y de nada y después se ajustan la ropa y se peinan mutuamente con los dedos, y Manech saca a Matilde fuera en brazos. La sienta en su silla de ruedas y se le declara diciéndole que en adelante son novios, y que ardan los dos en el infierno si miente, y ella dice de acuerdo, y juran esperarse y casarse cuando él vuelva. Para sellar su promesa, saca su navaja, una hoja con un montón de accesorios que no sirven para nada, y salta entre los matorrales y se abre camino hasta un gran álamo plateado que crece en medio de la jungla. Graba algo en el tronco durante un rato. Matilde pregunta qué. Él dice: «Ya lo verás». Cuando acaba, arranca matorral para hacer una senda por la que pueda pasar la silla de ruedas. Está sudoroso, como un salvaje, con la cara y el pelo cubiertos de broza y las manos marcadas de rasguños, pero es feliz. Dice: «Después de esto me voy a dar un chapuzón en el lago».

Lleva a Matilde hasta el árbol. Sobre el tronco ha grabado: «MMM», para que pueda leerse al derecho y al revés que Manech ama a Matilde y que Matilde ama a Manech.

Ahora se arranca la camisa y corre a tirarse de cabeza al lago. Grita «Uuuh, está helada», pero le importa un pepino porque ya no teme a la muerte. Nada. En el silencio del anochecer, en la calma que invade todo lo que la rodea lo mismo que su corazón, Matilde únicamente oye el chapoteo regular de los brazos y las piernas de su amante. Palpa con el dedo que Manech ama a Matilde sobre la corteza del álamo.

Todavía quedan algunos ratos para amarse en la cabaña, ella no los contó, ya no lo recuerda. Fueron quizá seis o siete días. El miércoles 15 de abril de 1916, Manech marcha al acantonamiento de Burdeos. Como sale muy temprano, hacia las cuatro de la mañana, y como ha prometido venir a darle un beso a Villa Poema, Matilde no quiere dormir y pasa la noche en su silla. Bénédicte se levanta antes de las cuatro para preparar el café. Manech llega. Lleva un abrigo de su padre y sostiene con la mano una maleta de mimbre. Cuando besa a Matilde por última vez, Bénédicte comprende perfectamente lo ingenua que ha sido, pero se da la vuelta sin decir nada, ¿qué importa?

Manech esperaba que le destinaran a la marina, como en otro tiempo su padre y su tío, como Sylvain, pero en 1916 lo que más se necesitan son soldados de infantería. Permanece tres semanas de instrucción en Bourges y después le envían al frente. Primero como refuerzo a Verdun, luego a Picardía. Matilde escribe cada día una carta y espera otra. El domingo, los Etchevery van a Villa Poema, al paso de *Catapulta*, los dos parecen tener diez años más. Juntos confeccionan un paquete donde les gustaría poner de todo: comida, bebida, hogar, fuego, lago, viento del Atlántico que trajera a los americanos, todo, hasta paquetes de cigarrillos de boquilla dorada que la madre se obstina en meter en los calcetines que ella misma teje, porque aunque Manech no fuma, con los cigarrillos siempre podrá hacerse amigos.

Manech escribe que todo va bien, que todo va bien, que espera un permiso, que todo va bien, pronto tendrá un permiso, todo va bien, todo va bien, mi querida Mati, todo va bien, hasta diciembre, cuando bruscamente su voz cesa, pero Matilde continúa persuadida de que todo va bien, y si no escribe es porque no tiene tiempo, todo va bien, pasa la Navidad, llega enero de 1917, y al fin recibe una carta que alguien ha escrito por él y ella no comprende, dice cosas tan hermosas y tan extrañas que no comprende, y una mañana, el domingo 28, Sylvain llega de Burdeos, y da un beso a Bénédicte, y otro a Matilde, con tanta tristeza, con tantas dificultades para expresarse que da miedo, porque se ha encontrado en la estación con alguien que viene de Soorts, y le ha dicho una cosa terrible, tiene que sentarse dando vueltas entre las manos a su gorra de pompón colorado, y Matilde ve que de repente sus ojos se llenan de lágrimas, la mira a través de las lágrimas y procura decir, procura decir...

«Tranquila, Mati, tranquila.»

* * *

Enero de 1921

Nadie se extrañará, después de la evocación de aquellos veranos ardorosos, de que Matilde, mayor de edad desde hace tres días, se apresure a comprar, sin discutir el precio, «con su propio dinero» —principalmente el atesoramiento avaricioso de sus propinas de Año Nuevo y el producto de los cuadros que ahora florecen en las oficinas del banquero de su padre— una hectárea de terreno a orillas del lago de Hossegor: el territorio de Comeniños, desaparecido en la tormenta, una jungla que, a pesar de las mimosas, las tres hermanas del difunto no tienen ningún reparo en vender.

Se entera al mismo tiempo que Comeniños se llamaba también Manex, de la gran familia de los Puystequi de Bayona, que era poeta, autor de *Vértigos de la corriente de Huchet*, que odiaba a la gente de letras quienquiera que fuera, pero sobre todo a los que ya poseían una verdadera casa en Hossegor: Justin Boex, llamado Roshy Jeune, y más aún Paul Margueritte. Cayó delante de Verdun, bajo las oleadas de gas tóxico de la primavera de 1916. Frente a todas las opiniones contrarias, se había negado a afeitarse la barba. Su máscara antigás, dicen sus tres hermanas, era un colador.

Matilde sólo tuvo la ocasión de entrever al señor Rosny, pero cuando era niña su padre la llevó a menudo a villa Clair Bois, de Paul Margueritte. Comeniños le parece muy intransigente, tanto en lo referido a sus colegas más afortunados como en lo referido a las exigencias de su orgullo viril. Sin embargo, se dice a sí misma que no puede emitir juicios sobre alguien que ha prestado su barca.

Apenas firmada la escritura en el bufete del notario, en Cap-Breton, y entregado el dinero, y dado un beso agradecido a las tres hermanas, Matilde hace que su padre y Sylvain la lleven al lugar de sus amores adolescentes. Allí está la cabaña, o al menos lo que queda de ella, y el álamo, el más plateado de todos, ha resistido a todos los vientos. Matilde, ahora que es adulta, no tendría ningún reparo en contarlo todo. Mathieu Donnay dice: «No me vengas con recuerdos. Lo que me gusta de aquí son las mimosas y ese árbol con la triple M sentimental que me oculta un poco lo que muchos padres, porque no soy el único, no quieren ni imaginar. Y luego se acostumbran».

Llevó a Matilde en brazos hasta allí, mientras Sylvain se encargaba de la nueva silla de ruedas, más sólida y más práctica que la de antes, una silla de ruedas inventada para los paralíticos de guerra. Con lo cual se demuestra que la guerra siempre sirve para algo, pretende la Clémence que tiene el cerebro de chicle.

Hace un tiempo despejado y frío. Matilde se ha sentado cerca del álamo, con su manta escocesa sobre las rodillas, y su padre va y viene a través de los matorrales mientras Sylvain se acerca hasta el borde del agua para dejarles solos. De vez en cuando, Matilde lo roza con el dedo que siempre amará a Manech. Las gaviotas, sin preocuparse de la presencia de los humanos, se reúnen en los bancos de arena que la bajamar deja al descubierto en medio del lago.

«¿Y por qué no?», exclama Mathieu Donnay después de una larga concertación consigo mismo. Vuelve hacia donde se encuentra Matilde y le dice que construirá en aquel lugar una gran villa enteramente concebida para que viva allí feliz con Sylvain, Bénédicte y los gatos. Si está de acuerdo, dejará Villa Poema a Paul y a su familia. Matilde está de acuerdo, pero no quiere que se corten las mimosas, ni por supuesto el álamo. Su padre se encoge de hombros. Dice: «Hay momentos, hija mía, en que de verdad eres algo *fabulla*».

Ella ríe y le pregunta: «¿De qué sabes tú eso?» Le responde que tiene unos obreros de Provenza. Le han explicado que llaman *fabulla* a un cangrejo pequeño no demasiado listo, lo cual es raro tratándose de nuestros supuestos antepasados más antiguos, y que en Marsella, en Bandol y en Saintes-Maries-de-la-Mer llaman así a alguien que no tiene mucha cabeza.

Después llama a Sylvain. Le comunica su proyecto de construir allí otra casa, sin tocar para nada al álamo plateado y sin que falte una sola raíz a las mimosas cuando se acaben las obras. ¿Qué piensa él, jardinero con experiencia? Sylvain responde: «Se puede cambiar de lugar a las mimosas. El álamo está lo suficientemente alejado del centro del terreno como para que haya que cortarlo». Mathieu Donnay le da un fuerte apretón de manos. Matilde dice: «Gracias, papá, al menos no tendré que soportar, ni en Navidad ni en verano, a la mujer de mi hermano y a esos monstruitos de tus nietos». Y Sylvain añade sin malicia: «Mati tiene razón. También Bénédicte va a ponerse contenta».

Al día siguiente, Matilde y Sylvain acompañan a la familia en tren a París. El 6 de enero, por carretera, van a Peronne, en el Somme, la ciudad más cercana al cementerio militar de Herdelin, donde Manech está enterrado. Hace cinco meses que fueron por primera vez con Pierre-Marie Rouvière, y las huellas de la guerra se han borrado un poco más. Sin embargo parece más presente en todo el paisaje, sin duda porque es invierno.

Duermen en el Auberge des Remparts, donde Pierre-Marie les había llevado en agosto. El cielo está cubierto y llueve nieve fundida sobre Peronne y el campo de batalla en la mañana del 7, fecha de la peregrinación que Matilde ha prometido hacer todos los años mientras le queden fuerzas, lo que no excluye otras visitas. En Herdelin, las casas reconstruidas suceden a las ruinas, y la carretera es un torrente de barro. Las banderas, en la llovizna, cuelgan sin gloria ni color a la entrada del cementerio. Casi enfrente, al otro lado de la carretera, el cementerio militar alemán no tiene mejor aspecto.

El año anterior, bajo el sol del verano, a Matilde todo le parecía hipocresía y le daban ganas de vomitar: las ramas de los sauces recién plantados, las avenidas rectilíneas, la hierba impecablemente cortada, las escarapelas tricolores sujetas a las cruces, las pimpantes flores de la nación en jarrones antiguos de imitación. La lluvia, el viento helado que sopla en todo el país de Flandes; esa suerte de apabullamiento que aplasta a toda la comarca, van mejor para el color de piel de los «pobres gilipollas del frente». ¿Cuántos de los que yacen ahí no estarían de acuerdo?

La primera vez buscó primero la cruz blanca de Jean Etchevery, 19 años, muerto por una causa que ahora ella se niega a pronunciar, porque es mentira. También era mentira lo que aparecía grabado sobre la cruz que encontró a continuación, en la misma avenida: Kléber Bouquet, 37 años. Y también era mentira lo que figuraba, algo más lejos, en la cruz de Ange Bassignano, 26 años, el golfo marsellés, bajo la cual había un ramo de flores hechas con abalorios de color dibujando un nombre, Tina, prueba de que Matilde, a pesar de sus esfuerzos, lleva algo de retraso respecto a una muchacha de Belle de Mai. En otra avenida, derribada sobre la tumba por la intemperie, manteniéndose por sus fibras carcomidas, estaba la cruz de Benoît Notre-Dame, 30 años. Pierre-Marie Rouvière fue a buscar a un guarda que ya había reparado en ello y prometió que se cambiaría la cruz.

Matilde hizo que Sylvain la empujara por todo el cementerio buscando a Six-Sous. Descansaba cerca del muro, aprovechando la sombra, sin flores ni corona, muerto por la misma razón, la obscenidad de una guerra que no tenía razón alguna, salvo el egoísmo, la hipocresía y la vanidad de algunos. Así son las cosas.

Hoy, bajo un gran paraguas, sentada en su silla para mutilados, Matilde se encuentra delante de Manech. La escarapela de la cruz está algo descolorida. Sylvain hace una pequeña limpieza. Jean Etchevery, 19 años. Ella es ahora mayor que su amante. Ha traído una ramita de mimosa de la orilla del lago de Hossegor, y cuando la saca de su bolso y despliega el papel que la envuelve no está ya muy flamante, pero Sylvain declara: «Lo que cuenta es la intención». Matilde responde: «Me gustaría que la intención estuviera en la tierra, justo delante de la cruz». Sylvain escarba con sus manazas de pelirrojo que no le gusta que se lo digan y coloca la mimosa en el fondo del agujero, delicadamente. Antes de taparlo Matilde le da un paquete de cigarrillos de boquilla dorada. Le dice: «Pon eso también, su madre se alegrará. Nunca se sabe. Dondequiera que esté, incluso si no fuma, siempre podrá hacerse amigos».

A continuación, Sylvain se aleja bajo la lluvia, con pasos lentos por las avenidas, cubierto con una gorra empapada que tenía antes de su boda, y que lo mismo que él, no rejuvenece. Quiere dejar a Matilde un momento a solas con su pudor.

Ella cuenta a Manech lo que sucede. En primer lugar que Germain Pire no ha encontrado ni a Tina Lombardi ni a Célestin Poux. El hilo que conducía hasta él parece roto, quizá no lleve a ninguna parte, pero no es nada grave, y no renuncia por ello. Después le dice que sus padres, los Etchevery, están bien. Ha ido a verles. Los dos le han dado un beso, la madre le hizo un huevo batido con leche, como antiguamente, cuando la llevaba a su casa con *Catapulta*. Finalmente, le dice que ha comprado el territorio de Comeniños al borde del lago, con sus ahorros, y que su padre va a levantar allí una casa con dos terrazas, una hacia el océano y la otra hacia el lago. Dice: «Nuestra habitación dará sobre el lago. Cada mañana podré ver nuestro álamo desde las ventanas». Y después de un largo silencio añade: «Sigo con la idea de que uno de vosotros cinco no ha muerto. Me creo lo que me escribió la madre de Urbain Chardolot. No tengo ninguna certeza, necesitaría encontrar a uno de los soldados de Bingo Crepúsculo, y el único nombre que sé es el de Célestin Poux».

Se inclina hacia delante en su silla, protegida por aquel espantoso paraguas que se inclina todo el tiempo, y no quiere ocultar nada a Manech. Le dice: «Hay algo también que me intriga. Tina Lombardi tenía una clave con su Nino. ¿Por qué no la tenían los demás con sus mujeres? He leído y releído las cartas de Eskimo y de Six-Sous y de Ese Hombre. No veo ninguna clave. Ni siquiera en la de ese Nino he comprendido nada. Perdóname, Manech, que sea como soy».

Cuando Sylvain regresa, porque ya está harto de vagabundear bajo la lluvia, dice: «Al menos han cumplido su palabra. Han puesto una cruz nueva a Benoît Notre-Dame». Como en agosto, Matilde quisiera dar una vuelta por todo el cementerio pero no se atreve a pedírselo. Sylvain dice: «Sabes, Mati, mientras tú pensabas en Manech he mirado las demás tumbas. Sobre la de Bassignano siguen estando las flores de abalorios. En las otras, nada. Si quieres ir a ver tú misma, no me importa, no es molestia». Ella hace señas de que no. Dice: «Por favor, vete a ver de nuevo a Ange Bassignano. Mira a ver por todas partes si no hay algún indicio de que esa Tina haya vuelto».

Espera durante largos minutos. La lluvia se transforma en nieve. Tiene frío bajo su manta. Dice a Manech: «Sabes que es un buen contratiempo. Estaríamos mucho mejor en las Landas». En agosto, en su primera visita, preguntó a Pierre-Marie si sería posible transportar el féretro al cementerio de Soorts o de Cap-Breton. Él respondió: «El procedimiento puede ser muy largo, no estoy muy seguro pero me parece que podríamos lograrlo. Me informaré». No había terminado su frase cuando un sentimiento de angustia espantoso invadió a Matilde, sintió la garganta apretada y no podía articular palabra. Exactamente como si Manech, desde el fondo de ella misma, gritara: «No, no, no quiero». Y cuando pudo articular una palabra, dijo precipitadamente a Pierre-Marie con voz entrecortada: «No, no haga nada. Tengo que reflexionar». Y al momento, suavemente, desapareció la angustia. Ahora vuelve a brotar sólo con el pensamiento de preguntar a Manech si no ha cambiado de opinión. Le dice: «De acuerdo, no voy a molestarte más con eso. Después de todo, venir aquí me cambia de aires y me hace ver mundo».

Después vuelve Sylvain, con andares pesados, la gorra atravesada y las manos cubiertas de barro. Las levanta en el aire para que la lluvia las lave. Parece un prisionero de guerra resignado a las fantasías de una Matilde rompelanzas. Acercándose exclama: «No he visto nada que diga que ha vuelto». Y de pie delante de ella: «Pero no sé por qué me parece que ha vuelto. He cavado alrededor de la cruz por si acaso esa mujer se te parece. No hay nada. Ahora he levantado el ramo de flores, es de mármol, pesa diez toneladas, ya se entiende por qué nadie lo ha robado. No hay nada debajo que indique que ella viene, pero he tenido una idea. Lo he dejado más lejos, en otra tumba. Así veremos lo que pasa la próxima vez».

Germain Pire
(el resto del membrete está tachado)
Lunes, 16 de junio de 1921.

Querida muchacha:

Nunca me he sentido tan humillado. Es preciso sin embargo confesar el completo fracaso de mis investigaciones y renuncio por adelantado a las hortensias que hubieran debido lucir en mi habitación. Ha de saber usted que resulta imposible localizar a Valentina Lombardi, como si nunca hubiera existido. He oído hablar de ella en Tolón, La Ciotat y Marsella, pero siempre con palabras a medias, de burgueses de buena familia. Sólo el mundo que ella frecuentaba podría decirme lo esencial y ese mundo no habla. Ya que usted me lo había pedido expresamente, no he ido a importunar a madame Conte, ni a sus amigas madame Isola y madame Sciolla. De todas formas, nada hubiera podido saber a través de ellas que me hubiera podido servir.

En mis investigaciones, he tenido a menudo la fuerte impresión de conocer casi fraternalmente a quienes busco o espío. No es el caso de Valentina Lombardi. Mi opinión es que se trata de un ser negro, marcado por la maldición de una infancia de mártir, subyugada por el único amor que le haya podido hacer creer que ella valía más que las demás, y que, una vez asesinado este amor, se ha convertido en un ser infinitamente cruel y peligroso en lo referido al asesinato. Se lo digo por instinto: sería más sensato olvidarla, querida muchacha, y no intentar nada que pueda excitar a la bestia.

Sus huellas se detienen en un pueblo del Morbihan, Sarzeau, en febrero de este año. Me he presentado allí. No hizo más que pasar. Recuerdan su violencia contenida y su aspecto sombrío. Si la perdí allí, quizá sea porque ha muerto, y no me entristeceré por ello.

En lo que se refiere a Célestin Poux, de quien mi hermano Ernesto se ha ocupado, debemos igualmente renunciar, aunque sea todo lo contrario. En la isla de Oléron todo el mundo nos lo ha descrito como un muchacho feliz de haber conservado la vida, servicial, mañoso, pero terriblemente imprevisible. Reapareció en su tierra en el otoño de 1919 durante tres meses. Hasta entonces se había quedado, con el grado de cabo, en la ocupación de la otra orilla del Rin. Le dieron el trabajo de esclusero en una aldea llamada Le Douhet, en la comuna de Saint-Georges. Dormía en su lugar de trabajo. No le queda más familia que unos primos lejanos, de apellido Poux, como él, que no tienen nada que decir salvo que no le frecuentaban. En todo caso, escapó con vida de la guerra. Se marchó de Oléron en enero de 1920, según dijo, para comprar un garaje de reparación de automóviles en la Dordoña. La Dordoña es muy grande. Mi hermano la registró lo mejor que pudo sin encontrarle. La última vez que alguien le vio fue en el transbordador que le llevaba a tierra. Llevaba una bolsa de marino echada al hombro y una banasta de ostras. Dijo que las ostras eran para un loco que había apostado su moto a que era capaz de comerse veinte docenas.

Lamento, mi buena amiga, y me avergüenzo más de lo que imagina de tener que adjuntar a esta carta mi cuenta de gastos. Créame que la he hecho más ajustada en su favor que en el mío. Observará que solamente figuran habitaciones de hoteles modestos, transportes de tercera clase y nada más. Tenga en consideración que no me alimento únicamente del placer de conocer artistas como usted.

Me despido con la esperanza de que el azar o el tiempo me permitirán descubrir algo que valga la pena el tener que molestarla de nuevo. Pase lo que pase, sigo siendo su amigo y su fiel admirador.

Germain Pire.

Esta carta le llega a Matilde a Nueva York, donde, en aquella de sus vidas que menos la divierte y que más tiempo le hace perder, va a que la opere un joven profesor judío, Arno Feldmann, que ha devuelto a tres inválidos como ella parte de sus movimientos. Es un fracaso sin interés, salvo que cesan los dolores que la mataban a nivel de las caderas y que está a punto de enamorarse del cirujano, pero es un hombre casado, padre de dos chiquillas de redondas mejillas salpicadas de pecas, y ni siquiera es guapo, y como todo el mundo sabe, salvo los desconocidos sin rostro que la atormentan a veces en penosas ensoñaciones, Matilde no engaña nunca a su novio.

Y después, también hay que decirlo, allí está su madre, que ha vomitado hasta el alma en la travesía, y que se aburre a fuerza de deambular por Central Park y los almacenes de la Quinta Avenida, abotargada por el calor. Matilde no quisiera complicar los problemas que ya ocasiona. Por lo tanto, no se fija en Arno Feldmann más que a escondidas, en los reflejos de su ventana, muy lejana.

Vuelve a Villa Poema en octubre, en los últimos fulgores de un verano que se eterniza, y encuentra a todo el mundo en buen estado, los animales y las personas. Hay un automóvil nuevo, un Delage, con mejor suspensión y más confortable que el viejo. Es amarillo y negro, pero al parecer son los únicos colores disponibles. Sylvain conduce a Matilde casi cada día a Hossegor para ver cómo avanzan las obras de la casa. El arquitecto de su padre, Bruno Marchet, piensa que es una pesada. Discute los detalles con los obreros, nunca está contenta, se imagina que la detestan. Promete a su padre no volver hasta que estén con los acabados.

En enero de 1922, para su peregrinación al cementerio de Herdelin, el cielo es azul, hace frío, el ramillete de flores artificiales desplazado por Sylvain está de nuevo en su lugar, bajo la cruz de Ange Bassignano, pero eso no quiere decir forzosamente, piensa Matilde, que Tina Lombardi ha vuelto. El guardián, que una vez más no está allí, ve pasar a demasiada gente cuando está, y no sabe nada. En Peronne, sin embargo, donde Sylvain va a dar una vuelta, el patrón de la hostelería Prince de Bélgique consiente en decir que una joven de acento meridional fue a su casa el otoño precedente, sola, bebiendo mucho, fumando en la mesa pequeños cigarros, insultando a los comensales que se indisponían con el humo. Se alegró de que sólo se quedara una noche. Se fugó a la mañana siguiente temprano sin ni siquiera pagar la cuenta. El nombre que dio, y que el propio Sylvain pudo ver en el registro, es Emilia Conte de Tulón. La fecha es la noche del 15 al 16 de noviembre de 1921.

De regreso a París, Matilde transmite la información a Germain Pire, que se niega cortésmente a proseguir sus investigaciones. En año y medio ha envejecido mucho. Sigue llevando sombrero hongo, chalina y botines blancos, pero ha sido herido por un luto sobre el que no quiere dar explicaciones, y ya no tiene el corazón para esas cosas.

Matilde también conocerá lutos durante aquel año de 1922. Fallecen los padres de Manech, con tres semanas de intervalo, en el húmedo calor de junio. La madre, durante su sueño, de una crisis cardíaca, y al padre le encuentran ahogado en el lago, cerca de su parque de ostras. Para que el cura acepte el féretro en la iglesia, dirán que fue un accidente. Sin embargo, la última noche dejó un sobre para Mati, que le entregó sin abrir el doctor Bertrand, de Soorts, el primero al que llamaron los bomberos. Eran algunas líneas a lápiz violeta, con una escritura casi ilegible: «Mi pequeña Mati: Ya no tengo valor para nada. Me habían quitado la mitad de mi vida y ahora he perdido la otra mitad. Mi único consuelo en la desgracia es que gracias a ti hayamos podido ver, con la pobre Isabelle, la tumba de nuestro hijo. Mis asuntos están en orden. He dejado ante notario todo lo que hemos conservado de Manech. Tampoco tengo valor para matar al perro, te pido que le recojas. Te conoce y se sentirá menos abandonado. Te beso como a mi hija. Etchevery, Ambroise».

La única familia del pobre hombre es una hermana, empleada de correos en Saint-Jean-de-Luz. Vende la casa y el parque de ostras para instalarse con su marido abriendo una sombrerería. Sylvain trae en la Delage al perro *Kikí* y las pertenencias mezcladas de Manech: sus trajes viejos, sus libros y sus cuadernos escolares, los *Fantomas* que leía antes de marchar a la guerra, los juguetes que se había fabricado, el famoso traje de baño rayado azul marino, al que falta el escudo, pero la marca ya no se distingue.

En septiembre, a pesar de todas las atenciones, *Kikí* se deja morir, después *Tertia* y *Bellissima*, que cogen una tos, sucumben en una noche. En noviembre entierran en Labenne a mademoiselle Clémence, la profesora de antaño. Y además, antes de que acabe el año, el gato de Bénédicte, *Camembert*, saliendo en persecución de gatas, no regresa. Sylvain le encuentra tres días después aplastado por un camión, devorado ya por los gusanos, a más de cinco kilómetros de Cap-Breton.

El año 1923 no comienza mejor. En febrero, por una carta de Marsella, Matilde se entera de la muerte de madame Paolo Conte. Su fiel amiga, madame Isola, le escribe que falleció sin sufrir, con el corazón cansado. No había vuelto a ver a su ahijada.

La villa MMM de Hossegor se termina de construir en primavera, con varios meses de retraso. Matilde se instala en ella con Sylvain y Bénédicte, y desde sus ventanas ve el álamo, las mimosas florecidas en el jardín, con los rosales, los rododendros y las camelias que ha plantado Sylvain. Matilde tiene su taller junto a su habitación. Todos los suelos de la casa son de mármol liso, suave para las ruedas, y fuera, para que ella pueda deambular a gusto, se han alquitranado los paseos. Durante el verano, pinta por la mañana delante del lago, y por las tardes al oeste. Pinta mucho, para olvidar las cosas tristes y para que pase el tiempo que nada nuevo aporta a su cofre de caoba, para olvidarse de sí misma.

En invierno expone sus telas en Biarritz, después en París, una vez más en la galería Cartas Desde Mi Molino. La señora de los canapés sigue teniendo buen pie, buen ojo y el libro de oro se enriquece con algunas bonitas observaciones: «Sus flores hablan». Y el siguiente visitante escribió justo debajo: «Digamos que balbucean».

Matilde aprovecha esa estancia para publicar de nuevo su anuncio en *L'Illustration, La Vie Parisienne* y las revistas mensuales de los ex combatientes. Tacha los nombres de Benjamín Gordes, Chardolot y Santini, dejando únicamente el de Célestin Poux, y da su nueva dirección en las Landas.

Por la primavera se produce un feliz acontecimiento en MMM, en el cual, siendo superticiosa cuando ello la tranquiliza, Matilde ve el presagio de que la salida del túnel se acerca, y de que el año 1924 le reserva grandes sorpresas y cerrará muchas llagas. Con edad madura, como pretenden que a menudo sucede con ciertas mujeres, *Durandal,* la gata antes tan altanera de Sylvain, viuda de *Camembert,* es poseída de un verdadero frenesí orgiástico. Como no llega a escoger entre *Uno, Due, Ladrón* y *Maître Jacques,* se lanza sobre los cuatro, sea porque no basta uno para contentarla, sea porque tiene la encomiable preocupación de no sembrar la cizaña en casa. Como además ocurre que sale al bosque e incluso a la ciudad, y que no vuelve con aspecto bastante lánguido hasta que cae la noche, bien astuto será el que pueda decir, el sábado 26 de abril, quién es el autor de los cinco deliciosos gatitos atigrados que da a luz. Bénédicte y Sylvain festejan aquel día sus cincuenta años —ella es dos días mayor que él— y sus treinta de matrimonio. Los regalos se entregan pronto. Matilde recibe a *D'Artagnan* y a *Milady.* Sylvain a *Porthos,* Bénédicte a *Athos,* obstinándose en pronunciar *Camembert,* y la madre hereda a *Aramis.* Después de esto, *Durandal,* curada de sus pasiones amorosas y arrepentida de sus pecados, se consagrará en adelante a la educación de sus hijos.

Al lanzar de nuevo el anzuelo con una nueva publicación de su anuncio, Matilde no esperaba que la pesca fuera tan escasa, incluso sin haber puesto en ella las débiles esperanzas que acompañaron su primer intento. Cuatro cartas en total, y además, la más instructiva de las cuatro ni siquiera está relacionada con su solicitud de información y le llega dirigida a Villa Poema.

De las tres restantes, dos son para reivindicar la paternidad del apelativo «Bingo Crepúsculo».

Un cabo de las tropas coloniales, que formaba parte de los que tomaron la trinchera alemana en octubre de 1916, encontró en un refugio apresuradamente abandonado una pintura sobre madera, probablemente obra de un soldado inglés o canadiense en sus momentos de ocio, y cuyo reverso ofrecía una excelente superficie para fabricar una pancarta donde hizo grabar el nombre del lugar conquistado.

Un corresponsal de Château-Thierry, que firma únicamente como «un soldado de Mangin», afirma ocho días más tarde haber trazado, con sus propias manos y por propia iniciativa «Bing al Crepúsculo» en el reverso de un cuadro, con pintura negra y letras de palotes.

Al menos los dos están de acuerdo en cuanto al tema de la obra de arte en cuestión. Reuniendo ambos testimonios, Matilde consigue imaginar a un oficial británico de pie delante del mar, contemplando una esplendorosa puesta de sol, mientras a su lado su buen caballo gris o negro mordisquea apaciblemente la hierba rala, al tiempo que una palmera indica que probablemente la escena tiene lugar en Oriente.

La tercera carta también es anónima y de una sorprendente concisión: «Señorita: Célestin Poux murió en el Chemin des Dames, en abril de 1917. No merece la pena que usted gaste más dinero. Le conocí muy bien». El sobre lleva matasellos de Melun. La escritura y el color rosado del papel invitan a suponer que se trata de una señora de cierta edad.

Queda la carta que no es una respuesta al anuncio. Es de lejana procedencia. La envía Aristide Pommier, el recolector de resina con gafas a quien ella trató de comemierda el día de su boda, el participante en los torneos que se complacía en caerse al agua.

Aristide Pommier,
550, côte des Neiges,
Montreal, Canadá.
18 de junio de 1924.

Mi querida señorita Matilde:

Ya sabrá usted que en completo desacuerdo con mi suegro acabamos a golpes y preferí emigrar a Quebec, siguiéndome seis meses después mi esposa y mis dos hijas. Una tercera ha nacido aquí. Ya no trabajo con árboles, me he convertido en jefe de cocina de un restaurante de Sherbrooke, una de las más frecuentadas arterias del centro. Me gano bien la vida pero no le escribo para vanagloriarme de ello.

La escribo para decirle que hace unos días hablé con un cliente de Saint John's, Terranova, y que después de la guerra se ha instalado en Quebec. Se llama Nathanaël Belly, le llaman Nat, y posee una empresa de calefacción. Tiene alrededor de treinta y cinco años. Estaba comiendo en una mesa con su mujer y una pareja de amigos. Al final del almuerzo quiso regalarme algo para felicitarme por mi cocina, y así fue como supe que estuvo en el Somme en enero de 1917, y que conoce la trinchera en la que murió Manech. No quisiera de ningún modo reavivar recuerdos terribles, pero creo que usted desea ante todo informarse. He dudado mucho antes de escribirle pero finalmente lo hago.

Según ese Nat Belly, que le da a la cerveza pero tiene la cabeza clara, la mañana del 8 de enero de 1917 una patrulla de Terranova de la que formaba parte llegó la primera al campo de batalla, porque los británicos relevaban a los nuestros en el sector, como después lo hicieron en todo el frente hasta Roye. Nat Belly dice que enterraron bajo una lona a cinco franceses muertos que tenían vendajes en las manos. Todas sus insignias, lo mismo que sus números de regimiento, habían sido arrancados, probablemente por los boches como recuerdo. Desgraciadamente, Nat no recuerda los nombres. Sin embargo, todavía conservaban las chapas de identificación y el jefe de patrulla los anotó «por si acaso», pero, como digo, no los recuerda. Lo que sí recuerda es que uno de los cinco era muy joven, más o menos de veinte años, con el cabello negro y el cuerpo bastante grande y delgado, y yo pienso que se trataba de nuestro desgraciado Manech.

Eso es todo lo que quería decirle. Ahora bien, Nat Belly me comunicó que creía poder encontrar al jefe de la patrulla, de nombre Dick Bonnaventure, un hijo de gente de Quebec también nacido en Saint John's, pero por casualidad, no un *niuffi,* como aquí llaman a los de Terranova. Se trata de un trampero del lago Saint-Jean que escribe poemas y canciones, y Nat Belly sabe que cada otoño regresa a Chicoutimi. Si le encuentra conseguirá todas las informaciones precisas sobre este asunto, porque el otro debe de tener mejor memoria y haber prestado mayor atención. Nat Belly quiere disculparse con usted, dice que aquella mañana no lo vio todo forzosamente, porque empezaban a caer obuses otra vez y que todos estaban deseosos de obedecer a Dick Bonnaventure y perder algo de tiempo enterrando a los franceses, pero no demasiado. He pasado por cosas parecidas y lo puedo entender.

En todo caso recuerda perfectamente que era la mañana del 8 de enero de 1917, y que la nieve tenía tal espesor que se hundían hasta por encima de los tobillos, y que encontraron a esos cinco soldados muertos y dispersos por el campo. Entonces juntaron los cuerpos en un gran hoyo, les protegieron con un toldo de la trinchera evacuada por los boches y arrojaron encima unas cuantas paletadas para cubrirles.

Espero, señorita Matilde, que esta carta no la haga sentirse más triste de lo que está. Sé que usted es alguien que prefiere saber la verdad. Espero también que esté bien y que sus padres sigan con usted. Mi mujer y mis hijas me acompañan para desearle, a pesar de sus dolencias, buena salud y prosperidad. Si obtuviera más detalles no tenga la menor duda de que le escribiré al momento.

Amistosamente y con los mejores recuerdos del pasado,

Aristide Pommier.

La carta no hace que Matilde se ponga más triste de lo que está desde la muerte de Manech. Hace casi cuatro años, ya le dijo Pierre-Marie Rouvière que los cinco condenados habían sido someramente enterrados por unos británicos antes de que fueran a parar con sus ataúdes y sus cruces blancas a Herdelin. Sin embargo la turban ciertos términos: «los cuerpos en un gran hoyo», «paletadas para cubrirles», y sobre todo lo más terrible: «muertos y dispersos por el campo». Se esfuerza por entender que encontraron los cuerpos en lugares diferentes de la tierra de nadie, y que Aristide escribe como puede, es decir, como el cerdo comemierda que siempre ha sido, pero durante toda una noche no logra dormir, prisionera de una imagen de carnicería.

Afortunadamente, julio transcurre y el túnel desemboca en pleno corazón del verano.

Al final de la tarde del domingo 3 de agosto de 1924, cuando los gatitos se acercan gallardamente hacia su cuarto mes, indisciplinados y ágiles, Matilde se instala en la terraza intentando dibujarlos juntos en una cesta, pero en cuanto pasan un minuto tranquilos se pelean o se cansan y, a pesar de los esfuerzos de su madre para volver a colocarlos en la pose, quieren irse a vivir su vida.

Matilde todavía recuerda el sol acariciando la cumbre de los pinos cuando oye acercarse una moto a toda velocidad por el camino de tierra que rodea el lago, y se incorpora bruscamente, con el pincel en la mano. Y un momento después allí está él, en el marco del portal abierto, aparcando su máquina sobre una horquilla, quitándose al mismo tiempo su casco de cuero y sus gafas, con el cabello rubio, más alto y robusto de lo que ella había imaginado, pero está segura de que es él, Célestin Poux. Y mientras se detiene a hablar con Sylvain que sale a su encuentro, Matilde piensa: «Gracias, Dios mío, gracias, gracias», y crispa sus manos una contra otra para impedir que tiemblen, o para evitar echarse a llorar y ser una muchachuela de las que da vergüenza conocer.

El terror del ejército

«Perdóneme, señorita Matilde, si no logro acordarme de todo —dijo aquel joven de ojos azules—. Han pasado tantos años, he vivido tantos días desde los tiempos de Bingo. Y también, en la guerra, cada uno se encuentra en su pequeño rincón de preocupaciones, de pequeñas miserias, de pequeñas alegrías, y uno sólo ve retazos de lo que sucede y no más allá de las obligaciones de servicio de cada momento. Un momento borra al anterior, los días anulan a los días, y a fin de cuentas todo resulta parecido. Evidentemente, he pensado muchas veces en aquel domingo de enero, en los cinco condenados en la nieve, y también recuerdo que fue una bonita cochinada, pero no quiero mentir, y lo que hoy veo no está más claro que una tarde de abril en el Chemin des Dames o la muerte de mi madre cuando yo tenía diez años.

»No vi morir a su novio. Sé que cayó cuando acababa de levantar un muñeco de nieve, de pie en medio del campo, únicamente con su mano izquierda, con su capote sin botones. Le vi comenzar aquel muñeco. Eran sobre las diez o las once de la mañana del domingo, y por ambas partes los soldados le animaban, sin burlarse de él, o bien si se burlaban no era por maldad porque todo el mundo había comprendido que había perdido el juicio. Los boches le lanzaron incluso una vieja pipa para que la pusiera en el pico de su muñeco, y nosotros un sombrero de paja que encontramos por allí.

»Tuve que irme a alguna parte, para hacer no sé qué, ya no lo recuerdo. En aquella época yo era siempre el dominguillo de alguien, lo que me agradaba porque nunca me ha gustado permanecer en el mismo sitio, por eso dicen ahora que me he casado con mi moto, y es verdad, ella al menos sólo pide vivir con un hijo del viento.

»Cuando volví a la trinchera, pongamos hacia mediodía, me dijeron que un biplano boche había sobrevolado el terreno varias veces, ametrallándolo como quien riega, y que a Piolo, que estaba a descubierto, le habían matado. Después, el lunes por la mañana, cuando estábamos en las líneas boches contando los muertos y los heridos, alguien que había visto su cuerpo en la nieve me dijo que la bala de la ametralladora le había alcanzado de lleno en la espalda y que había muerto en el acto.

»Vi morir a Six-Sous. Fue hacia las nueve, el domingo por la mañana. De repente se puso de pie a la izquierda de Bingo gritando que estaba harto y que quería orinar como un hombre, no como un perro. Hacía horas que le iba devorando la gangrena, deliraba también, vacilaba de un lado para otro por la nieve, con la bragueta abierta y orinando. Entonces alguien que hablaba francés en la trinchera de enfrente nos gritó que éramos unos cerdos y unos cobardes por dejar así a uno de los nuestros. Por el lado nuestro, el capitán Bocanegra respondió: "Y tú, jodido boche, si tienes coraje dime cómo te llamas, porque si te encuentro te hago comer los cojones! ¡Yo me llamo Favourier!"

»Después llegó la mañana, blanquecina, una hora más tarde quizá. Six-Sous iba y venía, cayéndose y volviéndose a caer delante de la trinchera alemana, predicando que había que deponer las armas y volver a casa, y que la guerra era asquerosa y cosas por el estilo. Después cantaba *Tiempo de cerezas* desgañitándose, diciendo que desde aquel tiempo conservaba una llaga abierta en el corazón. No sabía cantar, estaba extenuado, pero todo el mundo le escuchaba con el corazón encogido, haciendo cada uno lo que tenía que hacer, y en ambos lados la gente callaba.

»Más tarde, Six-Sous se sentó en la nieve y pronunciaba palabras que no tenían sentido. Bruscamente, sin motivo, alguien disparó desde la trinchera de enfrente. Estaba sentado mirando hacia delante y la bala le alcanzó en medio de la cabeza. Cayó hacia atrás, con los brazos en cruz. Yo estaba allí. Lo vi con mis propios ojos. Ignoro por qué alguien había disparado. El capitán Favourier dijo: "Tienen un jefe de batallón tan canalla como el nuestro. Y su teléfono debe de estar jodido desde esta noche, de otro modo no hubieran esperado órdenes tanto tiempo".

»He de decir que durante la noche los boches habían lanzado granadas sobre el terreno y que al final Bocanegra estaba hasta harto y respondió con unos buenos morterazos para calmarlos. Esto también me lo contaron, porque yo ya me había ido por la sopa, y no regresé, cargado como un asno, hasta por la mañana.

»A Eskimo no le vi caer. Pienso que fue poco después del paso del biplano que mató a su novio reventando el muñeco de nieve. Como he dicho, antes de que pasara el avión ya nadie disparaba, pienso que porque la muerte de Six-Sous había asqueado incluso a los boches. Recuerdo haber oído decir al teniente Estrangin: "Si tenemos la suerte de estar tranquilos hasta que caiga la noche, enviaremos discretamente a alguien a traer a los otros cuatro". Es como para pensar que la suerte no estaba con nosotros aquel domingo de mierda.

»Resumiendo, hacia las once más o menos, vuelvo a Bingo a por no sé qué que me habían pedido que hiciera, a traer sus comprimidos al centinela de una compañía vecina o a decir una palabra amable al sargento encargado del rancho, lo he olvidado. Dejo a Pipiolo levantando su muñeco de nieve, tan tranquilo como si el mundo no existiera, y a Eskimo bien a resguardo en el refugio que había excavado en la nieve durante la noche. El campesino de Dordoña no daba ningún signo de vida desde que había subido por la escala de la trinchera con los brazos amarrados a la espalda y se había amparado en la oscuridad. Eso lo vi, estaba allí presente. Cuando las bengalas iluminaban Bingo, vi a ese hombre andar a rastras hacia la derecha; hacia un montón de ladrillos que sobresalían de la nieve. Pienso que fue el primero de los cinco en morir, durante la noche del sábado, por el fuego de las ametralladoras o de las granadas. En todo caso, cuando le llamaban, en ningún momento respondió.

»Volví a la trinchera hacia mediodía. El tiempo se había estropeado y se disparaba de ambas partes como en los peores días del otoño. Los compañeros me dijeron: "Un Albatros ha ametrallado el terreno, una vez, dos veces, tres veces, pasando a quince metros del suelo, quizá menos. Para derribarle, hubiera sido necesario sacar la mitad del cuerpo fuera de la trinchera y los de enfrente te hubieran cortado en dos".

»El Albatros es un aparato boche, de 1915, con un servidor de ametralladora en la parte trasera, porque entonces todavía no se disparaba a través de la hélice, sino por un agujero en el fuselaje. Y me imagino a aquel avión asqueroso volando a ras del suelo para ver qué clase de barullo había entre las dos trincheras, y regresando al localizar a los franceses en medio del campo, y haciendo una segunda pasada, escupiendo proyectiles y matando a su novio, y una tercera pasada ametrallándolo todo. Mis camaradas lo vieron y me lo contaron: de repente se levantó en la nieve un muchacho. Eskimo, arrojando algo con su mano derecha, un limón, una granada, que explota y se lleva los alerones del biplano que cae como una hoja muerta a un kilómetro de allí, en el interior de sus propias líneas. Seguramente mis compañeros gritaron bravo, pero no todos, no los que vieron a Eskimo segado por las últimas balas de la jodida ametralladora. Me dijeron que Favourier gritó: "¡Cerrar el pico, hatajo de gilipollas! ¡Ahora a esconderse!"

»Y en efecto, seguramente fue por culpa de aquel Albatros por lo que las cosas cambiaron de repente, y que aquel domingo acabó finalmente en una carnicería. Hasta entonces los boches creían lo que habían gritado los nuestros, que los cinco eran condenados y que iban desarmados. Pero había tantas cosas enterradas en la nieve que Eskimo había encontrado una granada.

»A partir de entonces, y hasta las dos, no hubo más que un tiroteo, cayeron algunos tomates, y hubo gente que agarró algún balazo. Después se calmó el tiroteo, y nos llegó a los oídos ese ruido de carreta que anuncia los calibres gruesos, las calderas del infierno. En la humareda de las explosiones vimos surgir en el terreno, con los brazos en alto, cubierto de nieve y barro, a aquel marsellés que llamaban Derecho Común. Volviéndose hacia la trinchera alemana, aullaba: "¡Me rindo, no disparen!", o algo por el estilo, ya no se le oía bien, pero sin embargo, cerca de mí, en el parapeto oí a uno de los cabos de la compañía, un tal Thouvenel, gritar: "¡Mierda puta, ese imbécil ya me tiene hasta los cojones y me lo voy a bajar!" Aquel cabo, que a mí no me gustaba mucho porque era mezquino con sus hombres, no hubiera fallado a una lata de carne de mono a sesenta metros. Antes de que nadie pudiera detenerle, se cargó al marsellés de un balazo en la nuca, el golpe del matarife. Al día siguiente, cuando todo había acabado, el sargento Favart, el grado más alto que nos quedaba, le preguntó por qué lo había hecho, y el cabo Thouvenel respondió: "Ayer en la nieve, cuando todo iba bien, oímos a ese comemierda prometer a los boches que si le abrían las alambradas y le trataban bien les revelaría cuántos éramos y dónde se encontraba el puesto del teléfono y los nidos de ametralladoras". No sé. Quizá fuera verdad.

»En todo caso, así es como murieron todos. Después la artillería boche machacó con calibre grueso nuestra primera línea, sin molestarse siquiera en evitar machacar la suya. Las bengalas para que levantaran el tiro salían de muy lejos y comprendimos que los de la trinchera de enfrente la habían evacuado desde hacía un buen rato. El capitán Favourier ordenó evacuar la nuestra. Nos llevamos tres bajas, entre ellos al teniente Estrangin, y alrededor de diez heridos, y nos largamos de Bingo por piernas. Yo me ocupé de los heridos. Cuando volví al frente, media hora después, más o menos, nuestras dos compañías se habían replegado a trescientos metros más al este por las trincheras y seguía cayendo aquello, pero ya algo menos sobre Bingo. Entonces el capitán Favourier dijo: "Tenemos que adelantarnos. Esos cerdos no dejarán de machacarnos antes de que estemos en condiciones de morder el culo de sus cañones con los nuestros". Así fue como en tres oleadas salimos a terreno raso.

»Entramos sin un rasguño en la primera trinchera boche, que estaba vacía. En la segunda, los teutones cabezotas habían dejado de comparsas media docena de sacrificados, entre ellos un feldwebel. Dos se hicieron matar, y el feldwebel y los otros se rindieron. Yo formaba parte de la segunda oleada de asalto. Cuando llegué allí, Bocanegra y los otros ya habían arrastrado a la primera hacia la trinchera de apoyo boche, doscientos metros más adelante, en el flanco de una loma donde trazaba una suerte de cicatriz en la nieve. Quedaban sobre el terreno las ruinas de una granja, el único abrigo de los nuestros cuando las ametralladoras de casa Maxim empezaron a hablar.

»No me gusta volver a pensar en eso, señorita Matilde, y menos todavía hablar de ello. Y además, ¿de qué sirve? Le diré solamente que hubo que esperar hasta la noche cerrada para alcanzar aquella maldita trinchera y que dejamos, muertos o heridos, a más de cien hombres, a otro teniente y al capitán Favourier. Yo estaba con unos compañeros inclinado sobre Bocanegra mientras agonizaba. Me preguntó si yo era huérfano, y no comprendí por qué. Le respondí que sí; desde hacía tiempo. Me dijo: "Ya lo imaginaba". Después me dijo: "Intenta seguir haciendo doble juego: te joderán menos". Hizo que llamaran al sargento Favart, que tomó el mando de lo que quedaba de nuestras dos compañías. Le oí decir que pensaba en nuestro jefe de batallón, el comandante Lavrouye, al que llamaban Canguelo, y después algo a propósito de una orden que había recibido antes del ataque y de un papel que Canguelo había conservado bajo el brazo, pero se dio cuenta de que había varios escuchándole, y nos dijo que nos fuéramos a cagar a otra parte. Le habían alcanzado en el vientre. Se lo llevaron unos camilleros. Falleció antes de llegar al puesto de socorro.

»Pasé la noche con dos compañeros haciendo el vaivén entre nuestras antiguas posiciones y aquella trinchera alemana para traer toda la bebida y comida, francesa o boche, que pudimos recoger en el sector. Al apuntar el día, el cañoneo se detuvo. Nevaba. Los hombres reclamaban tabaco y bebida. Dije como de costumbre que iba a matar padre y madre para encontrarlo, y al decirlo comprendí súbitamente la pregunta del bueno de Bocanegra. La expresión me venía de forma tan automática que ya no me daba cuenta. Hoy, cuando se me escapa, pienso en el capitán y me resulta extraño, un poco como si fuera huérfano de él.

»Los tipos de Terranova se unieron a nosotros en primera línea poco antes de mediodía. Después llegaron de la retaguardia los escoceses en *kilt* y con mandiles de cuero, los ingleses y los irlandeses, para tomar el relevo de todas nuestras posiciones.

»Aquel lunes por la tarde, fui al acantonamiento y llevé el rancho al sargento Favart, y a los cabos mientras hacían un balance de bajas. Oí que con fecha del sábado 6 de enero se incorporaban los condenados a nuestro batallón y que se les contaba entre nuestros caídos en combate. Al cabo Chardolot aquello le pareció amargo. El sargento pensaba probablemente lo mismo, pero respondió que órdenes eran órdenes, y que Canguelo tendría sus motivos y que así son las cosas.»

Muchos años después cuando a Matilde se le ocurre pensar en Célestin Poux, algo tan frecuente como pensar en su propia juventud, lo que primero verá de él será su cabello rubio y los dos círculos de piel rosada, bien limpios, que conservaba alrededor de sus ojos azules al llegar aquel domingo de agosto, a MMM. El resto de su rostro sólo era polvo negro. Había rodado en su moto toda la noche y casi todo el día, durmiendo apenas, comiendo apenas, deteniéndose únicamente en las fuentes de los pueblos para apagar su sed, con la idea fija de llegar hasta ella lo más rápidamente posible. El telegrama anunciando su llegada sólo le llegó a Matilde al día siguiente: «Encontré al único piojo de la guerra que le interesa. Stop. Se lo envío con la gracia de Dios y de los motores Triumph. Stop. Añadiré mis gastos, obviamente. Firmado: Germain Pire».

Algunos días después, aquel buen hombre contará a Matilde, sin vanidad, cómo logró poner la mano encima al menos a una de sus dos inalcanzables presas.

Una amazona amiga suya incluso durante algún tiempo ligada a él por lazos distintos de la amistad, conduciendo su propio automóvil, se hallaba en ruta hacia San Quintín para reunirse con su esposo. Tuvo un pinchazo en el bosque de Compiègne. Antes que mancharse los guantes, esperó a que pasara alguien. Un hortelano que volvía a casa accedió a cambiar la rueda. Volvió a arrancar, cara al viento, pero en cuanto salió del bosque el neumático de repuesto, sin duda mal hinchado, falló también. Por fortuna se encontraba en un pueblo. Por desgracia la informan que el garaje más cercano se encuentra a siete kilómetros, en la ruta de Noyon. La divisa de la dama es: «Si un hombre puede hacerlo, yo también». Y así la vemos salir a pie hacia el garaje, donde llega agotada, exhausta de calor, con la camisa desabotonada. Por fortuna, el aprendiz que la recibe es un muchacho encantador; que le ofrece una silla y un vaso de agua. Por desgracia, el patrón no está y no vende neumáticos. Si estuviera el patrón para sustituirle en el surtidor de gasolina mataría padre y madre para que ella se fuera con el coche bien calzado antes de que acabara el día, y piensa incluso que no tendría necesidad de ser ya huérfano.

Resumiendo, la amazona se encuentra en el surtidor y el aprendiz se va en una moto de gran cilindrada. Después de numerosas aventuras, regresa con el coche de la dama sobre todas sus ruedas, y al verla extasiada, el patrón, que entretanto ha llegado, declara con algo de orgullo y mucho fatalismo: «Qué quiere usted, es Célestin Poux. En la guerra le llamábamos el terror del ejército». A continuación, lo menos que puede hacer la dama es volver a llevar a Célestin Poux hasta su moto, abandonada a siete kilómetros. Es el anochecer. A ella no le gusta conducir por la noche. Prefiere dormir en Noyon y reunirse con su esposo al día siguiente. El cada vez más encantador joven la precede en su máquina y la conduce a un hostal de la ciudad. Allí, lo menos que ella puede hacer es invitarle a cenar, proposición que él acepta, y ya que los hombres no se privan de llevarse a la cama lo que les gusta, ella también.

Según Germain Pire, que recibe algunos días más tarde en París las confidencias de su amiga, la noche fue deliciosa, pero jamás conocerá los detalles, y la dama habla todavía de ello ya en ruta hacia Noyon. La misma, noche, habiendo puesto al corriente de las cosas al aprendiz del garaje, envía a las Landas su telegrama y seguidamente al terror del ejército, con la gracia de Dios y de su moto, añadiendo evidentemente los gastos de gasolina. Por propia confesión, Célestin Poux no esperaba más para abandonar un lugar donde ya había permanecido demasiado tiempo y, después de todo, Hossegor le acercaba a su querida isla de Oléron.

Llegando hasta Matilde, sentada en su sillón, retratando a sus gatitos tan inquietos como él, una vez hechas las presentaciones y antes de cualquier discurso, deseaba al menos lavarse la cara. Matilde pidió a Bénédicte que le condujera al cuarto de baño. Hay tres en la casa. A Célestin Poux le pareció que bastaba con la bomba del jardín, y aceptó solamente que le trajeran una toalla. Se lavó con grandes chorretadas la cara y el torso, y fue en su moto a cambiarse de camisa. En el asiento trasero de su máquina, de un color rojo grasiento, se halla fijada una caja de acero del mismo color, un poco menos cubierta por el polvo de la carretera, sobre la que se encontraban atados con correas un gran saco de marino, bidones, un hornillo para fuego, una tela de tienda y un matojo de retama para plantar en su isla natal. Nada más que para descargar esa impedimenta, cualquiera hubiera perdido el resto del día, pero Poux no era un cualquiera, en todo poseía el genio del desorden organizado. Incluidas sus abluciones y el curso de mecánica, inevitable, que debió suministrar a Sylvain, fascinado por su bólido, necesitó cinco minutos, a lo más seis, para encontrarse sentado con Matilde en la terraza, bien al fresco, bien limpio, con una camisa azul cielo, sin cuello ni mangas, dispuesto a contar su vida.

Habló durante mucho rato, con silencios que parecían calvarios, levantándose a veces para pasear en círculo, con las manos en los bolsillos, fumando cigarrillos hasta llenar un cenicero. Cayó la noche. Se encendieron las linternas de la terraza y del jardín. Bénédicte, en cierto momento, fue a buscar una tortilla, carne fría y fruta y la puso sobre la gran mesa de mimbre. Sylvain y ella ya habían cenado, o tomado la colación, como ellos acostumbraban decir, lo mismo que se debía de decir en la isla de Oléron. Célestin Poux se comió la tortilla entera él solo; y prácticamente todo lo demás. A Bénédicte aquel señor le pareció muy bien educado.

Ahora estaba allí, pensativo, sentado frente a Matilde, de rubio cabello rizado, con los mismos ojos de porcelana que

Arthur, el primer muñeco que ella tuvo cuando tenía cuatro años, era increíble lo que se parecía a Arthur: el cuerpo macizo, los brazos fuertes y una cabeza cándida de muñeco. Cuando sonríe, una se derrite. Pero desde hace un buen rato no sonríe. A causa de ella ha regresado a su guerra.

Ella quisiera plantearle tantas preguntas que finalmente renuncia. Le dice que esa noche quiere que se quede a dormir en casa. Le pregunta si tiene algo que le urja. Él responde que no, que a ratos está aquí, a ratos allá, que no tiene obligaciones salvo quizá respecto a un matorral de retama que ha desenterrado de camino y que tendría que volver a plantar lo más pronto posible en algún lado. Pensaba hacerlo en Oléron, en el jardín de un amigo de la infancia, pero es cierto que en su isla no faltan las retamas. Matilde, sin decir palabra, apunta con el índice hacia un rincón de su propio jardín, donde Sylvain se estaba preguntando qué se podría plantar cuyo color fuera bien con los pensamientos malva. Célestin-Arthur se da la vuelta, lo mira y, sin decir palabra, únicamente con una mueca y un movimiento de hombros responde que si ella insiste, allí o en otra parte, lo mismo le da, porque nunca le ha gustado llevar la contraria.

Por lo demás, dice que no quiere molestar, que no vale la pena preparar una habitación, en su moto tiene todo lo necesario y la noche es hermosa. Dormirá muy bien en el bosque, entre el lago y el océano. Sólo ocurre una cosa: a Matilde sí le gusta llevar la contraria.

Por la mañana, todavía en su cama, mientras se encuentra ocupada en transcribir lo que Célestin Poux le ha contado, Matilde siente un golpe en el corazón al oír arrancar la Triumph, y agita su campanilla como un náufrago. Bénédicte, al llegar, se encoge de hombros: su contramaestre no se aguantaba las ganas de probar la moto, el invitado descargó complaciente su equipaje de gitano y ambos habían ido a dar una vuelta. Solamente con escuchar el petardeo se adivina que aquella invención del diablo puede sobrepasar los cien por hora. Además han plantado la retama en el jardín y tenían tanta prisa en irse que han dejado todas las herramientas abandonadas. Matilde dice: «Buenas estamos».

Un poco más tarde, tumbada sobre su mesa de masaje, oye volver a los hombres. Se congratulan exageradamente uno al otro en el jardín. Por lo visto, Sylvain condujo durante todo el trayecto y la máquina ha salido sin percances. Matilde piensa que harían buenas migas si pidiera a Célestin que se quedara una temporada en la villa. Cierra los ojos contemplando esta idea.

Ahora viene a darle masajes tres veces por semana un especialista del sanatorio, un tipo grande y gordo con gafas, monsieur Michelot. El antiguo vigilante de los baños, Georges Cornu, después de afeitarse el bigote, se fugó hace tres años con la mujer de un farmacéutico de Dax y la de un pescador de Cap-Breton, felizmente ambas sin hijos y ambas hermanastras por parte de padre, lo que desdramatiza bastante el rapto. Como dice Bénédicte: «Eso son cosas que suceden».

Una vez monsieur Michelot se ha ido, Matilde toma el desayuno al sol, en la terraza delante del lago. Hace que Sylvain le traiga su cofrecito de caoba, de donde únicamente ha escamoteado la carta de confesión de Elodie Gordes. El resto lo ha clasificado en orden cronológico para que Célestin Poux pueda orientarse.

Como la víspera, él está sentado frente a ella, pero la mesa es rectangular, de madera lacada de blanco, y quien come es Matilde, mientras le observa cómo lee el relato de su primer encuentro con Daniel Esperanza. No hace ningún comentario antes de haber acabado, pero Matilde ve en su rostro que algunos detalles olvidados le vuelven a la memoria y le entristecen.

Levantando una mirada sombría, dice: «Me resulta extraño leerlo contado de esta manera, pero eso es lo que pasó. Siento no haber comprendido en aquel momento que el sargento Esperanza era un buen hombre».

Después confirma a Matilde que fue el cabo Gordes quien cambió su calzado y sus pantorrilleras por las botas alemanas de Eskimo. Se habían conocido en otro regimiento y confraternizaban. El cabo Gordes parecía muy afectado por la desgracia de su amigo. Durante la noche quería incluso cizallar las alambradas y salir a reunirse con él. El teniente Estrangin tuvo que enfadarse con él para que entrara en razón.

Confirma igualmente que él mismo dio un guante izquierdo a uno de los condenados que no tenía en su mano útil. Era Manech.

No deja ocasión a Matilde de enternecerse. Al punto añade que también fue a él a quien el capitán Favourier encargó que llevara su carta a un correo y que si finalmente Esperanza la recibió en los Vosgos, incluso meses después, aquello probaba que el servicio de correos del ejército era menos inepto que la mayoría de los demás servicios, incluso los de Estado Mayor.

Lee las cartas de los condenados. Comentando la de Eskimo, dice: «Es el cabo Gordes, a quien llamaban Biscotte. Tanto mejor si aquel asunto sirvió al menos para que se reconciliaran». La carta de Ese Hombre le sorprende, lo mismo que sorprendió a Matilde. La lee dos veces, vuelve al papel una tercera vez; la levanta en su mano para mostrarla declarando francamente: «Ésta está codificada, que maten a mi padre y a mi madre si me equivoco».

Matilde le responde que deje a sus padres descansar en paz, que siempre había sospechado que había un código entre Benoît Notre-Dame y su Mariette, ¿pero cómo descifrarlo? Dice que todos los esposos, los novios, los amantes, tenían su propio sistema para engañar la censura. Ciertas palabras, por ejemplo, tenían un segundo significado, y forzosamente, sólo la pareja que se lo había atribuido podía comprenderlo, incluso un especialista del contraespionaje se hubiera roto la cabeza con ello. Había otros métodos, él conocía tres que eran frecuentes y fáciles de descifrar. El «salto de la pulga» consistía en saltar las palabras por grupos de dos, o de tres, o de cuatro, o más, al leer la carta. La «carta de lo tierno» consistía en no leer más que las líneas convenidas por adelantado. Podía afirmar que Ese Hombre no había utilizado ninguno de esos métodos, y la propia Matilde se dará cuenta de ello. También había el «ascensor», que consistía en alinear las palabras en la página de tal modo que se pudieran leer, de arriba abajo o de abajo arriba, en la vertical de un término acordado, de una frase secreta. Desgraciadamente, si tal era el código de Notre-Dame, se necesitaría poseer el original de la carta, porque la copia de Esperanza no podría decir nada.

Matilde termina su tazón de café con leche. Pide a Célestin Poux que lea la carta siguiente, la que le dictó Derecho Común en el refugio del capitán Bocanegra. En la medida en que lo recuerda, se trata efectivamente de la que el marsellés le pidió escribir, salvo la ortografía, que jamás fue su fuerte y que Esperanza ha corregido. Matilde dice: «Esta carta también está cifrada, la propia madrina de Tina Lombardi me lo dice, como usted verá un poco más adelante. ¿Se había dado cuenta?» Mueve la cabeza y responde después de suspirar: «Coma. Déjeme leer».

Durante el relato que ella hace de las revelaciones de Jean-Marie Rouvière, él permanece silencioso un buen rato, de pie al sol, mirando el lago y las gaviotas que se reúnen sobre los bancos de arena, en la marea baja. Vuelve a sentarse y dice: «Esto es de lo que hablaba el capitán antes de morir. Es el indulto de Poincaré que el comandante Lavrouye se había guardado bajo el brazo».

«¿Por qué razón?»

«¡Qué sé yo! Porque era un mierda, simplemente, o porque quería poner zancadillas a alguien de rango más elevado que él, o porque quería que Favourier cargara con la responsabilidad. Cualquier cosa. Si me enterara de que un día había rehusado interrumpir una cena para arreglar las cosas, no me extrañaría.»

La carta de la señora Chardolot, la madre de su cabo, le deja perplejo. Frecuentó a Urbain Chardolot mucho tiempo después del asunto Bingo Crepúsculo. De hecho, los azares de la guerra sólo les separaron en la primavera de 1918. Chardolot nunca le habló de sus dudas, ni probablemente a nadie porque los rumores circulan de prisa, en el acantonamiento o en la trinchera, y les habría oído.

«¿Hablaban mucho entre ustedes de aquel domingo?»

«Durante algún tiempo sí. Se hablaba del ataque, de los heridos que al menos tenían la suerte de volver a casa. Y después, como ya le dije, un problema aparta a otro, y los días borran a los días.»

«¿Pero no hablaban de los cinco condenados?»

Baja la cabeza. Dice: «¿Qué habríamos conseguido con ello? Incluso con los camaradas muertos preferíamos callar».

Después vuelve a leer el pasaje de la carta donde se encuentra la confesión que hizo Urbain Chardolot a sus padres durante un permiso: «Tenéis razón, todo eso lo he debido de soñar, y también que les vi a los cinco muertos en la nieve, y que uno al menos, si no dos, no era el que me esperaba encontrar allí».

Dice: «No entiendo nada. No sabía que Chardolot había regresado el lunes por la mañana a Bingo. Estábamos en la tercera trinchera alemana, a más de trescientos metros a la derecha y cerca de un kilómetro más adelante. Para regresar a retaguardia se atajaba lo que se podía».

«¿Quién más volvió a la retaguardia durante la noche del domingo y el lunes por la mañana?», pregunta Matilde.

«Ya no lo recuerdo. Por ejemplo, yo, con los heridos, o para buscar comida. Pero nunca me hubiera venido a la cabeza arriesgarme a dar un rodeo bajo fuego de cañón.»

Reflexiona y dice: «El domingo por la noche debió de bajar mucha gente en un momento o en otro. Se traían prisioneros, se subían municiones, se iba a ayudar a los servidores de las ametralladoras a llevar las piezas. Hubo también mucha confusión cuando el sargento Favart tomó el mando. Aunque no era un muchacho que perdiera la cabeza en los momentos duros, ya lo vimos cuando era nuestro teniente en el Chemin des Dames, tenía que organizarse».

«Me ha dicho que alguien vio el cuerpo de Manech en la nieve, el lunes por la mañana, alcanzado por una bala del Albatros. Ése al menos volvió a pasar por Bingo. ¿Quién era?»

Célestin Poux balancea la cabeza con desesperación. Demasiadas cosas sucedían al mismo tiempo, había vuelto a empezar a nevar, había olvidado el nombre del compañero que se lo había dicho, incluso no sabía si no era alguien que lo repetía.

Al fin, después de haber reflexionado un poco más, añade: «Sabe usted, esa frase de Chardolot quizás haya sido deformada y no quería decir lo que ella cree. Quería decir, por ejemplo, que uno de los condenados, si no dos, no hubiera debido encontrarse allí porque no lo merecía. Puede ser que Chardolot pensara en su novio, que había perdido la razón, o también en Eskimo, que pretendía ser inocente».

Matilde admite que la frase de Chardolot haya podido ser deformada, pero no hasta el punto de darle otro sentido. Que lea la carta de Véronique Passavant, el relato de su encuentro con Tina Lombardi, a comienzos de marzo de 1917, dos meses apenas después de Bingo. Ya lo ha hecho. Dice que mujeres de toda condición recorrían la zona de acantonamiento buscando información para encontrar a sus desaparecidos. A menudo eran las víctimas de soldados o de vecinos que les decían lo que ellas querían creer, a cambio de unos luises, un reloj, un favor. No quisiera molestar a Matilde, pero muchos llamaban a esas desgraciadas con un nombre obsceno, y tanto oyó jactarse, con una risa gruesa, a los que se habían desabrochado la bragueta por una burguesa crédula como a los que habían tenido gratis a alguna de las semejantes de Tina Lombardi.

Busca en el montón de papeles y recoge una de las hojas de dibujo de Matilde. Dice: «Mire. Usted misma dice que se ha equivocado. No sé cómo se enteró de que habían llevado a su Derecho Común a Bingo con otros cuatro, uno de los cuales llevaba las botas de un boche. Debió de enterarse, no sé cómo, de que ése era Eskimo. Debió de enterarse de que el lunes, un herido de Bingo que llevaba botas alemanas fue visto en la ambulancia de Combles con otro herido más joven, y dedujo que seguro era Eskimo, y quizá su hombre. Se equivocaba. Usted tiene razón. Quien calzaba las botas era el cabo Benjamín Gordes. El más joven no sé quién es, un Maria-Luisa de Charentes, como yo, nunca supe su nombre, le llamaban La Rochelle. Durante la noche, salieron los dos a traer prisioneros a retaguardia. Al volver, debieron de tener alguna charla con los cañones o con algunas esquirlas de metralla perdidas, porque se lo oí decir en la trinchera a unos camilleros que les habían encontrado en el camino. Los camilleros preguntaban si aquélla era efectivamente la compañía del cabo Gordes. Nos dijeron que le habían alcanzado en la cabeza y que chorreaba sangre, pero que llevaba a cuestas a uno más joven todavía en peor estado y que se llamaba Rochelle o La Rochelle, y que iba, con sus botas alemanas, al puesto de socorro».

Matilde guarda silencio.

Un poco más tarde, Célestin Poux lee que Benjamín Gordes murió justo antes de ser evacuado, en el bombardeo de Combles. Dijo: «Pobre cabo Biscotte. Nunca le vi expresión alegre, y era todavía más triste por detrás que por delante, pero era un buen hombre, tampoco le vi nunca fastidiar a nadie».

Piensa en Biscotte. Ya no le quedan cigarrillos. Arruga y desarruga el paquete vacío. Cuenta: «Una vez, en el acantonamiento, le encontré reparando una silla. Hablamos mientras trabajaba. Me dijo que tenía mujer y cinco hijos. Me recitó los nombres de los niños. Los he olvidado. Todo lo que recuerdo son sus dedos. Eran como los de un joyero. Comprendí que antes de toda aquella cochina guerra era un general de cuatro estrellas entre los ebanistas».

Matilde dice: «Fréderic, Martine, Georges, Noémie, Hélène. Hay un paquete empezado de tabaco negro en el cajón de la izquierda del bufete, ahí dentro. Sylvain los ha dejado desde que no fuma».

Durante la tarde, en la otra terraza, Matilde intenta de nuevo pintar a los gatitos, pero sin los modelos, que se han ido a jugar al escondite entre los matorrales o a dormir la siesta. Célestin Poux lee y relee las hojas de su compendio. Sobre lo que a él le concierne entre las cartas que ha recibido, dice: «Son maledicencias. Yo me las arreglaba, de acuerdo, pero jamás engañé a nadie y siempre era a toma y daca. El barril de sopa, por ejemplo, no era más que una marmita un poco grande que apenas servía para llenar dos botellones, y me había puesto de acuerdo con los cocineros, decían la verdad. En cuanto a la cena de los emboscados de Estado Mayor, ¿quién me arrojaría la primera piedra? Los de mi escuadrón seguro que no. Era una excelente pierna de cordero, bien asada por fuera, tierna y rosada en el interior. Y los melocotones al sirope, una maravilla. Igual de bien estaban en nuestra barriga que en la de esos culos secos pretenciosos. Y le di tres paquetes de picadura a un ordenanza por la información».

Más tarde, empujándolo todo sobre la mesa de mimbre, dice: «Mierda, ya tiene la cabeza más llena que una sandía», y ahora ya no sabe nada y duda de todo, incluso de lo que vio y oyó aquel domingo de mierda, pero está seguro de una cosa: que si alguno de los cinco que fueron arrojados a la tierra de nadie pudo salvarse, debió de ser Ese Hombre.

«¿Por qué?», pregunta Matilde secamente, volviéndose hacia él.

Se encuentra fatigado. Tiene las mejillas rojas. Se encoge de hombros sin mirarla. Dice: «Porque la guerra de la que hablan en todos sus papeles no es la que yo conozco. Es como para pensar que no hicimos la misma guerra». Repite, más alto: «¡Mierda!» Después, se avergüenza y se tranquiliza. Matilde se queda mirándole, con el pincel suspendido en el aire. Baja la cabeza. Dice: «Para salir de allí había que encontrar enseguida un buen agujero y, como lo aconsejaba el capitán Favourier, cerrar el pico. Había que quedarse toda una noche en el agujero, todo un día, sin atraer la atención de nadie, comer nieve, hacer sus necesidades sin mover ni un dedo del pie, esperar. Ahora bien, Six-Sous canta *Tiempo de cerezas,* Manech construye un muñeco de nieve, Derecho Común quiere rendirse, Eskimo derriba un biplano con una granada. Solamente Ese Hombre, el más fuerte de los cinco, el más tranquilo, lo sé, le vi salir del refugio y también después, era el único que podía salvarse. Pero tampoco se salvó, ya se lo dije, caía demasiado fuego, demasiado. ¿Comprende? Caía demasiado sobre Bingo y sobre el terreno avanzado. Incluso nosotros, que estábamos más a resguardo que él, tuvimos que largarnos».

Matilde nunca deja que la gane el cansancio ajeno. Quizá le viene de que también ella, desde hace tantos años, está obligada a hacer muchas cosas «sin poder mover un dedo de los pies». Pero Célestin Poux empieza a gustarle. Le devolverá su libertad por un momento.

Con la cabeza más llena que una sandía corre a zambullirse en el lago. Ella le ve nadar desde una ventana de su habitación. Se ha puesto un bañador con tirantes de Sylvain. Nada bien, pero no tan bien como Manech. Se dice a sí misma que ella hace mucho tiempo que no nada —o si se prefiere, que no flota— con tacos de corcho en los tobillos. Quisiera con todas sus fuerzas oír nadar una vez más a Manech, incluso sin verle, no pide tanto, solamente escuchar el chapoteo regular de sus brazos y sus piernas en el lago, una apacible tarde de abril.

¡Uuuh!, grita porque el agua está fría, y después nada, le oye, le oye.

En un momento dado Bénédicte entra en la habitación, trayendo el cofre de caoba. Matilde ve por la ventana que Sylvain se ha tirado al agua con Célestin, y se pelean para sumergir el uno al otro la cabeza. Cerca de ella, Bénédicte lanza un suspiro resignado. Dice que los hombres, en cuanto están juntos, de treinta o de cincuenta años, se convierten en niños, es más fuerte que ellos.

Por la noche cenan los cuatro en el salón, con las puertaventanas abiertas. Matilde dice que estaría bien que su padre contratara a Célestin para ocuparse del Delage y ayudar a Sylvain. Hay un largo silencio. Los tres tienen la nariz en el plato. Ella dice, sin pensar, simplemente por ser amable: «Si Célestin está de acuerdo, desde luego».

Arthur-Célestin levanta sus ojos de porcelana hacia ella y la mira largamente. Pregunta: «Señorita Matilde, ¿puedo tutearla? No me siento a gusto tratando de usted a la gente, sobre todo a las personas que me gustan. Cuando hablo a una sola persona tengo la impresión de cometer una falta de francés».

Responde: «Lo mismo me da que me trate de tú que de usted, mientras me diga cosas interesantes. Yo le trato de usted, Célestin, porque tengo miedo de haberle aburrido desde ayer por la noche con tantas preguntas».

Él sonríe con esa sonrisa que hace derretirse. Continúa comiendo. Dice a Bénédicte que está bueno. Ella se siente contenta. Hay un nuevo silencio. Matilde pregunta a Sylvain lo que piensa de ello. Sylvain piensa que todo es catastrófico, sí, catastrófico. Se echa a reír y Célestin también. Bénédicte, sin llegar a comprenderlo, sigue el movimiento general. La única que permanece con la cara larga es Matilde, contemplándoles como si fueran tres pobres tipos.

Al final, porque detesta que la excluyan incluso de un estallido de risa tonta, golpea sobre la mesa haciendo temblar los platos: «¡Quiero que me lleves allí! ¿Has comprendido? ¡Quiero ver con mis propios ojos ese cochino lugar!»

Un nuevo silencio. Arthur-Célestin la mira, con las mejillas rojas. Después dice: «¿Dónde crees que hemos ido con Sylvain esta mañana? A informarnos a la estación de Labenne. Salimos el miércoles, Sylvain y tú en tren, yo con el Delage, porque lo necesitaremos. Si llego antes, os esperaré en la estación de Péronne. Si no, nos reuniremos en el hotel que Sylvain me ha dicho, la Hostería de las Murallas. No merece la pena hacer tantas historias con hombres tan inteligentes como nosotros».

Matilde avanza sus ruedas y le tiende la mano por encima de la mesa. Al hacerlo, derriba la botella de vino, y Bénédicte gruñe. Sylvain, mientras tanto, se acaricia sus mostachos rojizos con un pulgar y un índice emocionados.

La trinchera de enfrente

Es un campo enorme, recientemente segado, con dos olmos truncados de ramas bajas y frondosas, agobiados de retoños, un pequeño arroyo corre sin ruido bajo un puente de madera, y el horizonte es una colina verdeante.

Sylvain y Célestin Poux llevan a Matilde en una silla de porteadores. El asiento es su vieja silla de ruedas transformada adivinen por quién, con la ayuda de unas tuercas en los apoyabrazos y dos barras de acero. Cómo se ha procurado adivinen quién las barras de acero, son maledicencias. Matilde, con el balanceo de una emperadora, ve todo desde lo alto, bajo el implacable sol de agosto. Con falda blanca de encaje, capelina guarnecida de pañuelo de seda rosa y sombrilla abierta, se cree en África, a la caza de la aflicción.

Monsieur Dondut Alphonse, propietario de las cuarenta hectáreas de los alrededores, haciendo las veces de guía, se detiene de repente y dice con el acento del norte, golpeando el suelo con sus gruesos zapatos: «¡Aquí!... Aquí es, señorita, exactamente aquí se encontraba Bingo, frente a la trinchera Erlangen de los boches». Contempla sus posesiones con ojos reinvindicativos, sin amor. Extrae de su pecho un profundo suspiro. Dice: «Los dos árboles los he dejado para que puedan ver algo los turistas de la guerra. Si lo desean, mi mujer les servirá la sopa de berza con pimienta negra por un módico precio, incluyendo queso y vino. Si llega el momento en que se lo pide el cuerpo, serán los tres bien servidos. ¡Eso!... El puente lo he reconstruido yo, con mi yerno. Figúrese que los hunos habían desviado el arroyo para aprovecharlo, hacia levante, detrás de las lomas. Ah... he visto mucha miseria».

Depositan a Matilde en el suelo. Célestin Poux se va a vagabundear. No reconoce nada. De lejos grita: «En este lugar había ladrillos, un muro derruido. ¿Qué era?» Monsieur Dondut no lo sabe. Compró las fincas en 1921, las trincheras habían sido rellenadas y la tierra labrada. Al labrar las tierras fue cuando su predecesor encontró la granada que le amputó el brazo derecho. Añade: «No pasa semana sin que nos enteremos de que a alguien le ha estallado algo. Eso... Esta guerra no ha acabado de matar gente, ya lo verán, todavía quedan años por delante».

Matilde intenta en vano imaginar un campo de batalla. Pregunta dónde se puede encontrar al antiguo propietario. Monsieur Dondut le dice que con el dinero de la venta montó un hostal cerca de Montauban-de-Picardie, en la carretera de Fricourt. Dice: «Pregunten por el Cabaret Rouge. Pregunten por el Manco. Se llama Hyacinthe Deprez, pero si preguntan, por el Manco es mejor». Después contempla de nuevo sus campos, con aspecto de aguantarse las ganas de escupir encima, tiene trabajo por delante, le desea a Matilde los buenos días y se va.

Matilde se queda allí durante una hora sin lograr superponer a la realidad el decorado que había construido su imaginación. Ya han pasado ocho veranos. Probablemente en julio florecían por centenares las amapolas. Antes de dejarse ganar por el desánimo, agita su sombrilla para hacer señales de que vuelvan a Sylvain y a Célestin, dos siluetas minúsculas en lo alto de la colina. Con su reloj de pulsera controla que tardan menos de seis minutos en llegar. Célestin dice: «Allá arriba estábamos en la tercera línea de los boches, la que nos hizo perder tanta gente». Ella responde: «Está más cerca de lo que decías. No es difícil comprender que incluso de noche, en la nieve y bajo los obuses, Benjamín Gordes haya venido para ver lo que todavía podía hacer por su amigo Eskimo». Y como Célestin no tiene aspecto de estar convencido, añade con el acento arrastrado de Monsieur Dondut: «Eso...»

Almuerzan en el Cabaret Rouge. Son los únicos clientes. Las paredes están tapizadas de recuerdos de guerra. El Manco, cincuenta y cinco años, fuerte como un gorila, vestido de un color gris sudado, ha instalado una especie de museo en el edificio vecino, donde vive con su esposa. Como se anuncia sobre el mostrador, la entrada para los interesados cuesta cien francos, cincuenta para los niños y los viejos, y gratis para aquellos que vivieron la carnicería. Dice a Célestin Poux, echando a reír: «O sea que eres tú de quien hablaba Rab de Rab, el soldado Toto, el prestidigitador que traía de comida a su escuadra la pata de cordero de los oficiales. ¡Chócala, muchacho! ¡Estoy orgulloso de que estés en mi casa!» Y besos en una mejilla, y besos en la otra. Los hombres que se emocionan, piensa Matilde, son todavía más repugnantes que las viejas maquilladas.

Sin embargo come con buen apetito. En algún lugar de su pequeño cerebro amorfo ha nacido un sueño. Al final de aquel domingo nevado, en la oscuridad, Benjamín Gordes y el joven La Rochelle vuelven hacia sus líneas después de haber llevado a los prisioneros alemanes. El cabo dice al Maria-Luisa: «Sígueme. No hay más que medio kilómetro de rodeo en las trincheras para ver a mi amigo, y si está vivo le salvo».

Y he aquí que los dos se van, entre surtidores de fuego y fragmentos de obús, en el estruendo de aquella noche en que Manech quizás agoniza todavía.

Hyacinthe Deprez, el Manco, le dice: «Encontré mis tierras y las ruinas de mi granja en 1917, después de que los boches, para reducir el frente, se retiraran cuarenta o cincuenta kilómetros hacia la línea Sigfrido. Toda la comarca estaba poblada de británicos de todo tipo, incluso indios de la India con sus turbantes, australianos y neozelandeses, escoceses, irlandeses y verdaderos ingleses de Inglaterra. Nunca había oído *spiker english* en mi vida como en 1917 y 1918, y es muy cansado, pero son los soldados más valientes que se puedan encontrar, exceptuando a mi camarada Célestin Poux y al general Fayolle. Porque he leído muchos libros que hablan de la guerra y mi opinión está formada: fue Fayolle, en el Somme, quien estuvo a punto de romper el frente durante el verano y el otoño de 1916».

Célestin Poux está completamente de acuerdo. De lejos. Emile Fayolle es su general preferido. Le vio con sus propios ojos. Una vez, en Cléry, no lejos de allí, Fayolle le habló. Le dijo algunas palabras inolvidables que ya no recuerda. Sí, era un hombre de corazón. A continuación pasan revista a los generales. Mangin era un salvaje. Pétain era el vencedor de Verdun pero era duro, pagado de sí mismo. El Manco añade: «Seguramente hipócrita». Foch también era duro. Joffre envejecía. Nivelle se perdió para siempre en el Chemin des Dames. Sylvain, que bebe su vino como los demás, interviene para decir que también él ha leído libros, y que no hay que arrojar la primera piedra contra Nivelle, al que le faltó suerte, llegó a estar muy cerca de la victoria. Después, inmediatamente después, sabiendo que él vale más que eso, añade: «Me importa un rábano la victoria. Todos han hecho que muera demasiada gente». A lo cual el Manco repone que es verdad. Célestin Poux, que siempre quiere tener la última palabra, añade: «Eso no impide que Fayolle fuese el menos malo. Y contentos con que todos esos politiquillos le hayan dado su bastón de mariscal».

Antes de esta orgía de simplezas, Matilde se entera sin embargo de cosas interesantes. Las ruinas del muro de ladrillo, derrumbado delante de Bingo, era el emplazamiento de una pequeña ermita abandonada desde hacía lustros, y que servía a Hyacinthe Deprez de almacén para sus herramientas. Debajo había una pequeña cueva de techo bajo. No había regresado él a su tierra cuando encontraron en su campo los cuerpos de cinco soldados franceses enterrados allí por los británicos. Se había refugiado con su mujer en casa de su hermano menor, dedicado a los negocios inmobiliarios en Compiègne. Le habían dicho que fue la pequeña revoltosa hija de sus vecinos, los Rouquier, la que deambulando por las trincheras devastadas buscando recuerdos descubrió la tumba, avisó a unos soldados y recibió un par de bofetadas de su madre como recompensa por su buena voluntad. En la medida en que lo recuerda la niña se llamaba Jeannete, y debe de andar ahora por los diecisiete o dieciocho años. «Milagro si no murió aquel día, los desactivadores de minas ni siquiera habían limpiado lo más gordo, y había como para dinamitar todo el pueblo.»

Antes de irse, llevan a Matilde en su silla de porteadores hasta el museo de al lado, cuando ella lo único que desea es volver a Bingo y encontrar a los Rouquier. Es una gran sala rodeada de nichos de mampostería, donde bajo una luz eléctrica de pesadilla la esperan los maniquís de tamaño natural de soldados franceses, británicos y alemanes, vestidos con trajes de horror, con sus macutos y sus armas, y sus ojos sin mirada, y su terrible inmovilidad. El Manco está muy orgulloso de su labor. Invirtió en ello sus ahorros y la herencia de sus sucesores hasta la quinceava generación. Sobre una gran mesa de granja plantada en el centro, cubierta de botones de uniforme, de charreteras, insignias, bayonetas y sables, todo bien ordenado, muestra a Matilde una cajita de metal roja, de cigarrillos o de tabaco Pall Mall. Dice: «La pequeña traviesa encontró una parecida a ésta en mi campo, enterrada en la tumba de los cinco soldados. Su madre me contó que uno de los canadienses que los habían enterrado tuvo la buena voluntad de meter dentro un papel escrito para no abandonarles sin epitafio».

Después respira el aire de la carretera. Matilde, que no incordia a Dios más que en los momentos en que no lo puede evitar, le pide que no la someta por las noches al castigo de soñar con ese museo, incluso si ella es mala, incluso si a veces imagina que hace descuartizar con caballos de ulanos con calavera a un sargento de Aveyron llamado Garenne, como a los conejos.

La granja de los Rouquier, que Célestin encuentra rápidamente sin necesidad de ser huérfano, es una construcción de piedra, de ladrillo, de morralla, de cemento, remendada por todas partes, que se mantiene en pie con grandes vigas entre las que se tiende a secar la ropa. Madame Rouquier dice que su hija se ha ido con la barriga hinchada y con un vagabundo de Lens hacia Normandía, recibió una tarjeta postal de Trouville diciendo que todo iba bien y que limpiaba en las casas, y que daría a luz en octubre. Sylvain y Célestin se quedan en el patio jugando con los perros. Matilde bebe un vaso de gaseosa en una cocina coqueta y limpia donde se respira la esencia de la trenza de ajos que cuelga del techo, como en el Midi, es bueno para el corazón y espanta al Diablo.

La pequeña Jeannette desenterró la lata de Pall Mall. Tenía diez años, sabía leer. Fue corriendo hacia la carretera y encontró a unos soldados. Volvió a la granja y se llevó el par de bofetadas que se merecía por haberse ido a correr como un recluta entre las inmundicias que explotan. A partir de ahí Madame Rouquet pretende haberlo visto todo. Fue a ver a los soldados que abrían la tumba, en el campo de Hyacinthe Deprez. Trajeron cinco ataúdes de madera blanca para meter dentro los cadáveres.

Dice a Matilde: «Evidentemente, no era bonito de ver». Matilde responde fríamente: «Nos lo suponemos». En todo caso, los cinco estaban debajo de un toldo marrón, unos con un vendaje en la mano izquierda, otros con un vendaje en la derecha. Madame Rouquier no pudo aproximarse demasiado, sobre todo porque acudió más gente de los alrededores y que los soldados empezaban a pensar que era mala cosa, pero lo oyó todo, todo. Sabe por ejemplo que uno de los desgraciados se llamaba Notre-Dame y otro Bouquet, como un ramillete de rosas, y otro tenía un nombre italiano. El que mandaba a los soldados, un cabo o un sargento, no sabía reconocer las graduaciones, leía en voz alta los nombres y el año de la quinta en las chapas militares de identificación de los cadáveres, antes de que los pusieran en los sudarios, y recuerda que el más joven debía de tener veinte años.

Se llevaron los féretros en un camión tirado por caballos. Hacía frío. Los cascos y las ruedas patinaban en las roderas heladas. Entonces uno de los soldados, un parisino malo, se volvió para gritar a la gente que se quedaba allí: «¡Hatajo de buitres! ¿No tenéis otra cosa que hacer que curiosear en los muertos?» Algunos se molestaron tanto de que los trataran así que se quejaron al alcalde, que hacía poco había regresado, pero el oficial al que presentó la queja le trató a éste aún peor, el otro le dijo que se buscara un violín y que se orinara en él, se da usted cuenta, orinarse en él, que lo mismo daba gastar saliva hablando. Después, en abril, esos soldados se fueron, y los ingleses eran más educados. O bien no se les entendía.

Poco más tarde se levanta una brisa que agita las hojas de los dos olmos de Bingo Crepúsculo. Matilde quiso regresar allí por última vez. Célestin Poux le dice: «Sufres. ¿De qué sirve?» No lo sabe. Contempla el incendio del poniente iluminando las colinas. Sylvain se va en el coche a buscar gasolina. Ella pregunta: «El guante que le diste a Manech, ¿cómo era?» Célestin le dice que rojo, con bandas blancas en la muñeca, se lo había tricotado una amiga de la infancia en Oleron. Como dudaba en separarse de un recuerdo de su compañera, llevó el otro en su mano izquierda el resto del invierno, con un guante de oficial, en piel de cabritilla de color mantequilla fresca, de un par que había encontrado en algún sitio.

Ella lo imagina fácilmente con un guante de lana rojo y otro de cuero de color mantequilla, el casco en la cabeza, cargado con sus macutos, su fusil y sus hogazas de pan. Le parece una estampa muy emotiva. Pregunta: «¿Por qué quieres saber cómo era mi guante? ¿Te ha dicho La Rouquier que lo llevaba uno de los cinco enterrados aquí?» Ella responde: «No precisamente». Él reflexiona: «Quizá no lo notó. Quizá lo ha olvidado. O bien Manech ya no lo tenía». Matilde piensa que para un guante tan vistoso, son muchos quizá. Permanece todavía un instante en silencio, de pie a su lado. Dice: «Cuando hacía su muñeco de nieve Manech lo tenía puesto, es verdad. La Rouquier no ha visto las cosas tan de cerca como dice, eso es todo».

Camina por el campo. Ella adivina que intenta localizar por los árboles y el lecho del arroyo el lugar donde estaba el muñeco de nieve. Está a cincuenta o sesenta metros de ella. Grita: «Pipiolo estaba aquí cuando sus compañeros lo vieron caer. No se lo inventaron».

Matilde ha hecho amistad con el soldado Toto. Es comprensivo con ella y poco avaro de su tiempo. Además, llevó todo un invierno guantes desparejados por ayudar a Manech. Si no, le enviaría con gusto a que se buscara un violín.

Aquella noche, viernes 8 de agosto de 1924, en el Auberge des Remparts de Péronne, se producen tres acontecimientos en menos de una hora, tan turbadores que a Matilde siempre le costará trabajo disociarlos en su recuerdo, como el mismo relámpago de la misma tormenta.

Primero, cuando se sienta en la mesa del comedor, viene hacia ella una joven de su edad, con vestido beige y negro y sombrero de campana, y se presenta, hablando francés casi sin acento. Es delgada, no muy alta, morena con ojos azules, ni fea ni guapa, austriaca. Viaja con su esposo, que se ha quedado en el otro extremo de la sala terminando sus cangrejos, él es prusiano, funcionario de aduanas, y se levanta estirado cuando Matilde mira en su dirección, para saludarla con un riguroso movimiento de cabeza. Ella se llama Heidi Weiss. Supo por un mayordomo que Matilde había perdido a su novio en una trinchera llamada Bingo Crepúsculo o Bing en el Crepúsculo, ya que un temible general inglés llevaba ese nombre. Ella se había parado a rezar sobre la tumba de su hermano Gunther, que también había caído delante de Bingo, a los veintitrés años, el primer domingo de enero de 1917.

Matilde hace señales a Sylvain de que acerque una silla para la joven austriaca. Heidi Weiss se sienta y pregunta a los dos hombres si fueron movilizados. Dicen que sí. Dice que no hay que guardarle rencor si se abstiene de darles la mano como a Matilde, su hermano está muerto y no sería decente, y su marido, que pertenece a una familia traumatizada por la derrota, se lo reprocharía durante semanas.

Sylvain y Célestin dicen que lo comprenden, y que no se sienten molestos en absoluto. Sin embargo, a ella le alegra saber que Sylvain se encontraba en los suministros de marina, en Burdeos, y que jamás vio a un alemán, salvo que fuera un prisionero, y que sólo combatió contra su sudor. Célestin Poux calla. Ella insiste, angustiada, con las lágrimas asomando en sus ojos: «¿También estaba usted allí, el mismo día?» Responde con voz suave, mirándola, que sí, sí estaba, y cree haber sido un buen soldado que hizo todo lo que pudo, pero que en toda la guerra, por lo que sabe, sólo mató a dos soldados enemigos, el uno en Douamont, en Verdun, en 1916, el otro en la derrota de la primavera de 1918. Pero le anima a que hable, quizá vio a su hermano.

Si había comprendido bien al feldwebel que le contó lo de Bingo después de la guerra, a Gunther lo mataron los franceses al final del día, el domingo, en una trinchera de segunda posición donde estaba como servidor de una ametralladora.

Célestin Poux dice: «Es verdad. Dos murieron y los otros, sin municiones, se rindieron. Todavía veo al feldwebel, un muchachote de cabello amarillo. Había perdido su casco y el pelo le caía sobre los ojos. Los que mataron a su hermano fueron los granaderos, para acallar a su ametralladora, pero nadie debe guardar rencor a nadie a resultas de aquella cochinada».

Heidi Weiss comprende la palabra cochinada. Mueve la cabeza asintiendo, con los labios apretados hasta perder el color, los ojos cerrados.

Vuelve a tomar ánimo y dice a Matilde el nombre del feldwebel que mandaba la sección de su hermano y que vino a contarle su muerte en 1940: Heinz Gerstacker. Le dijo que los franceses habían arrojado a cinco de los suyos a la nieve, heridos y sin armas. Le dijo que a primeras horas del domingo había sido preciso enviar estafetas a la retaguardia para recibir órdenes, porque el teléfono había sido destruido durante la noche por un mortero de trinchera. Le dijo otras cosas que Matilde ha olvidado, pero recuerda bien un detalle que la sorprendió: mientras le llevaban prisionero hacia las líneas francesas, Heinz Gerstacker vio en el campo, en un agujero, a uno de los cinco muertos —porque los cinco habían muerto—, de rodillas en actitud orante.

Matilde, helada, se vuelve hacia Célestin Poux. Pregunta a Heidi Weiss: «A ese teniente suyo, ¿en qué momento le trajeron a nuestras líneas? ¿El domingo por la noche o el lunes por la mañana?» Ella responde: «Siempre nos habló del domingo y de la noche. Pero sé dónde encontrarle en Alemania. Le escribiré o iré a verle para decirle que la he encontrado».

Matilde dice: «¿No le habló del más joven de los cinco, mi novio, el que levantó entre las dos trincheras con una sola mano un muñeco de nieve? Eso usted debe recordarlo bien». Heidi Weiss cierra los párpados, aprieta los labios, mueve lentamente la cabeza en gesto de asentimiento. Después de algunos segundos, sin mirar a Matilde, con los ojos puestos en una esquina del mantel, o en un vaso, o en cualquier cosa, dice: «Uno de nuestros aviones mató a su novio, le juró que nadie, en nuestra trinchera, lo deseaba. Usted debe de saber ya que no estaba en sus cabales. Y después, de repente, el que mejor se había ocultado de los cinco arrojó una granada sobre el avión y lo derribó. Heinz Gerstacker nos lo contó, y entonces llegaron órdenes de evacuar nuestras trincheras para que trabajara la artillería».

Nadie come. Heidi Weiss pide papel y lápiz para anotar la dirección de Matilde. Repite que su esposo se lo va a reprochar durante semanas. Matilde toca su mano sobre la mesa y dice: «Vamos, pero insista con ese feldwebel para que me escriba». Piensa que Heidi Weiss tiene unos hermosos ojos tristes. Hace pivotar sus ruedas para ver cómo se reúne con su marido. La austriaca tiene el porte esbelto de una cervatilla de sus montañas, y el sombrero de campana de las chicas de Montparnasse. El marido se levanta de nuevo para saludar secamente. Sylvain dice, volviendo a sus patatas salteadas que se han enfriado: «Fue una gilipollada siniestra esta guerra. Y llegará un día en que volveremos al mismo punto que antes, obligados a ser amigos con todo el mundo».

En los minutos siguientes, el camarero del restaurante que está a su servicio, al que Matilde ha conocido y que llaman Fantomas porque siempre habla a la gente al oído, con aire de conspirador, viene a susurrar a Sylvain que le llaman al teléfono.

Cuando Sylvain regresa, no tiene ojos. Matilde quiere decir que tiene los ojos hundidos, sin mirada, encerrado en sí mismo por algo que supera sus fuerzas. En la mano lleva un periódico doblado. Se sienta. Se lo da a Célestin Poux.

Germain Pire le había dicho al teléfono que se procurara un periódico de la mañana y que tuviera cuidado con los nervios de Matilde. Célestin Poux contempla el periódico doblado, lee, y lo deposita sobre sus rodillas diciendo: «¡Mierda!» Matilde mueve sus ruedas, quiere arrebatárselo. Él dice: «Por favor, por favor, Mati, por favor». Después agrega: «A esa Tina Lombardi la han guillotinado ayer por la mañana. La llamaban la Asesina de Oficiales».

El tercer acontecimiento se produce cuando Matilde está en su habitación con Sylvain, que mientras están de viaje no se aparta de ella. Matilde ha leído y releído un artículo de veinte líneas contando la ejecución, en un patio de la cárcel de Haguenau, en Alsacia, de una marsellesa de treinta y tres años llamada Valentina Emilia María Lombardi, alias Emilia Conte, alias Tina Bassignano, condenada a muerte por el asesinato de un coronel de infantería, héroe de la Gran Guerra, François Lavrouye, en Bonnieux, en Vaucluse, y sospechosa de otros cuatro asesinatos de oficiales de los que no quiso decir nada. Murió, según la fórmula del redactor anónimo del artículo, «rechazando los sacramentos de la Iglesia, pero conservando hasta la caída de la guillotina una notable dignidad». No se admitió público para presenciar la ejecución, como tampoco el proceso, «por razones obvias».

Poco antes de las diez, Sylvain, en mangas de camisa, está sentado cerca de Matilde, tumbada sobre su lecho. Le llaman por teléfono. Esta vez es Pierre-Marie Rouvière. Sylvain se pone su chaqueta y baja a la recepción. Matilde continúa pensando en la señora Paolo Conte, de soltera Di Bocca, en su marido muerto por haber trabajado demasiado en las minas, en Ange Bassignano que quería rendirse y recibió una bala «amiga» en la nuca, en las pobres peregrinaciones de Tina Lombardi, en su cuello y sombrero de castor, en su insensato juramento de «saltar la tapa de los sesos a todos los que habían hecho daño a su Nino», en el horror del patio de una prisión en un amanecer de agosto.

Cuando Sylvain regresa a la habitación, ella llora, tumbada sobre la espalda, no puede más, se traga sus lágrimas, se ahoga.

Sylvain, su segundo padre, la tranquiliza y le dice: «Tranquila, Mati, tranquila. No te desanimes, ya llegas al final».

Por la tarde, Pierre-Marie Rouvière había recibido al abogado de Tina Lombardi. Éste, que le conoce y sabe que es el consejero de Mathieu Donnay, quiere ver a Matilde. Porta para ella una carta lacrada, que tiene por encargo entregar en propia mano.

Matilde aspira profundamente y se hace la dura. Dice que se lavará las manos dos veces antes de cogerla.

Los enamorados de la Belle de Mai

Haguenau, 31 de julio de 1924

Señorita Donnay.

Nunca he sabido escribir como usted, y por lo tanto quizá no vaya a comprender lo que le digo, sobre todo porque lo hago esperando que una de estas mañanas vengan a despertarme en la celda para anunciarme que ha llegado el momento. No tengo miedo, nunca he tenido miedo por mí, me cortarán el pelo y después me cortarán la cabeza, pero intento no pensar en ello, como siempre he hecho cuando no estoy tranquila. Esa idea no me ayuda nada para encontrar las palabras necesarias, ¿comprende usted?

No tengo por qué hablarle de lo que llaman mis crímenes. Cuando me interrogaron, con todas sus artimañas para que me perdiera, no dije nada, nada, mi abogado se lo confirmará al entregarle esta carta. Me cogieron porque fui tonta perdiendo el tiempo en Carpentras cuando le ajusté las cuentas a ese Lavrouye. Hubiera debido subir en un tren hacia el infierno enseguida, y no me hubiera encontrado aquí, nunca me hubieran atrapado. Pero allí todavía tenía el revólver en mi bolsa de viaje, y así fue como me confundieron.

Por lo demás, no me hubiera importado cantarlo todo si hubiera habido público en mi proceso, hubiera gritado la verdad sobre ese Lavrouye y aquel indulto de Poincaré que ocultó durante más de veinte horas, pero ya se imagina usted que no querían que hablara de ello. Todos ellos asesinaron a mi Nino. Sí, esos cara de rata querían obligarme a decir que yo los había matado, y merecían algo peor que la muerte. Le Thouvenel, que llegó a teniente, que disparó aquel tiro de fusil en la trinchera, el comisario-cucaracha del proceso de Dandrechain, capitán Romain, y los dos oficiales-jueces que habían sobrevivido a la guerra, el de la rue La Faisanderie y el de la rue de Grenelle, todos han recibido el pago de sus servicios y me alegro de ello. Por lo que se refiere a los demás, pretenden que soy yo quien les ha castigado, con premeditación, porque les encontraron fiambres en lugares sospechosos y en hoteles de putas, ¿pero quién lo dice? Yo no, en todo caso.

Pero no quiero hablarle a usted de esas larvas, tengo algo mejor que contarle. Si no lo hice antes fue porque usted como yo buscaba saber la verdad sobre esa trinchera del Hombre de Byng, que llamaban Bingo, y porque me parecía que, sin saberlo, usted se podría atravesar en mi proyecto, o estorbarme descubriendo demasiadas cosas y haciendo que me atraparan. Ahora que espero mi hora, eso ya no tiene importancia, porque cuando usted lea esta carta ya estaré muerta y feliz de dormir y haberme liberado de todo esto. Y además, sé que usted y yo nos parecemos en algo, ya que las dos estuvimos empeñadas en desentrañar la verdad después de tantos años, fiel usted como yo al amor de toda la vida, porque por mucho que yo vendiera mi culo, nunca quise a nadie más que a Nino. Y también me acuerdo de mi pobre madrina, también le debo esto, porque ella sufrió mucho de que yo no os escribiera. Ella ahora ya lo sabe, se alegrará de que os haya escrito, ¿me comprende?

Seguramente le ha contado que conocí a Ange Bassignano desde siempre, en nuestro barrio de la Belle de Mai, en Marsella. Fue allí donde ambos vinimos al mundo, él enseguida quedó solo, yo tenía que soportar un padre borracho todas las noches, pero no llore, no éramos tan desgraciados, los chavales nunca son verdaderamente desgraciados, jugábamos en la calle con los demás, bajo los plátanos, y Nino era ya el más guapo y el más astuto, y el que tenía las palabras más amables conmigo. A los doce o trece años ya, no íbamos a la escuela, pasábamos los días en terrenos abandonados y las noches en los quicios de las puertas, las de las callejuelas que bajan a Chûtes-Lavie por donde nadie pasa después de caer la noche. Nos amábamos de pie, soñábamos. Yo tenía algunos meses menos que él, pero hasta los diecisiete o dieciocho años yo era el más decidido de los dos. Después los imbéciles decían que Nino me había puesto a hacer la calle. Pero fui yo quien se puso a ello, o fue el destino, porque no es verdad que Nino me empujó, él tenía que comer de algo y yo también, y necesitábamos ropa, y poder ir al baile y amarnos en una cama de verdad como todo el mundo. Quizá no digo bien lo que quiero hacerle comprender, porque usted pertenece a otro género humano distinto del nuestro, una hija de ricos, aunque no la conozco y mi cotilla me ha dicho que usted había tenido un accidente de pequeña, una desgracia grande, entonces ¿quién sabe? Lo que quiero decirle es que poco importa cómo ganaba yo el dinero, mientras estuviéramos juntos y fuéramos felices, y finalmente lo mismo daba con usted y con su novio, porque en todas partes amar es la misma cosa, es lo mismo para todo el mundo, hace el mismo bien, el mismo mal.

Nino y yo fuimos felices hasta 1914. Alquilamos un pequeño apartamento en el bulevar Nacional, en la esquina de la rue Loubon, compramos los muebles de la habitación en madera de cerezo silvestre, la cama, el armario, y la cómoda labrados con conchas de Venus, tenía nevera en la cocina, una lámpara de abalorios, y jarroncitos de chimenea de porcelana de Limoges. Para trabajar, alquilaba una habitación de sirvienta, frente a la estación del Arenc. Me lo hacía con los empleados de aduanas, los marinos, los burgueses de la rue Republique. Nino hacía sus propios negocios y estaba muy bien considerado en los bares, todo iba bien hasta aquella tarde de abril cuando se peleó por culpa mía con un pez de fosa séptica, un tal Josso, que me tenía en el punto de mira para compañera de su fulana. Usted no entenderá nada de todos estos mejunjes, no merece la pena explicárselo, pero Nino sacó su navaja, que nunca le había servido más que para cortar sus cigarros, y se encontró a la sombra por cinco años en la cárcel de Saint-Pierre. Por supuesto, yo iba a verle, no le faltaba de nada, únicamente el tiempo se le hacía largo. En 1916, cuando le dieron a escoger, prefirió unirse a los que caían por la patria. Así fue, de un Verdun a otro, como acabó en la nieve y el barro, delante de esa trinchera del Hombre de Byng.

La tarde antes de que lo mataran hizo que otro me escribiera una carta donde me declaraba su amor y sus lamentos. Yo tenía con Nino un código secreto, mi madrina ya se lo ha dicho, y ya la regañé lo bastante por eso, para saber siempre dónde estaba, porque yo podía encontrarle en la zona de los acantonamientos, podía entrar allí como todas las que trabajábamos, solamente se impedía el paso a las burguesas, y todavía conocí a algunas que se hacían pasar por putas únicamente para ver a su hombre.

El código que teníamos no era muy complicado, era con el mismo que hacíamos trampas antes de la guerra, cuando Nino apostaba dinero; nos entendíamos por la forma de decir Mi Amor, Mi Cabritilla, Mi Chuchú, y cosas así. En la carta se repetía tres veces Mi Chuchú, lo que quería decir que no había cambiado de frente, el Somme, pero que se encontraba más al este, y que el nombre del pueblo más cercano comenzaba por C, y entonces en mi mapa podía escoger entre Cléry y Combles. Como además había firmado «tu ángel del infierno», eso quería decir que se encontraba en primera línea. Había también otras palabras amables en la carta para decir que las cosas estaban crudas y que todo iba muy mal. Si usted tuvo, como imagino, una copia por medio del sargento Esperanza o por ese Célestin Poux por el que usted preguntaba en los periódicos y que yo nunca he podido encontrar, adivinará cómo Nino me decía eso. Desgraciadamente, cuando me llegó su carta por medio de mi madrina, a

Albret, donde me trabajaba a los ingleses, era ya un mes más tarde y lo habían matado como a un pobre perro.

Comprendí más o menos el rastro que usted misma debió de seguir buscando a su novio, que no es exactamente el mismo que el mío, pero estoy segura de que en muchos momentos nuestros caminos se cruzaron. El mío empezó en Combles, a comienzos de febrero de 1917, cuando ya no se veían más que británicos, pero husmeando un poco encontré el rastro de una ambulancia que se había desplazado a Rozières. Allí caí sobre un enfermero, Julien Phillipot, que había trabajado con el teniente médico Santini. Él me contó lo de los cinco condenados a muerte y que había vuelto a ver a uno, en Combles, el lunes 8 de enero, herido en la cabeza, pero Santini le dijo que cerrara el pico, que aquello no le concernía, y que lo evacuara como a los demás. Después bombardearon la ambulancia y Santini murió. Phillipot no sabía lo que había sido del condenado. Le pedí que me lo describiera, porque podía ser mi Nino, pero luego se enteró de que el herido había llegado a la ambulancia con un camarada agonizante, más joven, más delgado, otro evacuado, quizás era una falsa esperanza, pero seguía siendo una esperanza. En todo caso, Phillipot me dio un informe sobre el condenado de más edad, y es que calzaba botas alemanas.

De ahí fui a Belloy-en-Santerre para buscar a los guardias territoriales que él me había dicho que habían conducido a los cinco el sábado por la noche. Ya no estaban. Supe por una hija de la calle que un tal Prusiano podría informarme porque había formado parte de la escolta y que ese Prusiano estaba entonces en Cappy, adonde fui. Hablamos en una cantina de soldados, al borde de un canal, y me dio muchos más informes que Phillipot sobre los condenados. Les había conocido mejor custodiándolos hasta la trinchera del Hombre de Byng. La llamaba así, y no Bingo, porque un soldado de esta trinchera le había explicado aquella tarde de dónde venía el nombre: se trataba de un cuadro pintado por un canadiense, es todo lo que recuerdo. Me enteré de que el condenado que llevaba las botas alemanas era un parisino llamado Bouquet al que apodaban Eskimo. El tal Prusiano, sólo sabía ese nombre, era el único con el que había podido hablar al llegar a la trinchera donde esperaron toda la noche, y el otro le había pedido que si algún día pasaba por París que avisara a una mujer llamada Véronique, en el bar Chez Petit Louis, rue Ameiot.

Me contó muchas otras cosas. Por ejemplo, que no se había fusilado a los condenados, que los habían arrojado a los boches con los brazos amarrados, pero eso él no lo había visto, su sargento se lo había dicho. Aquel sargento, Daniel Esperanza, se encargó de las cartas de Nino y de los otros cuatro, y el tal Prusiano le había visto copiarlas en el acantonamiento antes de enviarlas, diciendo: «Cuando pueda tendré que mirar a ver si en efecto han llegado». Me hubiera gustado encontrar enseguida a ese Esperanza, pero entonces estaba en los Vosgos, el Prusiano no sabía dónde, y prefería salir de la zona y marcharme a París.

Chez Petit Louis, rue Amelot. Pregunté por Véronique, la amiga de Eskimo, pero el patrón, un boxeador, no tenía su dirección. En todo caso, me enteré de su apellido, Passavant, y supe que trabajaba en un comercio para señoras en Ménilmontant, y me bastaron dos días para encontrarla. Ya estábamos en marzo. Yo todavía conservaba alguna esperanza, pero no mucha, y aquella Véronique no quiso decirme nada. Me fui como había venido. Ahora sé que ella no me ocultó nada, era yo la que me había equivocado.

Mientras tanto, un culogordo de Estado Mayor que era cliente mío me escribió a mi hotel. Le había encargado que encontrara el batallón que ocupaba la trinchera del Hombre de Byng. Yo conocía solamente el número del regimiento que el Prusiano me había dicho y el nombre de un capitán, Favourier, pero el culogordo se había enterado de la compañía que yo buscaba. Se encontraba en la reserva en el departamento del Aisne, en Fismes. Volví a encaminarme hacia Zaza, la zona del ejército donde todo estaba alborotado por el repliegue de los boches. Tardé tres días en medio de las devastaciones para llegar a Fismes, pero allí encontré al que puso fin a mis ilusiones y me rompió el corazón, y después sólo la rabia de vengar a mi Nino se mantuvo con fuerzas.

Era el sargento Favart. Me lo contó todo. En primer lugar que Nino había muerto, y que fue el cabrón del cabo Thouvenel el que le asesinó fríamente porque quería rendirse a los boches. Y después, que el sábado 7 de enero llegó a manos del comandante del batallón, Lavrouye, el indulto de los condenados, cuando todavía estaba a tiempo de detenerlo todo, pero que por chanchullos y celos de galones se lo guardó bajo el brazo hasta el domingo por la noche. Más tarde, en verano, fui a Dandrechain, cerca de Suzanne, donde tuvo lugar el consejo de guerra, y uno por uno logré averiguar los nombres de los jueces y del comisario-cucaracha, pero ya le digo que no quiero hablar más de esas basuras. De todas formas, para ellos, como para mí, todo ha acabado. Y para ese campesino de Dordoña también, el que había dado una patada en la cabeza a mi Nino, y todo lo que pude hacerle fue partir con mis propios pies su cruz de madera en el cementerio de Herdelin, ¿me comprende?

En todo lo que me contó el capitán Favart, y que usted no puede saber porque murió en mayo en el Chemin des Dames, y no se lo merecía, como tampoco se lo merecía el capitán Favourier que murió maldiciendo al mierda de su jefe de batallón, hay dos cosas en todo lo que me contó de aquel estruendo de la batalla, dos cosas que quiero contarle, porque quizá conciernen a la suerte de su novio. En primer lugar, fue el cabo Benjamín Gordes, que se encontraba el lunes en la ambulancia de Combles, el que cambió su calzado por las botas alemanas de Eskimo para evitar que le abatieran sobre el terreno como a un conejo. Después hay una historia de un guante de lana rojo que el soldado Célestin Poux había dado a su novio. Dos o tres días después del asunto, Favart interrogó al camillero que se había cruzado sobre el campo de batalla con el cabo Benjamín Gordes herido, llevando a otro soldado de la compañía llamado Jean Desrochelles, y que pasó a señalarlo a sus camaradas. Hablando, ese camillero recordó un detalle: el soldado que se apoyaba en Gordes llevaba en la mano izquierda un guante rojo. Eso le intrigó tanto a Favart que interrogó a otro cabo, Urbain Chardolot, que había pasado por el campo delante de Bingo el lunes al amanecer, y que regresó diciendo que los cinco condenados habían muerto. Tuvo la impresión muy clara de que sus preguntas incomodaban al cabo, pero el otro respondió que no había observado si Pipiolo, como llamaban a su novio, tenía todavía el guante o no, que se veía mal porque había vuelto a empezar a nevar o que quizá Gordes o Desrochelles habían cogido el guante para devolvérselo a Célestin Poux. Favart tuvo que creérselo, pero a mí me dijo: «Si Chardolot me había ocultado algo, ya no podía volverse atrás. De todas formas, aunque sólo fuera por fastidiar a un comandante, me alegraría si uno de esos pobres diablos ha escapado con vida».

Espero que recopilando esto con lo que usted ya sabe, pueda serle de alguna utilidad. Ya que Nino estaba muerto, yo no me ocupé de las víctimas, solamente tenía en mente a los asesinos. Pero no quiero irme guardándome eso para mí, en primer lugar porque sus investigaciones ahora ya no me estorbarán nunca más, y porque si hay otra vida y me encuentro a mi madrina, no estaría contenta de que me lo haya callado. Por lo demás, con respecto a lo que los jueces llaman mis crímenes, nunca sabrán la verdad. Quiero joderlos hasta el final. Por tanto, le pido que copie esta carta, si quiere conservarla, así al mismo tiempo podrá corregir mis faltas, pero queme mis cuartillas, porque si van a parar a otras manos no quisiera que se tomaran por una confesión.

Hoy estamos a 3 de agosto. Voy a poner mi historia en un sobre que mi charlatán, el abogado Pallestro, le entregará, pero únicamente al día siguiente de lo que me espera, no sea que se le ocurra a usted, lo mismo que a él, suplicar al presidente Doumergues que me indulte. No quiero su indulto. Quiero compartir todo hasta el final con mi Nino. Le condenaron a muerte y a mí también me han condenado. Ya que le ejecutaron, que me ejecuten también. Al menos así nada nos habrá separado desde que siendo chiquillos nos besamos por primera vez bajo un plátano de Belle de Mai.

Adiós. No me compadezca. Adiós.

Tina Lombardi.

Matilde lee y relee la carta en su habitación, en el piso de la rue La Fontaine. Después de haberla copiado, la quema hoja por hoja en un frutero de loza blanca que nunca sirvió para nada, salvo para eso. El humo se demora, a pesar de las ventanas abiertas, y le parece que su olor impregnará todas las habitaciones de su vida.

Permanece mucho rato inmóvil, con la cabeza reclinada contra el respaldo de su butaca. Piensa en dos olmos tronchados, pero aún vivos, rodeados de nuevos brotes. Su cofrecito de caoba está en Hossegor y lo lamenta. Necesita volver rápidamente a Hossegor. Cree haber comprendido lo que pasó realmente en Bingo Crepúsculo, pero para estar segura de ello debe verificar las notas que ha tomado, las cartas que recibió, todo, porque la historia de aquellos tres días de nieve es un entramado de demasiadas mentiras y demasiados gritos y es posible que el murmullo más revelador se le haya escapado. Ahora es ella misma.

Sin embargo, aunque sólo fuera para ganar tiempo, confía en su memoria para escribir a Anselme Boileroux, cura de Cabignac, en Dordoña.

Sin embargo, se fía de su instinto para llamar a Germain Pire desde el teléfono que se encuentra cerca de su cama blanca-como-a-mamá-le-gusta. Le ruega que pase a verla en cuanto pueda, es decir, aquella misma tarde y al momento, lo que sería perfecto.

Sin embargo, confía en su corazón para rodar fuera de la habitación hasta la escalera, de donde su voz llega al salón de abajo, donde están jugando a las cartas, y gritar a Célestin Poux que la perdone por envenenarle la vida, pero que suba, que le necesita.

Cuando Célestin entra en la habitación, tiene las mejillas más sonrosadas, los ojos azules más cándidos que se hayan visto nunca. Ella le pregunta: «A aquel soldado que llamas La Rochelle, y que de hecho se llamaba Jean Desrochelles, ¿le conocías bien?»

Célestin toma una silla que se encuentra cerca de la chimenea para sentarse. Responde: «Así, así».

«Me dijiste que venía de tu región, de Charente. ¿De dónde exactamente?»

La pregunta le sorprende o bien necesita algo de tiempo para recordarlo.

«De Saintes. No muy lejos de Oleron. Su madre tenía una librería en Saintes.»

«Después de Bingo, ¿volvió al regimiento?»

Sacude la cabeza.

«¿Nunca volviste a saber nada de él?»

Sacude la cabeza. Dice que eso no significa nada, que una

vez La Rochelle se curó, todavía podía servir, y que probablemente le destinaron a intendencia, artillería o cualquier otra cosa, porque después de las hecatombes de 1916 se necesitaba a todo el mundo. Es posible también que tuviera la herida bonita y que le devolvieran a su hogar.

«Háblame de él.»

Suspira. Ha dejado abajo su partida de cartas con mamá, Sylvainy Paul. Si jugaba contra mamá, debe de estar enganchado a pesar de la bondad de su alma, y sólo aspira a bajar para dejarse desplumar. Mamá, a la brisca, a la manila, o al bridge, es una bestia. Tiene el genio de las cartas, pero además, para desmoralizarlos, insulta o se burla de sus adversarios.

«Le llamaba Jeannot —dice Célestin Poux—. Estaba igual de fastidiado que los demás de encontrarse en la trinchera, pero hacía su trabajo. Leía mucho. Escribía mucho. Todo el mundo escribía mucho, salvo yo. Si hay algo que me cansa, es eso. Una vez le pedí que me dictara una carta para aquella amiga de Oleron Bibí, la que me hizo los guantes. Era una carta tan hermosa que me enamoré de la chica hasta que la volví a ver. Aparte de eso no tengo nada que decir, había mucha gente por todas partes en esa guerra.»

Matilde lo sabe. ¿Pero que más? Hace esfuerzos para recordar.

«Otra vez, en el acantonamiento me habló de su madre. No tenía padre desde que era un crío, y le escribía a ella. No tenía amiga ni más amigos que nosotros, me dijo que sólo tenía a su madre. Un hijo de mamá, vamos. Me enseñó una foto. Lo que vi fue a una mujer vieja, de aspecto triste, no muy guapa, pero él estaba orgulloso y enternecido, y decía que era la mujer más guapa del mundo, que la echaba de menos. Le dije que tenía cosas que hacer y me largué, porque me conozco y yo también lloro.»

Matilde oye casi la voz de Tina Lombardi, a la que nunca conoció «¿Comprende usted?» Dice a Célestin Poux que es la vergüenza del ejército. Rueda hasta su mesa, le da su carta para el cura de Cabignac y le ruega que vaya a echarla al correo después de su partida de cartas. Responde que va enseguida, que juega por dar gusto a los demás, pero que detesta que le cacareen por un punto, que le regañen por haber echado demasiado tarde su rey de diamantes y que le roben su dinero como a un pichón. En resumen, que mamá, jugando, es una bestia.

Cuando se va, Matilde telefonea a Pierre-Marie Rouvière. En 1919, hace cinco años, fue él quien hizo la encuesta sobre los enfermos mentales en los hospitales militares, por si acaso. Le pregunta si le sería difícil averiguar lo que sucedió con un soldado de esa compañía que conoce bien, evacuado del frente que él sabe, en la fecha que adivina. Pierre-Marie dice: «¿Qué nombre?» Dice: «Jean Desrochelles, de Saintes, Charente». Mientras escribe suspira: «Estás muy enamorada, Mati. Mucho». Y cuelga.

Cuando Germain Pire entra en la habitación donde ella le espera frente a la puerta, erguida y severa en su silla, le dice de pronto: «Cuando usted abandonó sus investigaciones y me escribió aquella carta, que recibí en Nueva York, ¿sospechaba que Tina Lombardi era una asesina?»

Antes de responder le besa la mano, cuando en realidad ella es una señorita y no una señora, y le dedica un cumplido sobre su buen aspecto, cuando en realidad el viaje a Bingo la ha agotado, destruido, y sabe que está tan fea que merece que le saquen la lengua en el espejo. Al fin dice: «Mi oficio consiste en husmear las cosas. En Sarzea, en Morbihan, acababa de morir asesinado un teniente, Gaston Thouvenel, justo en el momento en que esa loca andaba por la región. Eso no significaba nada para nadie pero mucho para mí».

También él coge una silla para sentarse cerca de la chimenea. Dice: «Querida Mati, debería usted felicitarme por haber dejado de perseguirla, en particular porque todo eso me ha costado mis hortensias».

Matilde le dice que el cuadro ya es suyo. La tela está abajo, en una pared del pequeño salón. Al irse, todo lo que tendrá que hacer es descolgarlo y llevárselo. «Si mamá se extraña, diga que es un ladrón, tiene casi tanto miedo de los ladrones como de los ratones.»

No sabe cómo agradecérselo. Matilde dice: «Entonces no me lo agradezca. ¿Recuerda usted aquellas mimosas que escogió en primer lugar? También serán suyas en cuanto me haya encontrado a otra persona que busco. Sus gastos por añadidura, por supuesto. Lamentablemente hay una condición en este trato, y es que sólo podré proponérselo si esa persona está viva. Si tiene usted un poco de paciencia lo sabré en un momento».

Responde que nunca tiene prisa cuando se trata de un asunto de envergadura. Deja su sombrero hongo sobre una esquina de la mesa de Matilde. Lleva corbata negra. Sus botines son de una blancura de maníaco. Dice: «De hecho, ¿qué significan esas tres M grabadas sobre un árbol, en su delicioso cuadro?»

«Matilde ama a Manech o Matilde ama a Matilde, como se quiera. Pero dejemos eso. Quiero tener una conversación seria con usted.»

«¿A qué propósito?»

«A propósito de botas —dice Matilde restándole importancia—. En el curso de su investigación sobre la desaparición de Benjamín Gordes, en Combles, tres testigos afirman haberlo visto justo después del bombardeo y recordaron que llevaba botas alemanas. ¿Quiere eso decir que uno de los cadáveres que se encuentran bajo los escombros llevaba botas alemanas?»

Germain Pire sonríe con sus pequeños mostachos y los ojos chispeantes. «¡Veamos, Matilde, no me dirá usted que necesita una respuesta!»

Dice que en efecto no la necesita. Si hubieran encontrado bajo los escombros, el 8 de enero de 1917, un cadáver con botas alemanas, no hubieran dado por desaparecido a Benjamín Gordes hasta 1919, sino que lo hubieran identificado enseguida, y la investigación era inútil.

«El objeto de esa investigación era establecer la muerte de ese buen cabo —dice Germain Pire—, y eso en interés de mi cliente, su esposa. ¿Podía yo levantar parecida liebre? Piense que ya me ha perseguido bastante.»

Matilde se alegra de oírle decir eso. Por tanto, ha mentido al escribirle en una carta que ese detalle se le había escapado de la cabeza. Juntando el índice y el pulgar responde que fue una mentirijilla.

En ese momento suena el teléfono de la habitación. Matilde rueda hasta su cama, coge el aparato y descuelga el auricular. Pierre-Marie Rouvière le dice: «Me has estropeado mi velada, Mati. Jean Desrochelles, clase 1915, de Saintes, fue efectivamente evacuado del frente del Somme el 8 de enero de 1917. Aquejado de una grave neumonía y de heridas múltiples, le curaron en el hospital de Val-de-Grâce y después en el hospital militar de Châteaudun, y al fin en un centro hospitalario de Cambo-les-Bains, en los Pirineos. Inútil para el servicio, fue devuelto a su familia el 12 de abril de 1918, es decir, a su madre, la viuda de Desrochelles, librero, domiciliado en el 17 de la rue de la Gare, en Saintes. Te repito que esto demuestra que te quiero mucho, Mati, mucho». Ella responde que también le quiere.

En cuanto cuelga el auricular y deja el aparato, vuelve sobre sus ruedas y dice a Germain Pire que saque su libreta de notas. La que saca de su levita no es seguramente la misma que la de 1920, no hubiera podido sobrevivir tanto tiempo, pero está rodeada de una goma y parece igual de usada. Matilde dicta: «Jean Desrochelles, 29 años, en casa de la señora viuda de Paul Desrochelles, librero, 17, rue de la Gare, Saintes». Cerrando su libreta, Germain Pire dice: «Si usted tiene la dirección, ¿qué tengo que hacer para merecer sus mimosas? ¿De verdad robarlas?»

«Espere —dice Matilde—, déjeme encontrar una respuesta satisfactoria.» Vuelve hacia él. Dice: «Podía salir de apuros con una pequeña mentira, pero siempre prefiero una verdad disfrazada a una mentira. Así pues, confesaré que espero con todo mi corazón, como probablemente no he esperado nunca nada en mi vida, que al menos en Saintes usted acierte».

Él la mira sin decir nada, con ojos agudos. Ella toma el sombrero hongo de encima de la mesa y se lo entrega.

Por la noche, en la cena, cuenta que un señor que parecía bien educado, muy amable, entró en el saloncito, descolgó un cuadro de la pared y se lo llevó sin más explicación que ésta: la señorita Matilde acababa de decirle que el cuadro se encontraría más a resguardo de los ratones en su casa. Y al momento la buena mujer hizo colocar ratoneras por todas partes. Lo que significa que ya no habría queso.

Los girasoles del fin del mundo

Incluso los gatos sufren en el Hossegor aplastado por el calor de agosto. Cada noche estallan las tormentas que ametrallan a los árboles, arrancan las hojas, masacran a las flores. Bénédicte se espanta con los truenos.

Célestin Poux se queda todavía unos días en MMM. Abrillanta el Delage, ayuda a Sylvain en el jardín y sierra madera con él para el invierno. Nada en el lago. Matilde le enseña a jugar a la escoba. Come con buen apetito y Bénédicte está encantada. Él se aburre. A veces Matilde lo ve, pensativo, contemplar cómo cae la lluvia detrás de los cristales de las puertaventanas. Avanza hacia él, recibe de su mano los golpecitos amables y distraídos de alguien que ya no está allí. Una tarde, le dice que se irá al día siguiente, que enviará noticias a menudo y que ella siempre sabrá dónde encontrarle si le necesita. Ella dice que lo comprende.

Al día siguiente es 15 de agosto y Cap-Breton debe encontrarse en fiestas, con la calle repleta de gente para seguir la procesión. Célestin Poux levanta una especie de andamio en la parte trasera de su moto. Sylvain finge ocuparse de su trabajo. Bénédicte se queda con Matilde en la terraza, triste de ver irse a un muchacho tan bueno. Hace doce días, un domingo, a la hora en que el sol declinaba y tocaba ya la cima de los pinos, llegaba para reanudar una conversación. A Matilde le parece que de eso hace mucho más tiempo. Viene hacia ella, con su gorra y sus gafas de motorista en la mano para despedirse. Le pregunta adónde va y se arrepiente al instante. Él sonríe una vez más, con esa sonrisa que derrite. No lo sabe. Quizá se dé una vuelta por Oleron. Da un beso a Matilde y a Bénédicte. Va a abrazar a Sylvain. Se marcha como ha venido, aproximadamente a la misma hora, con el petardeo del motor de la moto. Allá donde llegue tendrá dos grandes círculos de piel bien limpios alrededor de sus ojos azules, y Matilde, de repente, se pregunta dónde habrá podido dejar, cuando era niña y ya no le quería, a su muñeco Arthur.

Unos días más tarde, recibe una carta de Leipzig, Alemania. Heide Weiss, que acaba de volver de viaje, ha encontrado al antiguo feldwebel, Heinz Gerstacker, que de nuevo le contó aquel domingo de Bingo Crepúsculo. Es más o menos lo que ella le dijo en el Auberge des Remparts, con algunas precisiones, sin embargo, la última de las cuales hubiera dejado estupefacto a Célestin Poux de haber estado allí, pero confirma a Matilde, si su orgullo lo necesitara, que a pesar de su imaginación intempestiva, de sus padres y de sus impulsos amorosos de Toledo, ella no es tan tonta.

Gerstacker, prisionero, fue llevado a las líneas francesas el lunes poco antes del alba, con tres de sus camaradas. Eran conducidos por dos soldados que, en lugar de seguir el trayecto más corto, quisieron pasar por Bingo. Sobre el terreno, dispersos en la nieve, yacían los cadáveres de los condenados. Los dos soldados se separaron para explorar el lugar con linternas eléctricas. Gerstacker, siguiendo a uno de ellos, vio en primer lugar a uno de los condenados al que la muerte había dejado tieso, de rodillas, como había caído, con los brazos sobre los muslos, y la cabeza inclinada sobre el pecho. Era el que había derribado al Albatros con una granada. Otro estaba en un agujero que parecía una bodega hundida, porque todavía se veían los peldaños. Gerstacker vio claramente, a la luz de la linterna, que éste, caído de espaldas, con las piernas en medio de los peldaños, calzaba botas alemanas. El soldado francés susurró: «¡Mierda!» Era una de las escasas palabras que el feldwebel conocía de nuestra lengua. Después, volviéndose a poner en marcha, el soldado discutió con su camarada y éste respondió: «Sí, pues bien, cierra el pico». Y Gerstacker no tenía necesidad de ser bilingüe para comprender eso también.

Matilde no se asombra, y menos todavía se queda estupefacta como lo hubiera estado Célestin Poux. Su corazón late más deprisa, eso es todo. Si lo que imagina desde que leyó la carta de Tina Lombardi y encontró su cofrecito de caoba tiene el menor sentido, es necesario que Benjamín Gordes, en aquella noche de combate, haya ido en algún momento delante de Bingo Crepúsculo. Gerstacker confirma que así lo hizo.

Pobre, pobre Benjamín Gordes, piensa ella. Has tenido que morir allí para que yo siga creyendo que uno de los cinco, que te cogió las botas, siguió vivo al menos hasta Combles. No podía ser tu amigo Eskimo, ni Six-Sous, ni Ange Bassignano. A Manech no se le hubiera ocurrido la idea, en el estado en que todo el mundo le ha descrito. Queda ese rudo campesino de Dordoña hallado al nacer en los peldaños de una ermita y que se ocultaba en su último día, por un juego del destino, en las ruinas de otra. Queda la frase de Urbain Chardolot, que regresó por la mañana a la tierra de nadie, cuando volvía a caer la nieve, mucho después de que tú volvieras, después del prisionero alemán y el soldado sin nombre que te vieron en un agujero: «Uno al menos, si no dos».

Sí, Chardolot tenía una certidumbre y una sospecha. La certidumbre se la dijo a Esperanza en julio de 1918, en el andén de aquella estación donde le evacuaban: «Si les tuviera, apostaría dos luises contigo sobre Pipiolo. Pero las mujeres me lo han sacado todo». La sospecha era Ese Hombre simplemente porque el soldado sin nombre no había escuchado, a fin de cuentas, el consejo de que cerrara el pico.

La carta que Matilde espera con más impaciencia es la del cura de Cabignac, que llega dos días más tarde.

Sábado 16 de agosto de 1924.

Mi querida hija:

Confieso que su pregunta me deja perplejo sobre el sentido de sus actuaciones. No puedo figurarme, sobre todo, por qué rodeos ha podido llegar a sus manos la última carta de Benoît Notre-Dame, o su copia. Es necesario pensar que usted encontró a Mariette, y que su silencio a este respecto sólo se debe a una prohibición de su parte, lo que me entristece profundamente.

Sin embargo, responderé lo mejor que pueda, por mi fe en Nuestro Señor y la confianza que tengo en usted.

He leído varias veces esta carta. Desde el principio puedo decirle que Benoît, tal como le conocí de niño, adolescente y adulto, aunque fuera rudo y poco hablador, nunca lo fue hasta ese punto. Sin duda los sufrimientos de la guerra han cambiado a los hombres y los sentimientos, pero lo que más profundamente siento es que su mensaje a Mariette, la víspera de su muerte, quiera significar otra cosa que lo que dice.

He intentado comprender, como usted me lo pedía, lo que hay de incongruente en su carta, según la expresión que usted emplea. Me he informado en los pueblos de alrededor, hasta Montignac. Mis investigaciones explican que haya tardado en responderla. He hablado con mucha gente que conoció a los Notre-Dame. Todos afirmaron que Benoît nunca tuvo necesidad de comprar abono para sus campos, que no eran grandes, y sus mayores rentas provenían de la ganadería. No he encontrado a nadie en la comarca que haya oído hablar de un señor Bernay, o Bernet. El nombre más aproximado que me han dicho es el de Bernotton, chatarrero. Lo inexplicable de esa carta, y no incongruente que usted emplea impropiamente, y lo menciono sin ánimo de ofender, pues lo que es incongruente sólo contradice las conveniencias, no la razón, lo que es inexplicable, pues es ese señor Bernay que jamás ha existido.

Soy un anciano, querida hija. Antes de que Dios me llame, quisiera saber lo que ha sido de Mariette, incluso si ha vuelto a rehacer su vida fuera de la religión, y de su hijo Baptistin que yo bauticé como casé a sus padres. Esta noche rezaré por Benoît Notre-Dame. Rezaré por usted, creyendo con toda mi alma que ese camino que usted ha emprendido, y que yo no comprendo, es una de las llamadas vías impenetrables.

Adiós, querida hija. Si recibo algunas líneas suyas para tranquilizarme, os perdonaría con gusto lo de incongruente, incluso si, como lo puedo adivinar leyéndola, usted agrava su caso por haber podido estudiar latín.

Suyo en Nuestro Señor.

Anselme Boileroux.

Cura de Cabignac.

* * *

Es mediodía. Lo primero que hace Matilde es consultar, en su habitación, el diccionario *Littré*. Exacto, ella está equivocada. A pesar de ello no deja de emitir con la lengua y los labios un sonido incongruente dirigido al cura.

A continuación, coge las hojas de dibujo de su cajón, y unas tijeras. Recorta tantos pedacitos de papel como necesita para escribir sobre cada uno de ellos una palabra de la carta de Ese Hombre de fecha 6 de enero de 1917.

Despeja la mesa. Pone alineados todos los papelitos. Los desplaza, y vuelve a colocar para encontrar el código «ascensor» del que le habló Célestin Poux. No conoce la palabra-clave de Ese Hombre y de su Mariette, pero se fía de ese nombre desconocido para la gente de Cabignac: Bernay.

Hacia la una, Bénédicte y Sylvain recuerdan que tienen un estómago. Matilde les dice que coman sin ella, que no tiene hambre. Bebe a morro de la botella de agua mineral. A las dos Bénédicte viene a la habitación. Matilde repite que no tiene hambre y que la dejen en paz. A las tres todavía no ha encontrado nada, los gatos hacen lo que les da la gana y les hace salir de la habitación. A las cuatro, las palabras se han dispuesto así sobre la mesa:

	Querida esposa:	
	Te	escribo esta carta para advertirte
que	estaré	algún tiempo sin escribirte. Di al
tío	Bernay	que quiero que todo esté listo a
principios de	marzo.	Si no, peor para él.
Nos	vende	su abono demasiado caro. Pienso
a pesar de	todo	que nos entenderemos.

Di a Titou que le doy un beso muy fuerte
y que nada malo le sucederá si
escucha a su querida mamá. Todavía no
conozco a nadie tan bondadoso. Te quiero.
Benoît.

En la vertical de la palabra Bernay puede leer de arriba a abajo: «Estaré en Bernay en marzo. Vende todo. No digas nada. No escuches a nadie. Benoît».

Matilde permanece un momento inmóvil, con algo en el corazón que debe de parecerse al orgullo de lograr realizar un cuadro, sola, como un adulto, un cuadro o cualquier otra cosa que traería fácilmente lágrimas a los ojos si no se prohibiera a sí misma apiadarse de sí. Se dice que todavía no ha llegado al final de sus penas y que ahora tiene hambre. Agita su campanilla.

A Bénédicte, que acude sonriente, sin duda porque su señor y compañero le ha acariciado las nalgas al pasar, le pide que perdone su impaciencia de hace unos minutos, que le traiga un sándwich de jamón de Bayona con mucha mantequilla y a Sylvain en lugar de mostaza. Bénédicte responde que si Mati supiera que en ocasiones ella misma la trata así en su fuero interior no se disculparía.

Cuando llega Sylvain con un sándwich enorme y un vaso de Saint-Emilion, Matilde ha recogido ya sus pedacitos de papel y ha sacado del cofrecito de caoba las notas que apuntó en 1919 que le corresponden directamente. Como de costumbre, se tiende en la cama, con las manos debajo de la nuca, quitándose sus sandalias ayudándose únicamente de sus pies. Con la boca llena, pregunta:

«Cuando fuiste al hotel de la rue Gay-Lussac para informarte sobre Mariette Notre-Dame, ¿te dijeron los propietarios que al irse ella con su bebé y su equipaje, tomó un taxi hacia la estación del Este? ¿No hacia la del Norte, la de Orleans o la de Vaison-la-Romaine?»

Responde que si ella tomó notas cuando se lo dijo, puede estar segura de ello, pero que después de cinco años él ya no se acuerda exactamente.

Matilde pega un buen bocado al sándwich. Dice: «He anotado también que las dos veces en que Mariette Notre-Dame fue con su bebé a visitar a sus amigos, estuvo fuera solamente durante el día, o sea que no debía de ser muy lejos de París».

«¿Y qué?»

«¿Te sería muy difícil encontrar un pueblo llamado Bernay al que se puede llegar por la estación del Este, no muy lejos de París?»

«¿Enseguida?»

Ella no responde, enzarzada con el jamón de Bayona. Sylvain se levanta, se pone las sandalias y va a buscar su anuario de ferrocaril. Adora los ferrocarriles. Una vez contó a Matilde que su sueño, de no estar casado, sería tomar en cualquier momento un tren hacia cualquier lugar, y bajarse en ciudades que no conoce, que ni siquiera tiene deseos de conocer, y dormir sólo en hoteles Terminus frente a la estación, y al día siguiente irse a otra parte. Pretende que los ferrocarriles son mágicos, llenos de embrujo, algo que muy pocos elegidos pueden entender.

Vuelve, se sienta en el borde de la cama, contempla a Matilde con sus buenos ojos de segundo padre. Dice: «Se trata de Bernay cerca de Rozay-en-Brie, en Seine-et-Marne».

Matilde deja el resto del sándwich y bebe tres sorbos de vino. Dice: «Ya sé que te molesto, apenas acabamos de regresar. Pero tengo que ir allí».

Suspira apenas, se encoge de hombros, responde: «A mí no me molesta. La que no va a sentirse contenta es Didi».

Matilde, inclinándose hacia él en su silla, insidiosa, murmura con ardor: «Échale un buen polvo esta noche. Que la oiga yo gritar desde aquí. Después te adorará y haremos con ella lo que queramos».

Él ríe, doblándose en el borde de la cama hasta tocar casi con la frente sus rodillas, orgulloso y avergonzado a la vez. Nadie, cuando Matilde escribe esas líneas puede imaginar lo que amaba a Sylvain.

Al día siguiente se marchan.

Bernay, bajo un sol de plomo, no tan cerca de Rozay-en-Brie como Matilde de su destino. Le duele la espalda. Le duele todo. Sylvain se para delante de la escuela. Lleva hasta el Delage a un hombrecito con el pelo revuelto, con un libro abierto en la mano, el maestro, que vive allí, que se presenta con el nombre de señor Ponsot. Matilde ve el libro, es la *Narración de Arthur Gordon Pym* de Poe. Es capaz de reconocer ese libro en las manos de cualquiera a diez pasos, a sabiendas de que quien viene, aprovechando su domingo para leerle, no puede ser un cualquiera. *He grabado esto en la montaña, mi venganza está escrita en el polvo de la roca.* Es el epitafio que podría aplicarse a Tina Lombardi, casi un siglo antes que ella, traducido por Baudelaire, en las páginas de un loco.

Matilde pregunta al maestro si tiene en su clase a un muchacho de ocho o nueve años llamado Baptistin. Monsieur Ponsot replica: «¿Se refiere usted a Titou Notre-Dame? Por supuesto que está conmigo. Es muy buen alumno, el mejor que he tenido nunca. Hace unas redacciones asombrosas para su edad. Antes de Navidad hizo una sobre las víboras que me ha hecho entender que algún día será un sabio o un artista. Todo estalla en su corazón».

Matilde dice que solamente quiere saber dónde vive. El maestro responde, extendiendo el brazo, que es por allí: «Llega usted a Vilbert, gira usted a la izquierda por la carretera de Chaumes y cien o doscientos metros después, sigue usted el camino de tierra que baja a lo largo del río, siguiendo siempre a la izquierda. Pasa usted la granja de los Mesnil y la Petite Fortelle, continúa, continúa, no puede usted equivocarse, llegará usted al fondo del valle a una granja en medio del campo que llaman Fin-del-Mundo. Allí vive Titou Notre-Dame».

El camino de tierra, entre la cortina de árboles que oculta el río y el bosque espeso que lo flanquea, es umbroso y fresco, y el choque de la luz es tanto más brutal cuando el coche desemboca sobre Fin-del-Mundo, sobre las inmensas extensiones de girasol amarillo, hasta perderse de vista, tan altos que de los edificios de la granja en el centro sólo se ven los tejados de tejas ocres.

Matilde pide a Sylvain que se detenga. Cuando apaga el motor, sólo se oye el murmullo del río y, en la lejanía, los pájaros del bosque. No hay vallas por ningún lado. Todo alrededor, al flanco de las colinas que ciernen el valle, solamente los colores delimitan los campos, todavía verdeantes y dorados. Sylvain despliega la silla de ruedas. El sitio le parece muy hermoso, pero un poco opresivo, no sabe por qué. Lo cierto es que ella le ha dicho que la deje allí, sentada en su silla, bajo su sombrilla, cerca del tronco de un roble tendido al bordel del camino, y que se vaya con el Delage durante un par de horas, y eso a él le preocupa. Dice: «No es razonable, nunca se sabe lo que puede pasar. Déjame al menos llevarte hasta la casa». Ella dice que no, necesita estar sola y esperar que la persona a quien quiere ver venga a ella.

«¿Y si no viene?»

«Vendrá dice Matilde. Quizá no venga enseguida, me tiene más miedo que yo a él. Va a observarme de lejos durante un buen rato y después vendrá. Por eso te digo que vuelvas al pueblo y te bebas una cerveza.»

El coche se va. Matilde, delante de esos girasoles que se pierden en el infinito, tiene la extraña sensación de lo ya visto, pero piensa que debía de ser en un sueño, un sueño que tuvo en otros tiempos, hace años, y que ha olvidado.

Unos minutos más tarde ladra un perro, y Matilde adivina que lo hacen callar. Después oye correr por el camino que lleva a la casa. Por la ligereza del paso comprende que se trata de un niño. Aparece a veinte pasos de ella y se para en seco. Es rubio, de grandes ojos negros. Ella calcula que tiene ocho años y medio. Lleva pantalones grises, camisa azul, una venda en una rodilla que no parece tapar una herida demasiado grande, de otro modo no correría tan rápido.

«¿Eres Titou?», pregunta Matilde.

No responde. Se aleja corriendo entre dos campos de girasol. Un momento después Matilde oye el paso tranquilo de Ese Hombre en el camino. A medida que sus pasos se acercan, su corazón late más fuerte.

También él se detiene a veinte pasos de ella. La contempla varios segundos, inmóvil, con el rostro y la mirada mudos, tan alto como le dijeron, quizá más alto todavía que Mathieu Donnay, de complexión fuerte, vestido con una camisa blanca sin cuello, con las mangas remangadas, y con un pantalón de tela beige sujeto con tirantes. Matilde calcula que en julio ha debido de cumplir treinta y ocho años. Va con la cabeza descubierta. Tiene el cabello moreno, y los mismos ojos grandes que su hijo.

Al fin, se acerca lentamente, avanza los últimos pasos que le separan de Matilde. Dice: «Sabía que iba a encontrarme algún día. La esperaba desde que me mostraron su anuncio en el periódico». Se sienta en el tronco del roble derribado, con un pie encima y el otro en el suelo. Tiene la voz un poco sorda, apacible como toda su persona, más suave de lo que dejaría suponer su estatura. Dice: «En abril de 1910 fui incluso a Cap-Breton, la vi mientras pintaba en el jardín de una casa. Ya no sé lo que tenía en la cabeza. Usted representaba para mí un peligro terrible, y cuando digo para mí, comprenda usted, pienso en mi mujer y en mi hijo. Quizá fue el verla en esa silla de ruedas, quizá también que desde la guerra no tengo ánimo de matar ni una gallina, y si lo hago es porque lo necesito, a disgusto y haciendo sufrir lo menos posible al animal. Me dije: tanto peor si algún día me encuentra y me denuncia, pase lo que tenga que pasar. Y me volví a casa».

Matilde responde que ella nunca ha denunciado a nadie, incluso cuando era pequeña, y que no va a empezar ahora. Dice: «Lo que usted ha llegado a ser después de lo de Bingo, sólo a usted le concierne. Me alegro que haya podido escapar a todo eso, pero también comprenderá que pienso en aquel a quien llamaban Pipiolo».

Él recoge una ramita seca. La parte en dos, después en cuatro, y deja caer los pedazos. Dice: «La última vez que vi a Pipiolo estaba bastante mal, pero no tanto como se pudiera temer. Era fuerte, tratándose de un muchacho largo como un hilo. Y aquel día me dio bastante trabajo cargarle sobre mi espalda. Si le curaron bien, se habrá salvado. Me imagino por qué usted no le ha encontrado todavía. Ya no sabía quién era».

Matilde hace avanzar las ruedas hacia él en la tierra seca del camino. Hace tiempo que Ese Hombre se ha afeitado los bigotes. Tiene curtidos los brazos, el cuello y el rostro, como Sylvain, y su ojos son graves y brillantes. Ella ve ahora que su mano derecha, apoyada sobre una rodilla, tiene un agujero en el centro. Es un agujero limpio, impecable, del tamaño de una moneda de un franco. Apenas sonríe al ver a Matilde mirar su mano. Dice: «Afilé la bala durante horas, todo lo hice bien. Todavía puedo servirme del pulgar, del índice y del meñique para hurgarme la oreja». Mueve contra la rodilla los dedos que dice para mostrar que es verdad. Matilde pone delicadamente la mano derecha sobre la suya.

«Esperé y eché a andar —dice Ese Hombre—. A fin de cuentas, eso es todo lo que recuerdo. Encontré la bodega hundida casi al momento, porque vi aquel montón de ladrillos que surgían de la nieve cuando estallaron las primeras bengalas. Estaba con Eskimo y Pipiolo en un cráter de obús muy poco profundo como para permanecer allí. Pipiolo fue el que nos desató rápidamente, comprendí que tenía una gran experiencia en nudos. Dije a Eskimo que no era bueno que permaneciéramos juntos y estuvo de acuerdo, sabía lo que era la guerra. Empecé a arrastrarme por la nieve hacia el montón de ladrillos, y ellos se fueron hacia el centro del terreno buscando un agujero más profundo. No sé lo que sucedió con el que usted llama Six-Sous, ni con ese marsellés que sólo servía para hacer que nos mataran a todos, a quien di una patada en la cabeza para calmarle.

»De la trinchera alemana lanzaron granadas, cohetes, y escuché las ametralladoras. Esperé apretado contra el muro de ladrillo. Más tarde, cuando todo cesó, palpé en la oscuridad a mi alrededor, y toqué con la mano, apartando la nieve, un gran panel de madera, que de hecho era una puerta desplomada, y debajo el vacío. Esperé a otro cohete para hundir la cabeza en ese agujero y averiguar que se trataba de los restos de una bodega. Había que bajar cinco o seis escalones, el fondo estaba inundado. Cuando eché a un lado la puerta, escaparon unas ratas que no vi, solamente las sentí correr sobre mí. Me deslicé de espaldas en esa bodega, peldaño a peldaño. Encontré a tientas una viga derribada, al pie de un muro que salía del agua putrefacta, me senté y luego me tumbé encima.

»Esperé. En aquellos momentos aún no sentía frío, no tenía hambre, y sabía que para beber no tenía más que sacar un brazo del agujero y recoger algo de nieve. Conservaba alguna esperanza.

»Más tarde me dormí. Es posible que las dos trincheras se enzarzaran de nuevo en algún tiroteo aquella noche, pero no sabría decírselo, en la guerra el alboroto ya no despertaba a nadie, cuando se tenía un rato para dormir era el «pase lo que pase», nadie quería saber nada.

»Era todavía la noche de aquel domingo, cuando me encontré en esa bodega que usted dice era la cripta de una ermita. En aquel momento tuve frío. Anduve en el agua, inclinado, porque lo que quedaba del techo no estaba a más de un metro cincuenta o sesenta del suelo. Busqué en la oscuridad, contra un muro en el que había una tabla, algo que me pudiera servir. Adiviné bajo mi mano viejas herramientas, trapos rígidos por el hielo, pero nada que pudiera servir para alumbrarme.

»Esperé a que llegara el día. Llegó poco a poco, blanco como la nieve, sin sol. Por el agujero entraba bastante luz como para que pudiera ver dónde me había guarecido. Incluso había un aliviadero, en un rincón, bajo los escombros. Tiré de una cadena herrumbrosa que se rompió, pero después, con las uñas y los dedos pude levantar una plancha de hierro y toda el agua repugnante que había por el suelo se precipitó en el pozo.

»Esperé. Esperé. Primero alguien nos llamó desde nuestra trinchera para saber si estábamos todavía con vida: Bouquet, Etchevery, Bassignano, Gaignard. Y después Notre-Dame, lo repetían. Pero yo no respondí. Además, después de esos gritos los boches empezaron a lanzar granadas y oí escupir a los morteros, me pareció que el mundo seguía tan estúpido como de costumbre. Después, Six-Sous se puso a cantar. Hubo un disparo y dejó de cantar.

»Con un avión boche que sobrevoló el terreno y que regresó, muy bajo, ametrallando el campo, cometí mi primer error. Quise ver. Me arrastré sobre el vientre hasta lo alto de los peldaños de mi bodega, y saqué la cabeza. Vi al Pipiolo de pie delante de un muñeco de nieve al que había puesto un sombrero *canotier*. El avión, después de un largo rodeo por encima de sus líneas, enfiló sobre nosotros, a menos de quince metros por encima de la nieve. Era un Albatros que ametrallaba por detrás. Cuando estuvo casi sobre mí, vi estallar al muñeco de nieve, y a Pipiolo caer con él, entre dos trincheras que se tiroteaban como en los peores días.

»Mi segundo error fue no haber vuelto inmediatamente al fondo del agujero. El biplano volvió a pasar, con sus cruces negras en las alas, por tercera vez. Entonces vi a Eskimo, a unos treinta metros de mí, alzarse de golpe en la nieve y lanzar con su mano sana un objeto al aire, justo cuando el aeroplano pasaba sobre él, y casi al mismo tiempo la cola del avión explotó. También le vi alcanzado en medio del pecho por la metralla, y mi propia cabeza explotó también.

»Cuando tuve de nuevo conciencia, me encontré tumbado en el fondo de la bodega. Todavía era de día pero adiviné, sin saber la hora, que atardecía, y los gruesos calibres caían por todas partes y sacudían el suelo, eran del 220 y venían de lejos. Me arrastré hasta el muro para ponerme al abrigo en el fondo de la cueva, y entonces, así de repente, sentí sobre mi cara sangre seca, y también sangre pegajosa que manaba todavía.

»Lo que me hirió no fue una bala de ametralladora dice Ese Hombre, sino probablemente un ladrillo alcanzado por la metralla y proyectado sobre mí, o un trozo del fuselaje del avión. No lo sé. Sentí la sangre resbalar sobre mi rostro, palpé con la mano mi pelo pegajoso hasta encontrar la herida, y me dije que todavía no había llegado la hora de la muerte.

»Esperé. Tenía hambre. Tenía frío. Los obuses caían con tanta densidad que comprendí enseguida que los boches habían debido evacuar sus trincheras de primera línea, y los nuestros también, porque al capitán que estaba al mando de Bingo yo lo había visto, y no era el tipo de persona que deja que muera su gente sin moverse.

»Enseguida oí los disparos de grandes calibres desplazarse hacia el este, mientras que al oeste también debían caer firmes sobre los ingleses que estaban en contacto con nosotros. Cuando un frente abre fuego, solamente se profundiza en un punto, de otro modo se extiende el tiroteo a lo largo en kilómetros. De nuevo tuve confianza. Me dije que tenía que esperar todavía, sin cambiar de lugar, y que en la confusión del día siguiente, en un frente tan extenso, tenía una posibilidad de salir de nuestras líneas. Después no tendría más que andar todo lo que pudiera.

»De nuevo me dormí dice Ese Hombre. A ratos caía un obús que estremecía toda la bodega, pero yo estaba lejos, y al momento me sumergí en el sueño.

»Bruscamente algo me despertó. Creo que era el silencio. O quizás unas voces en el silencio, inquietas, ahogadas, y pasos en la nieve, sí, la nieve crujía. Oí: "Pipiolo todavía respira". Y alguien respondió: "Acerca la linterna, rápido". Casi al mismo tiempo llegaron varios calibres de los gordos, a la vez, con silbidos agudos, y el suelo osciló bajo mis pies como bajo el efecto de un temblor de tierra, las explosiones iluminaban la bodega, y vi que la puerta que cubría en parte mi agujero ardía. Entonces uno de los soldados que yo había oído, bajó los peldaños inclinándose hacia adelante, y lo que primero vi fueron sus botas alemanas, después la luz de una linterna eléctrica, que barrió los muros, y cayó rodando de cabeza, como dislocado, cerca de mí.

»Recogí la linterna, y reconocí a uno de los cabos de Bingo, al que Eskimo llamaba Biscotte. Se lamentaba, sentía dolores. Le arrastré al fondo del agujero, y le senté apoyado contra el muro. Había perdido el casco. Su capote estaba empapado de sangre por delante y se sujetaba el vientre. Abrió los ojos. Me dijo: "Kléber está muerto, muerto de verdad. No podía creerlo". Después, con un espasmo de dolor me dijo: "También a mí me han dado". Después ya no habló. Gemía suavemente. Quise ver dónde le habían alcanzado pero separó mi mano. Apagué la linterna. Fuera, el cañoneo se había desplazado de nuevo, pero continuaban disparando de ambos lados.

»Un poco más tarde el cabo dejó de gemir. Volví a encender la linterna. Se había desvanecido. Todavía respiraba. Le quité sus macutos. En uno, había granadas, en otro papeles y objetos personales. Se llamaba Benjamín Gordes. En un tercer macuto encontré un pedazo de pan, algo de queso y una tableta de chocolate. Comí. Tomé su cantimplora. Era vino. Bebí un par de tragos y apagué la linterna. Fuera, por encima de mi cabeza, la puerta había dejado de arder. El resplandor del combate iluminaba el cielo. Me volví a dormir.

»Cuando abrí los ojos, era justo antes del alba. El cabo ya no se encontraba a mi lado, sino caído de través sobre los peldaños de la bodega. Pensé que al salir de su desmayo había querido arrastrarse hacia el exterior y que había vuelto a caer. Vi que estaba muerto, y probablemente desde hacía más de una hora, su rostro estaba frío y pálido. En ese momento oí andar en la nieve y después escuché voces. Regresé a refugiarme al fondo de la bodega, y ya no me moví. Unos segundos después, la luz de una linterna iluminó el cuerpo de Benjamín Gordes. Oí decir: "¡Mierda!" Y después otra voz dijo algo en alemán que no comprendí. Adiviné que se alejaban por el ruido de los pasos en la nieve, pero permanecí todavía largo rato en mi rincón.

»El día se acercaba. Ahora había fuera un gran silencio, como casi siempre después de una noche de cañoneo. Pensé que ya era hora de salir de allí. Me quité el capote, la guerrera y el calzado. Acerqué hacia mí el cuerpo del cabo y le desnudé. Lo más difícil fue vestirlo con mi ropa. Ya no sentía frío. Sin embargo, mis dedos estaban entumecidos, y renuncié a anudarle los zapatos que le había puesto. Envolví mis pantorrilleras alrededor de sus piernas. Me puse la guerrera y el capote desgarrados, rígidos por la sangre seca, y las botas alemanas, cogí los guantes de Benjamín Gordes y el macuto con sus objetos personales. Por si acaso, recogí el vendaje de mi mano que hacía tiempo había perdido, y lo anudé alrededor de sus dedos. Al ver el número de identificación que llevaba en una pulsera, evité olvidar lo más importante. Puse la mía en su cuello y la suya en mi muñeca. Antes de dejarle allí, contemplé por última vez al pobre hombre, pero no se pide perdón a un muerto.

»Fuera había llegado otro día blanco, sin sol en el cielo. Encontré en la nieve el casco y el fusil del cabo, cerca de la puerta de madera medio calcinada. Los arrojé en la trinchera de Bingo y empecé a andar por el campo vacío. A mitad de camino de la bodega y del muñeco destruido, encontré el cuerpo del soldado que acompañaba a Gordes. Había caído de espaldas, con la cabeza hacia abajo, al borde de un agujero de obús, con el pecho abierto. Mientras estaba allí, de pie, delante de aquel cadáver que no tendría veinticinco años, sentí que alguien se removía en la nieve, no lejos de mí. Vi levantarse a Pipiolo, intentando arrastrarse, con los ojos cerrados, embadurnado de barro.

»Me acerqué hasta él y le senté. Me miró y sonrió. Era la sonrisa que siempre le había conocido, ajena al mundo, ajena al tiempo. Se apoyaba sobre mi hombro y mis brazos, intentando levantarse con todas las fuerzas que le quedaban. Le dije: "Espera, espera, no me voy a ir. Estate tranquilo".

»Miré dónde le habían alcanzado. En el costado izquierdo, en el torso justo por encima de la cadera. En aquel lugar, su guerrera y su camisa estaban manchadas de sangre negra, pero enseguida comprendí que si moría no sería de aquella herida. Su cara y su cuello ardían. Lo que le estaba matando era haber permanecido tanto tiempo en la nieve. Ardía de fiebre y tiritaba agarrándose a mí. Por un instante —dice Ese Hombre— tuve la tentación de ser el que siempre había sido en aquella guerra, no pensar más que en mí y abandonarlo. No lo hice.

»Lo que hice fue retirarle a él también de la muñeca su número de identificación. Había comenzado a nevar de nuevo. Primero con pequeños copos todavía nada. Cuando tomé el brazalete de identificación del soldado Benjamín Gordes y lo cambié, los copos eran más pesados, más densos, ahogando todo el campo destripado. El soldado joven se llamaba Jean Desrochelles. Tenía todavía que arreglar muchas cosas si quería salir de la zona de combate sin que me persiguieran, pero me encontré sentado, sin fuerzas, cerca de un cadáver, y ya no podía más. Al cabo de un rato miré a Pipiolo. Permanecía inmóvil, la nieve caía sobre él. Me levanté. También recogí el fusil de Desrochelles y lo lancé lo más lejos que pude, hacia la trinchera alemana. Renuncié a ocuparme del resto, su casco, sus macutos. Fui hacia Pipiolo y le dije: "Pipiolo, ayúdame, intenta levantarte". Se lo juro, ya no podía más.

»Se agarró a mí con un brazo alrededor de mi cuello. Avanzamos paso a paso hasta el lecho de aquel arroyo seco. Pipiolo no se quejaba. Arrastraba una pierna delante de la otra. Nos caímos. Estaba ardiendo, a través de su ropa, como no lo he sentido en nadie. Temblaba. Su aliento era corto, sibilante; sus ojos estaban completamente abiertos y vacíos. Le dije: "Ten valor, Pipiolo. Intenta agarrarte aún. Voy a llevarte a hombros".

»Así fue, le cargué sobre mis hombros, agarrándole por las piernas. La nieve caía sobre nosotros y eché a andar, andar.

»Más allá, a través de la cortina de copos blancos, divisé a los camilleros que subían hacia las primeras líneas. Grité. Les dije que si encontraban a la compañía del capitán Favourier, que avisaran que el cabo Gordes iba hacia el puesto de socorro. Uno de los camilleros me gritó: "No te preocupes, cabo, se lo diremos. ¿Quién es tu compañero?" Dije: "El soldado Jean Desrochelles". Oí decir: "¡Viva la anarquía! Pero se lo diremos, muchacho, intenta que te evacuen".

»Después arrastré a Pipiolo por las trincheras. Le tiraba del brazo para hacerle subir las pendientes, y la nieve no dejaba de caer sobre nosotros. Descansé un poco. Pasaron unos ingleses. Uno de ellos me dio de beber de su cantimplora, algo fuerte. Me dijo en un francés muy peculiar: "No dejes, cabo, no dejes. Allí está Combles. Después tú no mueres, no muere tu soldado".

»Anduve todavía con Pipiolo sobre los hombros, y sabía que le dolía, pero no se quejaba. Sentía su aliento enfebrecido sobre mi nuca. Después, al fin, encontré una carretera, y muchos australianos heridos, y nos cargaron a los dos en un camión.

»Hacía tiempo que de Combles no quedaban más que ruinas. Los edificios del puesto de socorro, medio francés, medio inglés, se hallaban en la confusión de la guerra, todo el mundo gritaba, los enfermeros y las monjas con toca corrían por los pasillos, se oía una locomotora que hacía subir el vapor para llevarse a los evacuados.

»Allí perdí al Pipiolo. Más tarde me encontré en el primer piso con un tazón de sopa, y un teniente, Jean-Baptiste Santini, vino a buscarme. Me dijo: "He hecho evacuar a tu camarada. Su herida del costado no es nada, y he hecho lo que he podido con su muñeca, no se notará nada. Lo más grave es que ha cogido una fuerte neumonía. ¿Cuánto tiempo ha permanecido en la nieve?" Dije: "Toda una noche, y todo un día, y una noche más". Me dijo: "Eres un valiente por haberle traído. No quiero saber ni que te he visto ni cómo te llamas, voy a evacuarte a ti también. Y en cuanto puedas, lárgate, aléjate de todo, esta guerra acabará algún día. Desearía que vivieras".

»El teniente médico, a Jean-Baptiste Santini, harto de la guerra como seguramente todos los médicos, lo estaba más que nadie. Vi su cuerpo una hora más tarde bajo un catre de campaña, con la cabeza arrancada.

»Como ya lo habrá comprendido, señorita, estoy harto de contar estas cosas. Cuando comenzó el bombardeo, Pipiolo estaba desde hacia rato en un tren, camino de la retaguardia. No volví a verlo. Si en París o en cualquier otra parte le curaron de lo más grave, por haber permanecido tantas y tantas horas en la nieve, por decisiones de gente horrible, y si usted tampoco le ha vuelto a ver, eso significa que al menos tuvo la suerte de olvidarlo todo.

»Cuando el piso se hundió en Combles logré bajar, crucé un patio donde yacían soldados, pidiendo ayuda a gritos, otros corrían en todas las direcciones bajo las explosiones. Eché a andar recto, hacia delante, con mi cartón de evacuación agarrado a un botón del capote de Gordes, y no me volví a mirar hasta estar en el campo.

»Después anduve de noche y dormía durante el día, oculto en las cunetas, en los bosquecillos, en las ruinas. Los camiones, los cañones y los soldados que subían al frente eran todos ingleses. Después había menos devastación en los campos, y los pájaros revoloteaban entre los árboles. Una mañana vi a un muchacho que cantaba por la carretera. Cantaba esta canción: *Auprés de ma blonde*. Comprendí que había salido de la guerra. Aquel chaval, que tenía la edad que ahora tiene mi hijo, me condujo a casa de sus padres, campesinos como yo, que sospecharon que me había dado a la fuga, pero jamás me preguntaron nada que me hiciera mentir. Les ayudé durante una semana a reparar su granja, quizá más, y a levantar sus vallados. Me dieron un pantalón de pana, una camisa y una chaqueta que no eran las de un soldado, y también, como en Combles me habían rapado la cabeza para curar mi herida, me dieron un sombrero canotier parecido al que Pipiolo había puesto sobre el cráneo de su muñeco de nieve.

»Eché a andar de nuevo. Fui hacia poniente, para rodear París, donde me hubieran atrapado. Después bajé, noche tras noche, durmiendo de día, comiendo según venía en suerte y según la buena voluntad de la gente, hacia el sur, hacia esas hermosas tierras que usted ve, donde siempre crecerá de todo, a pesar de la estupidez de los hombres.

»¿Por qué venir a Brie? Se lo diré. Vine aquí cuando tenía doce años. El hospicio me colocó aquí seis meses en casa de un labrador de Bernay actualmente muerto, y cuyos hijos no me reconocen. Cuando hablaba a Mariette siempre le contaba la felicidad de mi recuerdo de Bernay, mis deseos de volver a encontrar estos campos donde los trigos son más hermosos que en cualquier otra parte y los girasoles son tan grandes que los niños se pierden en ellos. Mire esos girasoles. Hace ya una semana que hubiera debido cortarlos. Comprendo por qué he dejado de hacerlo. Comenzaré a cortarlos mañana. Una vez, mucho después de todas esas desgracias que he contado, soñé con usted, sin conocerla; usted venía hacia mí por ese campo. Me desperté con un sobresalto, sudando, y vi a Mariette dormir a mi lado, y me levanté para escuchar la respiración de mi hijo. Había tenido un mal sueño y me quedaba el miedo.

»Ahora estoy satisfecho de que usted pueda ver mis girasoles. En 1917, Mariette, como le dije en mi carta, vendió nuestra granja de Dordoña y vino a Bernay con nuestro hijo. Yo la esperaba desde hacía varios días, sentado en un banco de piedra, frente al hostal donde me alojaba, arriba de la plaza. Una vez los gendarmes me preguntaron quién era. Les enseñé mi cabeza y mi mano. Me dijeron: "Discúlpanos, muchacho. Hay tantos desertores". Mariette llegó una mañana de marzo, en el autobús de Tournan. Titou estaba envuelto en lana azul.

»Algunos meses antes, durante el terrible otoño de 1916, escribí a Mariette que estaría en la estación del Este. Me di permiso a mí mismo, sin papeles. Ella comprendió, y allí estaba. Había demasiadas verificaciones en los controles, y ni siquiera intenté pasar. Nos dimos un beso a través de la verja. Sentí su calor, y yo, que en mi vida había llorado, ni de niño, ni bajo los golpes cuando estaba internado, aquel día no fui lo suficientemente fuerte para contenerme. Desde aquel día decidí escapar de la guerra yo solo.

»Nunca más lloraré, señorita. Mi nombre, desde que llevé a su novio sobre mis hombros, es Benjamín Gordes, el administrador de la viuda Notre-Dame, y como lo prefiero, aquí todo el mundo me llama Benoît. Titou sabe por todas las fibras de su cuerpo que es mi hijo. Esperaré todavía. Esperaré lo necesario hasta que en todas las mentes esta guerra sea lo que siempre ha sido: la más inmunda, la más cruel, la más inútil de todas las estupideces. Esperaré a que ya no se icen las banderas en noviembre delante del monumento a los muertos, y a que los pobres tontos del frente dejen de reunirse, con sus jodidas boinas en la cabeza, y un brazo o una pierna de menos, ¿para festejar qué? En el macuto del cabo, con su libreta militar, sus papeles de identidad y un poco de dinero, encontré unas fotografías. No me sirvieron de nada, salvo para compadecerle un poco más. Sobre todo a causa de una, en la que vi a sus cinco hijos, chicos y chicas. Después dije que el tiempo pasa, y que la vida es bastante fuerte como para cargarles sobre sus espaldas.

»Oigo que su automóvil vuelve. Voy a dejarla y a volver tranquilamente a mi casa. Sé que no tengo nada que temer de usted, que usted no me denunciará. Si usted vuelve a ver vivo a Pipiolo, no le recuerde los malos días, si ha perdido la memoria. Tenga nuevos recuerdos con él, como yo con Mariette. Puedo decirle que un nombre no representa nada. El mío me lo dio el azar. Por azar tomé el de otro. Y Pipiolo, como Benoît Notre-Dame, murió en Bingo Crepúsculo un domingo de enero. Si encuentra algún día, en algún lugar, un Jean Desrochelles, me sentiré más feliz de lo que usted puede creer. Escríbame. Recuerde una dirección que sólo es la de Ese Hombre. Vivo cerca de Bernay, en Seine-et-Marne. Vivo en el Fin-del-Mundo.»

Teniente general Byng al Crepúsculo

Después de regresar a la rue La Fontaine aquel domingo por la noche, el último domingo de agosto, acostada en su habitación Matilde cuenta todo a su padre y le deja que abra el cofrecito de caoba. Se duerme mientras él lee todavía. Sueña con sus gatos que hacen tonterías. Bénédicte grita.

Por la mañana, su padre trae un telegrama de Germain Pire, enviado desde Saintes: «Acerté, hice diana, como usted lo esperaba. Recibí su mensaje a través de mi hermano. Voy a Melun. Las mimosas perfumarán pronto mi habitación».

Al día siguiente, martes 2 de septiembre de 1924, hacia las tres de la tarde, llega otro telegrama del hombrecito de botines blancos, más ardiente y más astuto que la garduña: «Está vivo. No se mueva, Mati, sobre todo no se mueva. Llego».

El telegrama viene de Milly-la-Forêt, a cincuenta kilómetros de París.

Matilde se encuentra en el saloncito, rodeada de su padre, de su madre, de Sylvain y de alguien más que hoy, cuando escribe estas líneas, ha olvidado. Quizá fuera Jacquou, el chófer de su padre, al que ella se obstina en llamar Tragavientos, como el de su infancia. Quizá su ni bella ni simpática cuñada, quizás una sombra negra en sus sueños. Sus manos han dejado caer el telegrama. Está sobre la alfombra. Sylvain lo recoge y se lo da. Tiene tantas lágrimas en los ojos que ya no ve a Sylvain, ni a nadie. Dice: «Mierda, no se puede ser más idiota».

Después está en brazos de su padre, Mathieu Donnay. Después en su habitación. Después abre su cofrecito de caoba para meter el telegrama y lo cierra, cree que por última vez.

Se equivoca. Como dijo Ese Hombre, el tiempo pasa, y la vida es bastante fuerte como para cargarnos sobre sus hombros.

En julio de 1928, casi cuatro años más tarde, llegará una carta de Canadá, escrita por un trampero de los bosques del lago Saint-Jean, poeta en sus horas libres, para decirle que en Bingo Crepúsculo enterró a cinco soldados.

Cuando hayan pasado otros veinte años, incluso otra guerra en septiembre de 1948, Matilde recibirá todavía otra carta para poner en su cofrecito de caoba, acompañada de un objeto que cabe apenas. La carta es del Manco del Cabaret Rouge.

> Señora:
>
> He vuelto a ver a Rab de Rab. Me convenció de que le enviara esto que encontré en el desván de una señora y que sin embargo iba bien para mi museo. Me acuerdo de nuestro encuentro. Espero darle gusto con este pedazo de madera. Suyo.
>
> Hyacinthe Deprez.

Debajo, Célestin Poux, a quien vuelve a ver un año y otra vez años después, que se ha casado y tiene una hija llamada Matilde, que se ha divorciado, que continúa cambiando de lugar, se ha aplicado a trazar con su mejor escritura: «No necesito ser huérfano».

El objeto que el Manco envía a Matilde es el letrero de madera de Bingo. Ha sido pintado y repintado, todavía descolorido, todavía descascarillado y ya no se lee más que de un lado «by y culo» y a ella le parece perfecto. Del otro lado, la pintura al óleo amarillenta es obra de un pintor anónimo, un oscuro soldado de lo que llaman la Gran Guerra, probablemente para hacer creer que también las hay pequeñas. Como Matilde lo ha imaginado en otro tiempo, se ve en ella a un oficial británico de perfil, con botas de jinete perfectamente embetunadas, un casco sobre la cabeza, una fusta entre sus manos cruzadas, a la espalda. Es por la tarde, porque a la derecha hay un sol que rojea sobre un horizonte marino. En primer plano, un caballo gris está cenando. Hay una palmera al borde del agua para amueblar un poco la escena. Hay también un tejado extraño, a la izquierda del todo, una cúpula o un minarete. En la parte baja del cuadro, en letras finas, muy bien trazadas quizá con tinta china, puede leerse: «Teniente general Byng ante el crepúsculo, 1916».

En resumen, es una pintura amarilla, roja y negra, que mide casi cincuenta centímetros de ancho, realizada probablemente por un soldado canadiense porque el texto está en francés, y que sólo entra en el cofrecito de caoba obligándola un poco.

Aquel septiembre de 1948, Matilde consulta la enciclopedia *Larousse* en la biblioteca pública de Hossegor.

Julian Hedworth Georges Byng fue el general que condujo las divisiones canadienses en la victoriosa ofensiva de Vimy en 1917. Fue el mismo que, a la cabeza de sus carros de combate, logró la victoria en la batalla decisiva de Cambrai, en 1918. También fue él quien llegó a ser gobernador general de Canadá. Y también fue él quien dirigió Scotland Yard antes de ser ascendido a mariscal y alcanzar un retiro bien merecido.

Jodido general Byng, se dice Matilde a sí misma colocando el relato de sus hazañas en el cofrecito, ya estás mezclado bien a pesar tuyo en un extraño asunto. Entonces colecciona, como alguien que hablara mal, sellos de correos que va alineando cuidadosamente en clasificadores. Tiene dos sellos emitidos en 1936 con motivo de la inauguración del monumento a Vimy, a la memoria de los canadienses caídos durante la guerra. Uno es rojo pardo, el otro azul. Contemplándolos, desea que el que haya pintado el cuadro no se encuentre entre aquellos a quienes se conmemora entre dos torres que se alzan hacia el cielo. Lamentablemente eran muy numerosos.

Todavía pasan algunos años, y otro general, éste francés, promovido también al rango de mariscal, viene a aportar su testimonio a su manera al cofrecito de caoba. A comienzos de 1965, Matilde recibe una nota de Hélène, la hija de Elodie Gordes, que se ha convertido en amiga suya, como sus hermanos, y sus hermanas, como Baptistin Notre-Dame y los dos hijos de Six-Sous. Hélène, que es profesora de instituto, le envía la fotocopia de la página 79 de un libro que acaba de salir en las ediciones Plon el otoño precedente: *Cuadernos secretos de la Gran Guerra* del mariscal Fayolle. El último párrafo, con fecha del 25 de enero de 1915, es éste:

Reunión en Aubigny. De los cuarenta soldados de una unidad cercana que se mutilaron voluntariamente la mano de un tiro de fusil. Pétain quería fusilar a veinticinco. Hoy cambia de opinión. Da órdenes de que les aten las manos y de que los lancen al otro lado de los parapetos hacia las trincheras más cercanas del enemigo. Allí pasarán la noche. No dice si se les dejará morir de hambre. ¡Carácter, energía! ¿Dónde termina el carácter y dónde comienza la ferocidad, el salvajismo...?

A partir de aquel día, Matilde comparte las preferencias de tres charlatanes que la habían aburrido bastante en el Cabaret Rouge. Tanto peor si, honrando a su vez a Marie-Emile Fayolle, se contradice un poco en el escaso gusto que muestra hacia los uniformes. Siempre hay una excepción que confirma la regla.

Germain Pire.
(El resto del membrete está tachado.)
Martes 2 de septiembre de 1924, por la noche.

Mi querida Mati:

Haré que le lleven esta carta dentro de un rato, en cuanto haya salido el sol. Lo que tengo que decirle no puede expresarse por teléfono, y además quiero que tenga tiempo de reflexionar. Es una pobre historia, sin duda la más insensata que he oído en el curso de mi profesión, pero pronto tendré sesenta años, he conocido un luto que me ha dolido mucho, que todavía me duele, porque he perdido, cuando usted me vio en 1922, a la persona que yo más quería en este mundo, a mi hermano menor Charles, y ya no me avergüenza llorar, ya no me asombro de las sinrazones a las que puede llevarnos la miseria de un amor.

Regreso de Milly-la-Forêt. He visto a su novio, Manech, que se llama ahora Jean Desrochelles, y a esa mujer deshecha por el miedo que tiene de usted y que dice ser su madre, Juliette. La amnesia de Jean Desrochelles, hasta esa mañana de nieve en la que un camarada que me ha reconciliado con mis semejantes le llevó sobre sus hombros, es total, absoluta. Incluso ha tenido que volver a aprender a hablar. Los psiquiatras que le han tratado desde 1917 dejan poca esperanza, pero se encuentran en situación de saber que hay tantos tipos de amnesias como amnésicos, y entonces, ¿quién se atrevería a opinar? Juliette Desrochelles, que tenía una pequeña librería en Saintes, que pronto tuvo que marcharse de esa ciudad donde se hubiera descubierto su espantosa mentira, se instaló con él en Noisy-sur-Ecole, a las puertas de Milly-la-Forêt, en 1918. En la medida en que se puede decir así, se encuentra en excelente estado de salud, es un muchacho de veintinueve años según el registro civil, en realidad de veintiséis, de pelo moreno, grande y delgado, con ojos grises o azules que me han estremecido, como estremecen a todos aquellos que le ven, aunque sean hermosos, atentos e incluso por momentos alegres, pero en el fondo de sus pupilas hay un espíritu asesinado que pide socorro.

La pobre historia de Juliette Desrochelles, si me atrevo a decirlo, es de una sencillez impecable a pesar de su locura. Tuvo su único hijo a los cuarenta años. Su marido murió durante el embarazo, de una crisis cardíaca, en su librería, discutiendo con un editor que le había entregado ejemplares de una novela en la que el nombre de la heroína, por un hechizo tipográfico, estaba sistemáticamente borrado. Ignoro el título de esa novela, ella no lo recuerda. Le dejo el gusto de imaginar que se trataba de El *rojo y el negro*, y la heroína Mademoiselle de La Mole, el Diablo está en todas partes y se lleva lo que puede.

Esa viuda, por consiguiente, educa sola a su hijo, que es inteligente, afectuoso, dócil, mientras que ella tiene carácter firme y posesivo. Hace buenos estudios, la ayuda en la librería en cuanto es bachiller, a los diecisiete años. Tres años más tarde, en 1915, la guerra se lo lleva. Vuelve de permiso en noviembre de 1916. No lo volverá a ver.

A finales de enero de 1917, cuando ella no ha recibido carta suya en varias semanas, no duerme de noche y va por las oficinas donde nadie puede informarla, un soldado de permiso, de Tours, incluso antes de ir a ver a los suyos viaja en tren hasta Saintes con una terrible noticia. Es el cabo Urbain Chardolot. Ha estrechado en sus brazos a Jean Desrochelles, muerto delante de una trinchera del Somme, y entrega a su madre, con otros objetos, la última carta, escrita antes de los combates en que caería. En esa carta Jean habla de su odio a la guerra. Lo que no dice, pero que Urbain Chardolot no puede ocultar a la pobre mujer, es la suerte de los cinco soldados mutilados voluntariamente, a los que arrojaron maniatados a la trinchera enemiga. Se queda todo el día con ella, no queriendo dejarla sola con su pena. Ella llora, pregunta, vuelve a llorar. Al final, el cabo confiesa que el más joven de los condenados, por un cambio de chapas de identificación, ha podido usurpar la identidad de Jean Desrochelles, y que él no ha dicho lo que sabía porque estaba demasiado asqueado, demasiado amargado, y que de todas formas, como ella repite hoy: «Ya que Jeannot no puede volver, por lo menos que su vida haya servido para salvar a otro».

Afina usted mucho, mi querida Mati, como para no haber adivinado lo que sucedió cuando Juliette Desrochelles fue llamada, en abril, a un hospital militar de Châteaudun para reconocer a su hijo. Se lo diré de todos modos: una monja enfermera la condujo a una gran sala donde los heridos estaban separados por cortinas blancas, y la dejó, sentada en una silla, junto a la cama donde dormía un Jean que no era el suyo. Y cuando éste despertó y abrió los ojos y sonrió preguntando quién era ella, había pasado una larga hora contemplándolo mientras dormía, amándolo ya, y en todo caso considerando que era razón suficiente para continuar viviendo. Por primera vez puso la palma de la mano apaciguadora sobre su mejilla, y respondió: «Tu madre».

Por supuesto, Mati, usted va a soliviantarse contra un acto que la priva de toda esperanza, que mató de pesares a otra madre y empujó a un padre al lago de Hossegor. Reflexione bien. Las cosas, como a menudo nos lo dicen nuestras gobernantas para no tener que explicar lo que no entienden, son así. Pero ahí puedo explicarle algo. En el mejor de los casos, si usted reacciona, remueve a las familias y a la justicia, Manech, que es feliz, confiado, y apegado desde hace siete años a esa mujer, terminará sus días en un asilo de locos. Juliette Desrochelles morirá también y, a pesar de su mentira, incluso de su egoísmo, no se lo merece. Abandonó todo para consagrarse a él, lo vendió todo, dejó Saintes y a sus parientes, a los amigos, a quien ya no puede ver, por miedo a que la desenmascaren. Vive en una casita con un bonito jardín, cerca de Milly-la-Forêt, adonde la conduciré esta tarde cuando haya leído esta carta. Reflexione bien, Mati. Conozco su testarudez. Deje que la vida cierre sus heridas. Su noviazgo ha durado tanto tiempo, que bien puede durar un poco más, ¿no le parece?

Le adjunto algunas líneas que Juliette Desrochelles ha querido añadir. Reconocerá la escritura. Usted tenía razón, fue ella, alterada al leer su anuncio en una hoja de periódico que envolvía la lechuga que acababa de comprar, la que os escribió aquella carta anónima con la ingenua esperanza de desanimarla, y que fue a echarla a correos a Melun, para confundir las pistas.

Sé muy bien que nada ni nadie ha logrado jamás detenerla. Sin embargo, para convencerla, voy a decirle algo extraño y hermoso. En Cambo-les-Bains, en 1918, cuando él vino en convalecencia, y cuando Juliette Desrochelles se instaló en una pensión para estar cerca de él, Manech comenzó a interesarse por la pintura. He visto sus telas, en la casita a la cual la conduciré esta tarde. Todo lo que puedo decirle es que son de una abstracción total, explosiones de colores, pero al mismo tiempo son una maravilla, gritan todas esas cosas que se ven en el fondo de sus ojos, terribles y alteradas como el mar en noviembre.

Ya lo verá usted. Se trata de un fuerte rival, Mati. Aunque como usted sabe soy vuestro más acérrimo admirador, el más fiel y el más cariñoso.

Reflexione bien. Hasta luego.

Germain Pire.

Lo que Juliette Desrochelles escribe a Matilde, con la misma escritura y la misma concisión y el mismo papel rosado de la carta de Melun, es justo lo que hace falta para que de nuevo ella no pueda evitar paladear el sabor salado de las lágrimas: «No me le quite, se lo suplico, no me le arrebate. Moriríamos los dos».

A mediodía, cuando Mathieu Donnay vuelve a correr, Matilde le da a leer la carta de Germain Pire y la nota que la acompaña. Como Bocanegra en la trinchera, exclama simplemente: «¡Qué puta es la vida!»

Ella pregunta si le parece inconveniente, a la vista de los acontecimientos, que ella fuera a vivir en algún lugar cerca de Milly-la-Forêt, que le encontrara alguna casa para alquilar o para comprar y alguien que se ocupara de ella, con buen carácter de preferencia, porque Sylvain deberá quedarse en Hossegor, y sería inhumano separar a Bénédicte de un hombre tan guapo.

Su padre responde exactamente lo que ella espera: la conoce mejor que nadie, en todo caso por el corazón, y sabe muy bien que si a ella se le ha metido una idea en la cabeza y alguien no está contento, ese alguien no conseguirá nada.

Por la tarde, en lo que Matilde llamará más tarde la Expedición de Milly, el sol y el cielo y toda la Naturaleza se ponen de su parte. Se ha acicalado lo mejor posible, como una verdadera mujer, de blanco, para que sea más fresco, con un poco de carmín en los labios para la circunstancia, las cejas retocadas, los dientes deslumbrantes, pero sobre todo nada de negro para alargar las pestañas, ya sabe lo que resulta cuando se ve en escamas. Está en el Delage con Sylvain y su silla de ruedas que ocupa mucho espacio. Papá sigue en otro automóvil cuya marca ya no recuerda, con Germain Pire y con Tragavientos al volante.

En la plaza de Milly-la-Forêt hay un gran mercado de madera, del tiempo de Juana de Arco, o quizás incluso de su abuela, y allí dice a Sylvain que se pare. A su padre, que acude a la puerta del coche, le dice que quiere ir sola a la casa de Desrochelles, y que ve un bonito hostal en la misma plaza, y pueden ir reservando una habitación para ella y para Sylvain, y también ve al otro lado de la misma plaza, el letrero de una agencia inmobiliaria, con lo cual se ganaría tiempo yendo a ver. Aprieta muy fuerte la mano de su padre. Él dice: «Sé prudente», como antaño, ayer, o anteayer, cuando era pequeña.

La casa de Juliette Desrochelles se encuentra bajo los árboles, sobre una colina, cerca de allí, es de piedra gris, con un tejado de tejas planas, con un pequeño jardín delante y uno mayor detrás. Hay muchas flores.

Cuando Matilde está en la casa, sentada en su silla de ruedas, cuando se han acabado las súplicas, las lágrimas y las tonterías, pide a Juliette Desrochelles, su futura suegra, que la lleve hasta el jardín de atrás, donde Manech está pintando, y que la deje sola con él un momento. Le han avisado de su visita. Le han dicho que una joven a la que él ha querido mucho viene a verle. Ha preguntado su nombre y le ha parecido bonito.

Cuando Juliette Desrochelles y Sylvain se retiran, Matilde se halla a veinte pasos de él. Tiene el cabello negro, todo rizado. Parece más alto de lo que ella recuerda. Está delante de una tela, bajo un galpón. Ha hecho bien en no pintarse las pestañas.

Intenta acercarse a él, pero resulta difícil porque el camino es de grava. Entonces él vuelve la cabeza y la ve. Deja su pincel y se acerca, y cuanto más se acerca, y más se acerca, tanto más se felicita ella por no haberse pintado las pestañas, porque no quiere llorar, pero es algo más fuerte que ella, y durante un momento no le ve venir a través de las lágrimas. Las enjuga deprisa. Le mira. Él se ha detenido a dos pasos. Ella podría tender la mano, él se acercaría aún más, ella le tocaría. Es el mismo, más delgado, más guapo que nadie, con los ojos que Germain Pire ha descrito, de un azul muy pálido, casi gris, tranquilos y dulces, con algo en el fondo que se debate, un niño, un alma asesinada.

Tiene la misma voz de antes. La primera frase que oye de su boca es terrible. Pregunta: «¿No puedes andar?»

Ella mueve la cabeza en gesto de negación.

Él suspira y vuelve a su pintura. Ella empuja sus ruedas, se acerca al galpón. Él vuelve los ojos hacia ella y sonríe. Dice: «¿Quieres ver lo que hago?»

Ella asiente con la cabeza.

Él dice: «Te lo enseñaré luego. No ahora, todavía no está acabado».

Entonces, esperando, ella se mantiene bien erguida en su silla, cruza las manos sobre las rodillas y le mira.

Sí, le mira, le mira, la vida es larga y puede llevar todavía muchas cosas sobre sus hombros.

Ella le mira.

Lunes por la mañana

Unos soldados de Terranova llegaron a las diez de la mañana a la tierra de nadie, delante de la trinchera del Hombre de Byng, cuando un sol pálido atravesaba al fin un cielo blanco y por un momento los cañones habían callado.

Mientras avanzaban por las trincheras había nevado. Sus capotes estaban empapados, tenían frío. Mientras luchaban contra la nieve, cada uno llevaba consigo la nubecilla de su aliento y sus preocupaciones, y su miedo, y el recuerdo de los suyos, a los que quizá no volverían a ver.

Eran diez en total, a las órdenes de un sargento, buen muchacho, trampero en sus bosques, en llanuras heladas, más vastas y silenciosas aún, en las que sólo peleaba contra osos y lobos.

Mientras tres de ellos bajaban a la trinchera francesa, destripada por las bombas, otros tres salían en misión de reconocimiento hacia la de los alemanes. Los que quedaban encontraron cinco cuerpos dispersos de soldados franceses al explorar el terreno.

El primero que vieron estaba de rodillas en un agujero, con los ojos abiertos, y parecía una estatua en oración bajo la nieve que se le había adherido. Otro, muy joven, el único que no estaba herido en la mano, el único que llevaba todavía su número de regimiento en el cuello y sus insignias, había caído de espaldas, con una expresión de libertad en el rostro, y el pecho destrozado por una esquirla de obús.

El sargento se quedó espantado al ver la barbarie de los enemigos, que despojaban de todo a los pobres cadáveres para llevarse a sus casas algún recuerdo de que jactarse delante de su Fraulein. A los que estaban con él les dijo que cualquier hombre muerto con las botas puestas tenía derecho a una sepultura decente, que no se podía enterrar a todos los soldados caídos en el campo de batalla, pero a aquéllos sí, porque el hombre arrodillado les rogaba que lo hicieran, y si no lo hacían seguramente les traería mala suerte.

Así pues, se dieron a ese trabajo, aquella gente de Terranova, una mañana fría como muchas otras de la guerra. Su jefe se llamaba Richard Bonnaventure, y había conocido el Gran Norte y cazado con los esquimales, y en eso se parecía, sin saberlo, a aquel de quien sentía compasión.

Reunieron los cadáveres en un cráter de obús, leyeron sus nombres sobre las chapas del pecho y las pulseras, y el sargento les escribió uno a uno en su cuaderno de ruta.

Después encontraron un toldo en la trinchera enemiga, de buena tela, y cubrieron a los muertos y montaron el mango de sus palas y llenaron el agujero, apresurándose, porque el cañoneo, en levante y en poniente, había recomenzado, era como un largo redoble de tambor que llamaba de nuevo a la guerra.

Antes de ponerse en marcha, Dick Bonnaventure hizo que uno de sus hombres, que vació lo que le quedaba de tabaco en su bolsillo, le diera una cajita de metal rojo. La hundió hasta la tercera parte en la tierra después de haber puesto dentro una nota dirigida a quienes encontraran la tumba, una página arrancada a su cuaderno en la que había escrito a lápiz, como pudo, apoyándose en una rodilla:

Aquí descansan,
Cinco soldados franceses,
muertos con las botas puestas,
en pos del viento.

El nombre del lugar:

Donde se marchitan las rosas.

Y una fecha:

Hace mucho tiempo.

Hossegor, 1989.
Noisy-sur-Ecole, 1991.

Otros títulos publicados en **books4pocket narrativa**

Jennifer Weiner
Bueno en la cama
En sus zapatos

Robyn Sisman
Solamente amigos

Santa Montefiore
La caja de la mariposa
La sonata de nomeolvides

Jessica Barksdale Inclán
La niña de sus ojos

Dan Brown
El código da vinci
Ángeles y demonios

Elizabeth Kostova
La historiadora

Carol Higgins Clark
Los ojos de diamante

Jeff Lindsay
El oscuro pasajero
Querido Dexter

James Patterson
Luna de miel
El tercer grado
Perseguidos

Alan Furst
Reino de sombras
La sangre de la victoria

David Benioff
Descalza sobre el trébol y otros relatos

Jane Jensen
El despertar del milenio

Eric Bogosian
En el punto de mira

Andreu Martin
Jaume Ribera
Con los muertos no se juega